# El juego de un rufián

## Renee Bernard

Traducción de Nuria Hernández Buendía

PANDORA

Libros publicados de Renee Bernard

**SERIE**

1. El placer de una dama
2. El pacto de una dama
3. El juego de un rufián

Título original: *A Rogue´s Game*
Primera edición



Ilustración de portada: © Franco Accornero via Schlück GmbH

Diseño de colección: Alonso Esteban y Dinamic Duo

Derechos exclusivos de la edición en español:
© 2010, La Factoría de Ideas. C/Pico Mulhacén, 24. Pol. Industrial «El Alquitón».
28500 Arganda del Rey. Madrid. Teléfono: 91 870 45 85

© Pandora Romántica es un sello de La Factoría de Ideas

informacion@lafactoriadeideas.es
www.lafactoriadeideas.es

ISBN: 978-84-9800-579-0 Depósito Legal: B-6182-2010

Impreso por Litografía Rosés S. A.

# Agradecimientos

A Cindy, que va a protestar, pero a quien Julian le debe la vida y sin la que este libro jamás hubiera sido posible. Eres esa amiga que parece quererme incondicionalmente... y cuando seamos dos ancianas viudas y vivamos juntas para complementar nuestras pensiones, contaré contigo para que hagas mi vida más interesante cuando me escondas las pastillas, insistas en que el licor de güisqui tiene valor nutricional y, me hagas reír hasta que se me salten las lágrimas.

Y a Geoffrey, por ponerme siempre buena cara cuando le cuento lo que estoy escribiendo, y por no mostrarse nunca celoso cuando me enamoro de mis héroes, porque supongo que sabe que jamás podrán competir con él.

Y al elfo, eres mi niño encantador y logras hacer que crea en la magia... todos los días.

¡Olvidarte de los trucos y del ingenio,
ese sería el más ingenioso de los trucos!
—Rumi

# 1

—Tu suerte no ha cambiado, jovencito. —Lord Shelbrook extendió las cartas de la victoria con un guiño jocoso, gesto que Julian Clay, conde de Westleigh, ignoró deliberadamente. Era un jugador demasiado experimentado como para demostrar su disgusto por haber pasado otra noche más con su anfitrión vaciándole los bolsillos.

*Eres una bruja impía, doña Fortuna, salvarle la vida a uno para después sumirlo en la pobreza.*

—Barnaby, si así fuera, no estaría aquí sentado esta noche en tu elegante morada. —Julian arrojó los naipes sobre la mesa con un ágil giro de muñeca, reconociendo la derrota y estirando sus largas piernas—. Pero, quizá, un cambio de ritmo... —Sus palabras se perdieron en un fingido bostezo, dando muestra de estar hastiado y aburrido del juego, y poniendo fin convincentemente a aquella tortura autoinfligida.

Shelbrook estaba demasiado distraído haciendo recuento de las ganancias, tras aquel pequeño golpe de suerte, como para percatarse de que su invitado había fijado la atención en un gran retrato de lady Shelbrook que había sobre la chimenea.

Julian analizó los gélidos ojos azules y los rasgos aristocráticos del rostro de aquella mujer, observando que el pintor apenas había disimulado la arrogancia de la retratada.

Con sus tirabuzones dorados y su color sonrosado, su anfitriona era exactamente el tipo de mujer que en otro tiempo tanto le había atraído. Era hermosa, sexualmente voraz, y estaba casada.

*¿Y por qué se me revuelve el estómago cada vez que esa exquisita harpía me mira?*

Julian se encogió de hombros y se levantó mientras Barnaby se metía las ganancias en los bolsillos. *Dios sabe que podría buscar consuelo,* dijo para sí, y Beatrice solía mostrarse más que dispuesta cuando se trataba de retozar clandestinamente con uno de los amigos de su marido. La reputación de Julian le había precedido, y su anfitriona había dejado claro que su hospitalidad respondía a ciertas expectativas, es decir, que él debía convertir en un cornudo a su inconsciente esposo en cuanto ella se lo pidiera. Naturalmente, la había complacido, una concesión bastante fácil de otorgar dado el entusiasmo de la dama, pero su interés se había desvanecido tras un primer, nada estelar, revolcón. Sin embargo, el de ella había aumentado. La mujer se estaba convirtiendo en un incordio. No obstante, no parecía muy cortés por su parte ir a quejarse a un hombre sobre la insaciabilidad de su esposa, máxime teniendo en cuenta que este le había ofrecido su elegante morada para que tuviera un lugar en el que colgar el sombrero cuando estuviera en la ciudad, y solo a cambio del «placer» de su compañía. Al menos, aquel alquiler sí podía pagarlo.

Se contuvo para no emitir un suspiro.

—Creo que me voy a marchar, Barnaby.

—¿Quieres que te acompañe? —Lord Shelbrook alzó la vista con avidez, como un niño ansioso por salir a jugar.

Julian negó con la cabeza.

—¿Y que me vacíes los bolsillos también en público? —Sonrió para suavizar la contestación, pues no quería insultar a su anfitrión haciéndole ver que no podría soportar ni uno más de sus insulsos relatos sobre sus «locos años de juventud». La hospitalidad de Shelbrook, aunque a veces llegaba a ser algo tediosa, era de buen tono y más que oportuna.

La expresión jovial de Barnaby se desvaneció, aunque se recompuso rápidamente.

—Muy bien. ¡Vete entonces! Tampoco puedo esperar que un joven como tú quiera quedarse con un viejo casado en su polvorienta casa, con todas esas diversiones esperándote allá fuera, en Londres.

—Aún no eres un viejo decrépito, amigo. —Julian le dio unos golpecitos en el hombro, tratando de aliviar su orgullo herido—. ¿Quizá en otra ocasión?

—¡Desde luego! —Barnaby llamó a un coche y, en unos segundos, Julian había perpetrado su huida.

Antes de recostarse sobre los cojines para recomponer sus difusos pensamientos, le ordenó al cochero que se dirigiera a una peligrosa parte de la ciudad, muy de moda. Su vuelta a Londres había resultado ser tal como él la había imaginado, pero nada era igual. Simplemente, esperaba recuperar su vida y volver a disfrutar de cada momento, como había hecho en el pasado. Antes, Julian no hacía esfuerzo alguno por dar cuenta de la productividad de sus días. En lugar de ello, disfrutaba del escalofrío que sentía cuando le tocaba una buena mano de naipes, o una mujer ávida a su lado. Solo le importaba buscar el placer y el siguiente compromiso social.

Pero ya no era así.

El coche de caballos dio un bandazo y Julian sintió una punzada en el costado, hizo una mueca de dolor cambiando de postura para aliviar aquella molestia a la que ya se había acostumbrado. Esa tarde había pasado demasiadas horas ociosas tratando de sacarle alguna partida a Shelbrook, y aquella herida reciente se encargaba de recordárselo. Julian no era del tipo de hombre al que le gustara perder el tiempo convaleciente, y, tras varios meses tumbado y cojeando por el campo, exasperado como un oso encadenado por las limitaciones que la herida le imponía, se encontraba exultante por haber logrado escapar de los interminables mimos de su médico. Londres lo llamaba, y no estaba dispuesto a permitir que una pequeña e insistente molestia en el costado se interpusiera en su camino. *Diablos, seguro que a Drake le irrita más el hecho de que yo, su peor enemigo, le salvara la vida a su querida Merriam, de lo que me duele a mí la punzada en las costillas... y ahora está en deuda conmigo.*

Un triunfo agridulce, cuanto menos. Las cicatrices que le habían quedado le recordarían para siempre la fatal noche en la que se interpuso en el camino de una bala que iba dirigida a la duquesa de Sussex.

*Bueno, podría haber sido peor,* pensó Julian, mientras volvía a cambiar de postura para protegerse el costado derecho. Su archienemigo y antiguo amigo, Drake Sotherton, el duque de Sussex, había planeado cubrir de deudas a Julian, pero, a la luz de los últimos acontecimientos, se había apaciguado. Habían pasado página y Julian había escapado de la bancarrota más absoluta por poco, aunque ninguno de los dos tenía deseo alguno de llevar a término la reconciliación. Habían transcurrido demasiados años y se habían hecho demasiado daño el uno al otro como para poder reparar la amistad; además, Julian era consciente de que él era quien más culpa tenía en todo aquel asunto y no se consideraba tan estúpido como para esperar que Drake le fuera a perdonar por haber estado acostándose con su primera mujer, Lily.

*¡Ah, Lily! ¡Hubieras sido capaz de corromper a un monje por ganar un penique en una apuesta, y aun así, habrías seguido pareciendo inocente ante el mundo!*

Ella había logrado sacar lo peor de él y él quería conseguirla por la peor de las razones. Solo tras haberse enfrentado a su propia muerte, había admitido que lo que había tenido con Lily distaba mucho de lo que es el amor. Lo enrevesado de aquella tragedia aún lo asombraba, pero se quitó aquella sórdida aventura con Lily de la cabeza. El pasado ya quedaba muy atrás. Lo único que podía hacer era afrontar el presente y el futuro. Julian había quedado ante los demás como un héroe por haberse encarado con la criada del duque, después de que asesinara a Lily y, al volver a Londres, se había topado con una montaña de invitaciones de los emocionados miembros de la alta sociedad. El conde de Westleigh era ahora un artículo muy codiciado para la temporada social[1], y él estaba asombrado por el extraño vuelco que el destino había dado a su reputación. No es que fuera un santo, pero nadie parecía reparar en ese detalle a la hora de elaborar las listas de invitados. La notoriedad de Julian se unía a su atractivo, mientras que Drake seguía siendo prácticamente *persona non grata* por haber seducido, para escándalo de todos, a una joven viuda, y haberla tenido como amante impúdicamente para después casarse con la pobre criatura.

Julian negó con la cabeza. Todos los pecados son relativos, y él había tenido la suerte de que sus peores actos no habían llegado a ser

[1] N. de la t.: Temporada social: en el siglo XIX, el periodo comprendido entre enero y junio en el que la alta sociedad londinense se reunía y celebraba eventos sociales como bailes, fiestas, cenas, etcétera. Estos escenarios servían, entre otras cosas, para que las jóvenes casaderas se dieran a conocer y encontraran marido.

de dominio público. Aún así, había logrado sobrevivir, solo para encontrarse con los bolsillos vacíos, a pesar de la generosidad de Sotherton. Todos los años transcurridos entre las mesas de juego le habían reportado pocos beneficios y ahora la realidad acechaba. Tenía un título nobiliario y tierras, pero ningún ingreso sustancial.

Afortunadamente, la aristocracia ignoraba el extremo en el que se hallaba su situación financiera. Estar al borde de la ruina era algo relativamente común entre los de su clase, pero sus oportunidades se verían limitadas si el precario estado de sus cuentas se volvía de dominio público. Las invitaciones que las bandejas de la mañana traían se evaporarían y su situación se deterioraría rápidamente.

Nadie de los de su clase lo sabía (aunque puede que algún amigo se hubiera dado cuenta de que no tenía nada que echarse a la boca), pero Julian no era del tipo de hombre que malgasta sus horas de sueño ni su tiempo en preocuparse por el fantasma del escándalo y la bancarrota inminente. Nada conseguiría alejarlo de la temporada social.

*Me las apañaré y pondré al mal tiempo buena cara. Al fin y al cabo, ¿acaso no es eso lo que hacen los héroes?*

Tendría que sacar provecho de su fama de bueno y de su papel de héroe y utilizarlo para crear las oportunidades necesarias para recuperar su fortuna. O la diosa Fortuna empezaba a sonreírle con algo más de dulzura o tendría que plantearse hacer lo impensable. Julian se encogió de hombros. *Un matrimonio de conveniencia con alguna dama adinerada e insulsa. Que Dios me guarde. Si llego a eso, mejor hubiera sido que la bala hubiera cumplido su cometido.*

No es que no fuera apto para ejercer de cazadotes, pero, tan solo de pensarlo, le entraban náuseas. Una cosa era seducir a las encantadores mujeres de la aristocracia por el puro morbo de la caza, y otra cosa muy diferente era perseguir a una presa acaudalada por la pura supervivencia. El hecho de que tuviera los bolsillos vacíos no significaba que no pudiera permitirse tener algo de amor propio. En el pasado, jamás había perdido el tiempo parándose a pensar en su honor, pero, al parecer, hasta el conde de Westleigh tenía un límite.

Prefería la ruina causada por los juegos de azar, se dijo a sí mismo, que la ruina que una esposa podía provocar.

El matrimonio era una carga en el mejor y en el peor de los casos. Le vino a la mente la imagen de Beatrice, la tarde anterior, a cuatro patas en su dormitorio suplicando por su miembro. Sabía de primera mano la facilidad con la que una mujer casada podía «descarriarse» y él había alentado deliberadamente ese tipo de indiscreciones más veces de las que estaba dispuesto a reconocer. Los maridos de aquellas mujeres jamás le habían inspirado la más mínima compasión, pues pensaba que el estúpido que estuviera tan ciego como para pasarse las horas en los burdeles y casas de alterne y creer que su mujer no desea vivir las mismas aventuras, tenía lo que se merecía.

Julian sabía muy bien que la capacidad que las mujeres tienen para el placer es igual a la de los hombres, independientemente de lo que dijeran los carcomidos pilares de la sociedad .

Y ahora que era un «héroe piadoso» dudaba que hubiera puerta alguna en Londres que él no pudiera franquear.

Conforme el carruaje iba recorriendo las calles, Julian comenzó a sentir cierta inquietud. Su desasosiego empezó a quebrar la confianza que solía tener en sí mismo. Cortesanas de manos suaves lo aguardaban entre sábanas de seda para aliviar el fuego que corría por sus venas, pero le había sobrevenido una sensación de reticencia. Esas mismas manos se abrirían después para cobrar, y él había arrojado las últimas monedas que le quedaban sobre la mesa de Shelbrook aquella noche. Podía pedir más dinero prestado, pero se le esfumaban las ganas solo de pensar en que debería dinero para poder pagarse favores sexuales.

Le asaltó el impulso de visitar a sus propios fantasmas y le ordenó al cochero que lo llevara a otra dirección, una dirección grabada en una invitación que había recibido al principio de la semana y que estuvo a punto de tirar a la basura. Cuando el coche dio la vuelta, se animó un poco. Julian respiró lenta y profundamente. Era hora de aventurarse en el mundo de la gente respetable y comprobar las diversiones que sus iguales podían ofrecerle.

Al fin y al cabo no se puede perder siempre.

—¡Eres una cosita de lo más adorable! —volvió a repetir lady Morrington, con sus tirabuzones de color gris azulado rebotando sobre su cabeza, a su nueva y joven amiga mientras la llevaba hasta una de las mesas que había junto a los ventanales—. ¡Soportar una compañía tan tediosa!

—En absoluto —mintió Eve Reynolds con dulzura—. Es usted muy amable por permitirme que las moleste mientras juegan.

Miró con sobrecogimiento y admiración a cada una de las viejas decrépitas que había sentadas en la pequeña mesa, como si se sintiera muy honrada de poder estar ante su gloriosa presencia. Era una interpretación demasiado sutil para un teatro, pero muy apropiada para el pequeño escenario de una velada íntima entre la alta sociedad. Las damas respondieron congratuladas, visiblemente complacidas de que una joven y respetuosa dama fuera consciente de su posición y, al parecer, con tanto que aprender de ellas a la hora de jugar a los naipes.

—No es ninguna imposición —exclamó la señora Cuthbert, dándole unos golpecitos a Eve en su esbelta mano—. Tan solo desearía tener más jóvenes invitadas para que te entretuvieran. No creo que ni Sophie ni Margaret ni yo seamos una compañía muy divertida.

Era cierto que la timba de naipes en casa de la señora Margaret Wickett no resultaba muy atractiva para los jóvenes, pero el tío de Eve la había elegido exactamente por esa razón. Aquella pequeña y elegante reunión estaba hecha a la medida de sus propósitos. Había doce mesas de naipes distribuidas por el salón verde y dorado, con espacio para que los invitados jugaran o pudiesen ir por las mesas observando a los diferentes grupos. A diferencia de las sórdidas timbas de la ciudad, estas elegantes fiestas privadas eran más cómodas e íntimas, por lo que los invitados no se preocupaban demasiado por sus bolsillos. Era más probable que se relajaran y apostaran sin temor a las consecuencias, confiados en que se jugaba estrictamente por diversión. Así que, mientras su tío, el señor Warren Reynolds, se codeaba con los aristócratas dos mesas más allá, ganando y perdiendo estrepitosamente a partes iguales, a ella la había dejado allí para que interpretara ante las ancianas el papel de jovencita inocente e inexperta, tendiendo de nuevo su trampa.

—Es usted la mejor de las compañías, señora Cuthbert, y solo espero poder seguirle el juego. —Eve le miró las manos, deseando por un fugaz momento estar a miles de kilómetros de allí, lejos del elegante salón de la señora Wickett, las timbas y las interminables partidas en las que su tío la obligaba a participar.

—¿A que es una cosita de lo más adorable? —entonó lady Morrington. Las demás asintieron con la cabeza y la señora Cuthbert le hizo un gesto con la mano para que se sentara en la silla vacía que había a su lado.

Una vez arreglado el asunto unánimemente, Eve tomó asiento con recato para completar el grupo. Se repartieron los naipes y esperó a que las demás cogieran los suyos antes de levantar los que le correspondían. Al sentir el tacto de las cartas en las manos, se tranquilizó y, cuando comenzó el ritual de la partida, la invadió una extraña sensación de serenidad.

Con los ojos entrecerrados mientras estudiaba sus cartas, observaba las elocuentes expresiones y los gestos de las señoras, y preveía su victoria o su derrota. Tras unas cuantas partidas, Eve ya se había impuesto sobradamente sobre sus oponentes. Sabía cuándo iban a plantarse y cuándo subirían la apuesta, cuándo creían que tenían una buena mano y cuándo, con un poco más de sutileza, podrían haber aprovechado la oportunidad de una buena apuesta. No les faltaba habilidad, y lady Morrington, a pesar de su propensión a cotorrear sobre su extrema «naturaleza tímida y delicada» era todo un lince en sus estrategias. También era la mujer más rica de la fiesta, y su principal presa.

El tiempo transcurrió con rapidez y Eve se esforzó por ganar ampliamente y perder con notable gracia, permitiendo a su compañera que se llevara la gloria. No era tarea sencilla, como podría parecer en un principio, aunque a ella no le era ajeno el «matiz» de estar «casi» a punto de ganar y a las mujeres parecían divertirlas y enternecerlas sus esfuerzos por seguir su ágil ritmo de juego.

*Unas manos más, queridas señoras, y entonces veremos si ha sido dinero bien invertido o...*

—¿Es ese el conde de Westleigh? —murmuró la señora Cuthbert en un tono que se habría oído hasta en un campo de batalla. Eve perdió el hilo de sus pensamientos al ver que a las señoras les daba la risa nerviosa y se ruborizaban como colegialas, contemplando boquiabiertas al hombre en cuestión; y como miraban a su espalda, supuso que se encontraba aún en el umbral de la puerta. Una oleada de exclamaciones similares se extendió por todo el salón, y Eve se mordió el labio inferior para ocultar su frustración, cuando la señora Cuthbert continuó:

—¡Margaret! ¿Cómo lo ha conseguido?

La señora Wickett se sonrojó y dejó las cartas sobre la mesa.

—Qué es lo que he conseguido, querrá decir. Ahora, si me disculpan, voy a asegurarme de que el señor Wickett no haga arrepentirse al conde de haberse decidido a venir.

Eve se contuvo deliberadamente para no volverse a mirar al dechado de virtudes capaz de hacer que la señora Wickett se levantara de su silla. Aunque estaba segura de que aquel hombre no notaría a otra persona más mirándolo fijamente.

—¡Qué suerte! Que yo sepa, el conde nunca se había molestado en venir a un evento de este tipo, pero mira... quizá el haber visto la muerte tan de cerca le haya enseñado a apreciar las cosas más sutiles de la vida. —Lady Morrington dejó también sus naipes, a la espera de que volviera su amiga.

Eve abrió los ojos sorprendida ante el extraño comentario de lady Morrington. Estaba segura de que se había perdido algo importante. *¿Sentir la muerte de cerca?*

—¿Por qué iba un caballero a evitar su compañía?

La señora Cuthbert respondió sin apartar la mirada de la escena que se desarrollaba a las espaldas de Eve.

—Es una historia muy larga, pero, a modo de resumen, digamos que éramos demasiado aburridas y serias para el vibrante joven lord Westleigh. Pero, al parecer, ha cambiado de opinión.

Lady Morrington asintió.

—Oí decir a lady Shelbrook que desde que regresó de la campiña, se ha comportado como un auténtico caballero y que ha sido un invitado insuperable. Sé que se ha alojado en su casa de la ciudad mientras busca una casa nueva en Londres para comprarla. Pero ella parecía encantada con él.

—¿Y qué mujer no lo estaría? —apuntó con resignación la señora Cuthbert, sorprendiendo a Eve con aquella apreciación sobre el misterioso conde de Westleigh. Se le sumaron millares de preguntas en la cabeza, pero sabía que no debía formularlas. Podían malinterpretar su interés y no quería que aquellas mujeres la notaran demasiado interesada en los aristócratas que desafían a la muerte y le interrumpen una buena velada de trabajo. Pero la necesidad de volverse desde su silla era más de lo que podía soportar.

*Al diablo. ¡Sea quien sea, tendrá que sentarse en algún sitio y dejar a lady Wickett que vuelva para terminar la partida! ¡Estoy tan cerca!*

Al fin, regresó su anfitriona y se sentó en su sitio con las mejillas visiblemente sonrojadas.

—Le he invitado a sentarse en la mesa del coronel, pero me ha dicho que prefiere mirar un rato antes de sentarse.

—Pues parece que lo que está observando es a nuestra joven amiga —dijo lady Morrington con gran entusiasmo.

—¡Le ha tocado, qué suerte!

Eve sabía que había sido su imaginación la que había provocado el escalofrío que le recorrió la espalda, como si él le hubiera acariciado la piel con la mirada, provocando una reacción en todo su cuerpo. El rubor le inundó las mejillas, ella lo ignoró con determinación y se dispuso a estudiar sus naipes. Si se girara ahora, solo conseguiría avivar los comentarios de las mujeres, suscitando una humillante conversación sobre los encuentros predestinados y los caprichos del destino. Seguía estando tras ella y fuera de su campo de visión, pero esta decidió en ese momento que ni aunque hubiera sido el mismísimo Adonis habría conseguido ni una sola mirada de aquella terrenal mujer.

—Hablando de tocar, ¿no le tocaba a usted, señora Wickett? —inquirió Eve con la mayor timidez que le fue posible mostrar—. ¡Debo confesar que casi me olvido de qué palo es la muestra en esta mano!

Tras intercambiar miradas, las damas debieron decidir dejar pasar la oportunidad de seguir burlándose de ella; no obstante, todas continuaron informándola en todo momento sobre en qué parte del salón se encontraba el conde, mientras este observaba a los jugadores. Como el halcón que vigila a una liebre desde el cielo, sus miradas iban desviándose continuamente para contemplar a todo aquel que iba llegando a la fiesta. Eve tuvo que hacer verdaderos esfuerzos para lograr que se concentraran.

—¿Barajamos y comenzamos de nuevo? —preguntó Eve.

—No es necesario, encanto —contestó lady Morrington—. Margaret, le toca repartir, y esta vez, trate de leerle la mente a la señora Cuthbert.

A las mujeres les hizo gracia el comentario y la señora Cuthbert asintió.

—Estoy mirando las cartas con toda la atención que puedo. ¡Ay, mira que no encontrar una pareja con la que me compenetre!

Concluido el juego, Eve no pudo deshacerse de la sensación de estar siendo observada desde la distancia. Asía los naipes con habilidad y, finalmente, cedió a la acuciante necesidad de ver con sus propios ojos a aquel virtuoso rufián que había evitado a la alta sociedad hasta que el espectro de la muerte lo había llevado hasta el salón de la señora Wickett.

*¡Si tan solo pudiera satisfacer esta estúpida curiosidad y concentrarme!*

Las risas de los hombres que estaban en la mesa de su tío le brindaron la excusa perfecta para mirar atrás y echar un vistazo discretamente a los demás ocupantes de la habitación. Esperaba encontrarle tras una rápida ojeada, pero se le escapó un grito de sorpresa al dar con él al instante. ¡No había duda de que aquel era el «vibrante joven conde»! y, definitivamente, tenía la mirada clavada en ella.

Era el hombre más desconcertantemente atractivo que había visto jamás. Era una obra de arte en oro, con su rubio cabello leonado y los ojos del color del ámbar líquido. Hasta su piel revelaba un insólito bronceado que potenciaba aún más su vibrante energía. Alto y corpulento, parecía un semental pura sangre tratando de zafarse, atrapado en una habitación repleta de pequeños ponis, tan fuera de lugar que Eve perdonó al instante a las mujeres por haberse comportado como colegialas. Después de todo, ella se había girado para verle y, como una tonta, la había sorprendido en el acto.

Los remilgos se evaporaron al sentir la intensidad de su mirada y a Eve no le pareció que el conde de Westleigh fuera el tipo de hombre al que se le pasa por alto ni la más sutil de las miradas. No apartaba la suya de Eve, y ella sintió un escalofrío ante aquel peligro. Lentamente, transcurrieron los segundos y Eve tomó conciencia de que, con cada tictac del reloj, la amenaza iba creciendo.

Aún así, se sentía incapaz de desviar la mirada. El conde de Westleigh era el hombre más asombrosamente atractivo que había visto jamás. Su mirada era una interpelación tan pura y primaria que cada fibra de su cuerpo forcejeaba por responderle. Alzó el mentón con aire desafiante, retándole a ser el primero en apartar la mirada. *¡Un caballero habría acabado con aquel escandaloso análisis y dejado a una dama concentrarse!*

Pero este caballero tenía otra forma de ver las cosas.

Sus dorados ojos pardos transmitían que estaba divirtiéndose con su dilema, como si estuviera disfrutando con su desasosiego, y una nueva hondonada de desazón bailó sobre su piel.

—¡Oh, Dios! —La exclamación de la señora Cuthbert finalmente se interpuso entre ellos y Eve se giró, mirando a las damas realmente avergonzada.

—Veo que el... Espero no haber interrumpido el juego —concluyó con un hilo de voz, luchando contra la sensación de que había flotado algunos centímetros sobre el suelo.

Las damas se echaron a reír.

—¡Qué cosita más adorable! —exclamó lady Morrington con un destello en la mirada—. Creo que hablo en nombre de todas si digo que nuestra comitiva va a quedar de lo más triste sin su compañía.

*Oh, Dios, me está echando. A mi tío Warren le va a dar un ataque de histeria cuando se entere de que no he conseguido...*

La señora Cuthbert replicó jovial:

—¡Ya sé que ha hablado por mí! No me gusta el chismorreo, pero detestaría perderme un puesto privilegiado desde el que observar la temporada social de la señorita Reynolds, especialmente ahora.

Lady Morrington asintió con decisión, confirmando su idea.

—Sé que los naipes son una terrible pérdida de su juvenil tiempo, pero insisto en que se una a nosotras en nuestras reuniones de los martes. Jugamos un poco al *whist*[2] o al juego que nos apetezca, y nos encantaría que se nos uniera. No es tan elegante como todo esto, pero quizá, si su tío le diera permiso...

---

[2] N. de la t.: El *whist* es un juego de naipes en el que se emplea la baraja francesa; se juega por parejas.

*Victoria.*

El alivio desbancó al pánico que la había asaltado en un principio al pensar en la reacción de su tío por haber estropeado el primer paso clave en sus ambiciosos planes. Esto era más de lo que esperaba, una invitación firme a una timba semanal de naipes y su ingreso en su pequeño círculo adinerado. La presencia del conde probablemente había sido un factor decisivo en la invitación espontánea de lady Morrington. Aquellas urracas viejas y chismosas querían un asiento en primera fila en el cortejo del atractivo conde a la joven, al parecer, confundiendo sus lujuriosas miradas con cortés interés. Iban a quedar decepcionadas, pero no sería Eve quien estropeara su victoria aclarándolo. Se aseguró de que su expresión no desvelara ninguna de sus emociones. Normalmente, era toda una maestra en el arte de disfrazar sus verdaderos sentimientos, pero ahora...

Ahí seguía.

Le resultaba muy fácil recordar la mirada en sus ojos y sentir cómo volvía a desatarse el ardor en su interior al pensar en la infame invitación que ella había leído en su mirada. Las reacciones de las ancianas resultaban sorprendentes. Parece ser que el conde de Westleigh no era hombre que ninguna mujer pudiera ignorar sin esfuerzo. Pero Eve no pensaba derretirse y renunciar a aquella victoria por un molesto canalla de ojos dorados y provocativa belleza. Llevaba demasiado tiempo esperando esta temporada y una posibilidad de libertad.

*Tenga cuidado, señor. No soy ninguna debutante temblorosa que vaya a desmayarse si me sonríen.*

Julian eligió deliberadamente una mesa cerca de la joven morena que había despertado su curiosidad. Casi la había pasado por alto, pero había algo en su forma de estar... A decir verdad, no era su tipo. Él se decantaba más por las clásicas y encantadoras rosas inglesas, con sus tirabuzones dorados y esas curvas rosadas y cremosas, pero poseía algo que obligaba a mirarla detenidamente. Con una piel clara y el pelo negro azabache, tenía cierto aire exótico. Julian determinó que, aunque no se trataba de una belleza deslumbrante, con esa amplia pero golosa boca y esas mejillas resultaba encantadora. No tenía los rasgos delicados ni el rostro en forma de corazón, como parecía estar tan en boga en aquellos tiempos, pero sus ojos eran innegablemente impresionantes. Enmarcados en unas largas pestañas oscuras, eran de un inesperado azul zafiro. No se trataba de ninguna muñeca de porcelana. Era demasiado voluptuosa y única, a pesar del recatado corte y el color azul marino de su vestido. Parecía tener una figura lustrosa, aunque solo podía adivinarlo por su altura. Cuanto más la miraba, más le parecía una reina gitana ahí sentada, serena entre la anodina gente de la alta sociedad. Era joven, pero no parecía ser frívola ni inocente. Lo había mirado fijamente, impávida y, por su estilo de juego, se mostraba igual de osada con los naipes.

Paseando por el salón, le había llamado la atención su forma de jugar. Era elegante y contenida. Y, mientras la observaba con disimulo, le sorprendió lo audaz de su estrategia.

*De tanto mirarle los labios a esta preciosidad, se me hace la boca agua... Está lista para catarla...* Se preguntó cuánto duraría la fachada de urbanidad si se quedaran a solas, si temblaría tímidamente antes de rendirse a una naturaleza sensual que trataba de ocultar al mundo. ¿O prendería con el primer roce de su lengua, con la primera caricia de sus manos?

Él negó con la cabeza y miró las pésimas cartas que le habían tocado, reprimiendo una mueca mientras trataba a duras penas de permanecer inmutable. El cambio de aires no había propiciado que cambiara su suerte, pero, Dios santo, aquella misteriosa mujer bien valía algunas partidas funestas más.

Sus oponentes parloteaban y todos se mostraron muy dispuestos a la hora de proporcionarle la información que buscaba sobre aquella exótica ave que se encontraba allí. Cada vez que se mostraban las cartas, se revelaba algún otro detalle provocador. Era una debutante. Su tío, un tal señor Warren Reynolds, un hombre adinerado, aunque nadie estaba seguro de su ocupación ni de la fuente de su enorme fortuna. El señor Reynolds tenía amistades nobles y los habían presentado en sociedad tantos aristócratas que él y su sobrina eran bienvenidos entre las sangres más azules de todo Londres, si no por nacimiento, al menos por invitación. Su tío se hallaba sentado tres mesas más allá y Julian se percató de que prestaba más atención a su sobrina que a sus naipes.

*Señorita Eve Reynolds, es usted todo un enigma...*

Como si lo hubiera dicho en voz alta, observó que ella erguía levemente la espalda, como si estuviera tratando de interpretar el papel de mojigata estrecha frente a sus atenciones. Llevaba un recogido en el pelo del que sobresalían unos largos tirabuzones morenos que caían por su cuello y le colgaban por la espalda; cada uno de aquellos brillantes rizos anhelaba ser acariciado. Empezó a calcular la longitud de su melena si le quitara las horquillas y peinetas. Se imaginó tocando los mechones más menudos de detrás la oreja, o enredando los dedos en aquel cabello suave y sedoso o sumergiendo la cara en su fragancia, lo cual provocó que toda la sangre se le acumulara debajo del abdomen. Julian sabía que la erección era inminente, y que lo atraparía en la mesa, le tocaran buenas cartas o no.

*Un momento muy poco oportuno para distraerme, me temo. ¡Necesito tener la mente despejada!* Pero, por primera vez en su vida, se sintió desconectado del juego. La emoción ante la posibilidad de ganar una fortuna era vana, y los naipes que sostenía entre los dedos lo dejaban frío.

Frunció el ceño ante aquella sensación. Julian trató de recordar alguna otra ocasión en la que el azar le hubiera resultado indiferente. Incluso antes, en la soporífera quietud del despacho de Barnaby, había sentido la dulce esperanza de ganar y el baile de naipes sobre el terciopelo verde había atraído su atención.

Ahora, en lo único en que podía pensar era en la debutante que estaba allí, y se preguntó si la diosa Fortuna no estaría jugando otra vez con él.

—¿Otra partida, lord Westleigh? —le preguntó cortésmente el caballero que repartía.

Parpadeó y volvió la mirada hacia ella, y su sonrisa fue de puro pecado.

—Como poco.

# 2

—¿Quién era? ¿Te conocía de algo?

Eve tenía las manos encogidas dentro del chal para ocultar que agarraba el satén con fuerza, en actitud defensiva. Ella y su tío habían dado tan solo unos pocos pasos en el interior del lujoso vestíbulo de la casa que habían alquilado para la temporada social y se lamentó por enésima vez de que su tío fuera tan observador.

—La señora Cuthbert me dijo que su nombre es Julian Clay, conde de no sé qué. Westleigh, creo. Y no, tío Warren, no creo que nuestros caminos se hayan cruzado jamás.

Negó con la cabeza, poco convencido.

—Parecía mirarte muy fijamente, como si te conociera.

—¡Vamos, por favor! Se sentía claramente fuera de lugar y yo era la única que no llevaba el pelo cubierto de polvo. Estaba inspeccionando el salón esperando encontrar a alguien con quien flirtear para animar un poco la noche. —Su anciano mayordomo se acercó para darles la bienvenida y ella le entregó el chal—. Buenas noches, Barnett. Espero que no te hayamos obligado a estar despierto hasta demasiado tarde.

—En absoluto, señorita Reynolds —le contestó, sonriendo mientras recogía sus cosas—. Deseo que haya pasado una buena tarde.

Warren Reynolds lo despidió con brusquedad antes de haberse siquiera desabrochado el abrigo. Cuando los pasos del sirviente ya se habían alejado, continuó.

—Bueno, no puedo culpar al conde por haberlo intentado. Ya no me acordaba de lo aburridas que pueden llegar a ser este tipo de veladas. Pero lo has hecho estupendamente. Y será mejor que sigas cuidando las formas, señorita, y que te guardes bien de flirtear. Esta gente, con solo notar la más mínima indiscreción por parte de una dama, ya está cotorreando; nos quedaríamos sordos con tanto cacareo.

No fue necesario que enunciara la amenaza. Eve se mostró impávida, a sabiendas de que cualquier signo de nerviosismo podía delatarla, y su tío Warren no era de aquellos a los que se les suele pasar nada por alto.

—Lord Westleigh no me importa y, francamente, yo diría que nos ha sido de utilidad esta noche.

—¿Ah, sí?

—Bendito sea, sí. —Aquella expresión era del propio Warren y le hizo sonreír. Eve sintió que se quitaba un peso de encima. Su tío se pondría de mejor humor con lo que le iba a contar—. Distrajo a las señoras y, mientras las entretenía, conseguí estudiar sus hábitos y gestos. Así que ya ve, tío —continúo con aire pícaro—, hasta un conde puede ser de utilidad en algún momento.

Warren se echó a reír.

—¡Pero solo en raras ocasiones, sobrina! —Su semblante recobró la seriedad y ella imaginó lo que su tío estaba pensando, pues se hallaba muy familiarizada con sus procesos mentales, tras cinco años bajo su tutela, ya que él ejercía de «mentor». Aquella podía ser una buena oportunidad—. Haré algunas averiguaciones sobre el conde Westleigh para ver si, por el camino, podemos obtener algunos frutos.

—¿Por el camino? Pensaba que los frutos eran nuestro objetivo en sí.

—¡No necesariamente! —le corrigió con humor—. Estoy preguntándome si no encontraremos un marido rico para ti esta temporada. Sería un golpe maestro, ¿eh? ¡Y qué alegría verte felizmente casada!

—¿U... un marido? —Al instante, se tragó cien razones por las que los hombres que a su tío le parecen un buen partido resultarían ser un completo desastre. No era la felicidad de ella lo que él quería. Su tío Warren pretendía conseguir un buen partido para asegurarse un retiro dorado, y sus preferencias no estaban contempladas en sus planes.

No era tan estúpida como para creer que explicarle sus sentimientos serviría de algo.

—Ya sé que me había prometido no casarte hasta que... bueno, hasta encontrar un partido adecuado para ti, ¡entonces tendrás tus propios salones de lujo donde poder desplumar a las urracas cuando quieras! —Le apretó la mano cariñosamente—. ¿Qué te parece?

—Creo que soy alérgica a las plumas, tío Warren, ya sean ricas o no. —Eve hizo un esfuerzo por centrarse—. Además, ha sido una noche realmente productiva. Las señoras me han invitado a asistir a sus partidas de naipes.

—¡Entonces ha sido dinero bien invertido! Las timamos unas cuantas veces y, en unas pocas semanas, tendremos el dinero que nos hace falta. Estamos esquilmando nuestro dinero aquí, pero, en esta ocasión, no podemos fracasar. Lo tengo todo planeado, Eve y esta vez, ya verás, ¡Está todo pensado!

—Lo sé, tío Warren. Pero es tarde. Ya hablaremos mañana. Ha sido una noche muy larga y quiero ir a acostarme.

Él agitó la cabeza, pero, finalmente, soltó su mano para dejarla marchar.

—Vete a dormir, pues. ¡Mañana será otro día, Eve!

Ella asintió con la cabeza y lo observó mientras se retiraba alegremente a sus habitaciones. A continuación, se dirigió hacia las escaleras asiendo una de las lámparas de aceite que había en la mesita. Habían instalado lámparas de gas por toda la casa, e incluso había electricidad en las habitaciones principales, pero el tío Warren había logrado convencer al escuálido personal que tenían contratado de que era un extravagante, y que quería que esas comodidades se instalaran solo en el piso de abajo y donde hicieran falta debajo de las escaleras. Solo aquellas zonas de la casa que los invitados pudieran ver se mantendrían iluminadas y cómodas, además de su propio aposento, por supuesto. Les había explicado a todos que no quería que su obstinada sobrina se «ablandara» con las costumbres de la ciudad, contándoles lo que decía el doctor sobre las revitalizantes bondades de las antiguas incomodidades. Todo aquello no eran más que patrañas, pero Eve sabía que él era de la opinión de que no merece la pena gastar un solo penique en florituras que nadie iba a ver. Además, su tío no era de los que gustan desperdiciar un solo chelín en lo que a él le parecían «comodidades femeninas». Así que, en los pisos más altos no había agua caliente ni gas, y Eve hacía verdaderos esfuerzos por actuar como si todo aquello fuera perfectamente normal. Tenía que llamar a una doncella para que la ayudara a vestirse, pero luego carecía de las cosas más elementales.

Tampoco servía de nada señalar que el dinero extra con el que sobornaba a los sirvientes para que no chismorrearan sobre su extravagante austeridad bien podría haber servido para pagar dichas «comodidades». Ni servía de nada aplicar la lógica a los procesos mentales de su tío, pues conocía de sobra sus obstinadas rarezas como para perder el tiempo contradiciendo sus planes.

El orgullo y el temor eran el motor de sus imprevisibles acciones, y Eve sentía el espectro de terror que los aguardaba en cada esquina. Sus vidas no eran lo que parecían ser, y el esfuerzo de estar constantemente actuando les resultaba agotador. El tío Warren no era fácil de manejar ni en el mejor de los casos. Cuando de sus planes se trataba, era más terco que una mula y ella se guardaba mucho de tirar de los flecos que tenían sus elaboradas estratagemas. En aquel momento, le sorprendía que su tío se encontrara de tan buen humor, dado que se hallaba en juego el dinero acumulado y ganado con tanto esfuerzo durante toda una década. Había decidido emplear cada penique en las mesas de juego durante la temporada social de Londres y escapar para siempre del laberinto de mentiras y deudas que habían dejado tras de sí.

Su tío no era un hombre cruel. Era encantador, pero egoísta e insensible a los sentimientos de todos excepto los suyos propios. Hacía algunos años había concluido que su preciosa sobrina estaría encantada de ayudarle en los enrevesados proyectos que su mente trazara. Especialmente, una vez se hubo percatado de lo útil que podía resultarle en los juegos de azar y, ahora, en aquella última temporada social, desplumando a la elite londinense. Eve dudaba que se le fuera a pasar alguna vez por la cabeza que quizá no le apetecía casarse con un buen partido elegido por él, y vivir rodeada de brandi caro y terciopelo por el resto de su vida, independientemente de lo que aquello implicara.

Respiró tranquila por la bendición de estar sola y sin que la vigilaran por primera vez en muchas horas. *Cae el telón y podría ponerme a dar botes bailando si quisiera...*

Sonrió, subiendo sigilosamente las escaleras y lamentándose por haber entregado el chal a Barnett con tanta rapidez. En aquella casa había muchas corrientes de aire, y la noche estival resultaba de un frío impropio para la época. La llama de las lámparas de gas estaba baja, pero ella prefería que estuviera así. La tenue luz ayudaba a que los ojos se le acostumbraran a la oscuridad. Incluso en la relativa seguridad de su dormitorio, mantenía los sentidos alerta. Se suponía que en el piso de arriba no había nadie, pero no se fiaba de los sirvientes, por si a alguno le daba por «extraviarse» para husmear un poco.

Los sobornos eran de un monto considerable, pero ella sabía que la atracción por lo prohibido era una tentación que ninguna moneda podía comprar. Eve llegó a la tosca puerta de madera que había al final del pasillo y entró en su dormitorio con una sensación de alivio. Tras dejar la lámpara, recorrió la habitación preparándose para meterse en la cama, sin reparar en los destartalados y espartanos muebles de la habitación. Se desvistió con la habilidad de una mujer acostumbrada a que nadie la ayudara, alisando las arrugas y colgando el vestido inmediatamente en el armario para que se aireara. Se fue quitando meticulosamente una capa de ropa tras otra, colocándolas en su sitio sin ceremonias, hasta que se quedó en su sencillo camisón de algodón blanco, con las calzas y la bata.

El tocador estaba vacío, solo había un cepillo y un pasador, una cajita de horquillas y un único frasco de perfume. Guardaba algunos cosméticos en el cajón de en medio, pero por una vez, se había mostrado de acuerdo con su tío en su decisión de optar por la sencillez. Después de todo, se supone que era una tímida y apocada debutante, aparentemente poco adaptada al glamur de un salón de baile, destinada a la soltería, ¡la pobrecita! Era un papel que había interpretado muy bien en el pasado, pero aquella noche...

Cuando se sentó para soltar sus largos tirabuzones, se detuvo a observar detenidamente su reflejo en el espejo y se preguntó qué sería lo que había atraído la atención del conde de Westleigh. Desde luego, su belleza no, concluyó. No era nada guapa, en su opinión, con aquella boca carnosa tan grande, y esos rasgos tan duros. Arrugó la nariz, y deseó tenerla más estrecha y respingona. Finalmente, se miró a los ojos en el espejo y sonrió al percatarse de lo inútil de sus cavilaciones. Su padre siempre le decía que tenía la misma mirada cautivadora y el mismo color de ojos que su madre. Era bastante atractiva y la belleza no le era especialmente útil para el papel que tenía que interpretar, llamaría demasiado la atención y el escrutinio que aquello hubiera implicado resultaba muy peligroso.

Así que ¿qué sería lo que había llamado la atención de la mirada del color del ámbar del conde? ¿Qué sería lo que habría inspirado el deseo en su mirada?

Sacó el pequeño frasco de loción del cajón y se extendió un poco de crema en las manos mientras le daba vueltas al asunto. Quizá, lo que le había dicho antes a su tío para desviar su atención fuera cierto. Solo su juventud podía explicar que el conde la hubiera elegido. Ella solía ser una singularidad en las moradas de sus mayores, en las fiestas más formales que seleccionaban intencionadamente. Su tío solía contar que era un alma filosófica que detestaba bailar y prefería la compañía de sus añosos amigos. Aquella explicación abría la puerta a las miradas compasivas o daba lugar al inicio de las adivinanzas e hipótesis sobre si le habrían roto el corazón o si conocían a alguien que pudiera ser apropiado para ella y la pudiera reinsertar en el mundo de los jóvenes.

En cualquier caso, fuera cual fuese la conmoción que le hubiera provocado al mirarlo fijamente a los ojos en público, sin duda, el conde de Westleigh ya se habría olvidado de aquello. Probablemente, el conde disfrutaba jugando a incomodar a las jovencitas, a sabiendas del impacto que su arrogante mirada podía tener sobre el débil corazón de las damas. Ya se había topado con otros hombres como él en otras tantas ocasiones, aunque debía reconocer que ninguno de aquellos gallitos eran la mitad de atractivos de lo que ellos se creían.

Julian Clay era más seductor de lo que le estaba permitido a cualquier hombre. Pero aquel encuentro ya había quedado atrás y, por muy provocador que le hubiera resultado, dudaba mucho de que volviese a verle. Al fin y al cabo, las señoras habían dejado claro que les había sorprendido la atención brindada, dado que, normalmente prefería otras presas más joviales.

Y, tal como le había dicho a su tío, el conde, a decir verdad, le había hecho un favor que iba mucho más allá que haberles ofrecido a las damas una buena excusa para incluirla en sus partidas semanales. Lord Westleigh también había captado la atención de su tío, lo cual podía acabar siendo un verdadero golpe de suerte.

Porque, por una vez, tenía un plan propio del que su tío no tenía ni la menor idea y, si todo salía bien, aquella no solo sería su primera temporada social en Londres, también sería la última.

En los últimos años, los geniales planes de su tío apenas habían variado independientemente de la ciudad europea en la que viviesen. Por lo general, sus planes consistían en integrarse en los círculos de la alta sociedad en los que hubieran logrado entrar y participar en un sinfín de juegos de azar, apoderándose del dinero de sus acaudalados amigos hasta que les vaciaban los bolsillos o hasta que ella o su tío eran descubiertos. Conforme fue madurando y demostrando su asombrosa habilidad en las mesas de juego, Eve fue sintiéndose cada vez más enredada en la tela de araña que a su tío tanto le gustaba tejer.

Al principio, no se daba cuenta. Tenía dieciséis años cuando su padre murió y nunca se había preguntado por qué se mudaban con tanta frecuencia y no se establecían en un lugar, como hacían los demás. Toda su vida se había limitado a confiar en que su maravilloso y alegre padre volvería de sus aventuras y sus fiestas con encantadoras historias, y jamás se preocupaba por su peripatética existencia. Tras su muerte, llegó su tío Warren, tan parecido a su padre, vividor y afable y, en su dolor, su despreocupado carácter había sido un bálsamo para ella. Las cosas habían cambiado tan poco al principio. Hoteles y casas de huéspedes, maletas y baúles y un sinfín de diversiones eran el pan de cada día. Pero, a diferencia de su padre, el tío Warren la había incluido en sus fiestas y a ella, al principio, le agradaba la sensación de formar parte de aquel mundo de adultos, que era tan fascinador y decadente. La animaba a que participara en las mesas de juego, toda una novedad para sus anfitriones y, con el tiempo, fue surgiendo una nueva y lucrativa fuente de ingresos.

Pero su tío era más imprudente que su padre y, con el tiempo, descubrió que más despiadado y, finalmente, ella tuvo que reconocer la verdad: no tenía sentimientos, ninguno.

Eve suspiró. Aunque lo intentara, no podía ignorar a su conciencia. Por mucho que su tío insistiera en que el juego no era más que un medio de ver a los poderosos arrastrarse, no podía quitarse de encima la sensación de culpabilidad que siempre la invadía cuando le vaciaba los bolsillos a un contrincante. Su única amiga en este mundo, Jane

Kingsley siempre la había precavido sobre el juego y sus peligros ocultos, pero ni siquiera Jane lo sabía. La alternativa resultaba impensable. Después de todo, cuando son tus propios bolsillos los que están vacíos, nadie tiene piedad cuando pierdes.

Su existencia habría sido mucho más agradable si hubiera sido capaz de encontrar su lugar en el mundo, pero, en vez de eso, se enfrentaba sutilmente a su tío cuando podía. En una ocasión trató de guiarlo hacia la respetabilidad a través de un matrimonio sólido. Al fin y al cabo, él era la única familia que tenía. Pero era una causa perdida.

Así que, a los diecinueve, cuando se presentó la oportunidad de escapar y hacer su propia vida en la romántica ciudad de Venecia, la tomó. Había dado y perdido la cabeza por el peor tipo de canalla: los que se disfrazan de caballeros. Las promesas de matrimonio, y de un hogar real lejos del inestable circo de la vida con su tío, habían llevado a Eve a rendirse a la pasión y al «amor verdadero». Era tan elegante y sofisticado, tan atractivo y amable...

Hasta que el señor Dante Moore la dejó, cruelmente mancillada, humillada y sin alianza de boda.

El tío Warren la recibió con solemnes palabras de consuelo, prometiendo guardar silencio sobre el asunto y estrechando una nueva atadura más entre ellos, seguro de que ella no volvería a abandonarlo ahora que era el receptor de sus peores secretos.

Le había dado unas palmaditas en la mano y le había explicado sosegadamente:

—Tendrás la cabeza más despejada para jugar a los naipes si te olvidas de todas esas fantasías románticas y filosofías estúpidas que las mujeres se inventan cuando las dejan.

Pero volver a confiar en alguien le resultaba imposible.

En los dos años siguientes al desastre de Venecia, su errática andadura por Europa la había mantenido ocupada y distraída, mientras su tío trataba de hacerse con la escurridiza fortuna del primer desdichado anfitrión que los recibiera. Eve fue creciendo y llegó a odiar todo aquello aunque, al no contar con dinero propio ni con nadie en quien poder confiar, se había visto obligada a participar en el juego y a interpretar el papel que él le pedía: el de jovencita inocente, bruja despiadada o damisela en apuros, y a esperar la oportunidad para poder escapar de sus propios actos.

Pero ahora, después de mucho tiempo, habían llegado a Londres y el tío Warren había decidido jugárselo todo a una carta, arriesgando lo que les quedaba de las fortunas que ella había conseguido para él durante los últimos años. Este se presentaba afirmando ser un rico industrial y mostraba tarjetas de presentación e invitaciones de sus anteriores víctimas ignorantes para asegurarse de que accedían al tipo de presa adecuada. Las apuestas en las partidas aumentaban según iban ascendiendo en la escala social. Con el talento de Eve, aquella temporada social sería la definitiva que los retiraría de por vida.

*De por vida... o hasta que mi tío se lo gaste todo en mujeres y en brandi. Le llevará un par de años y, después, volverá con otro plan para arrastrarnos a los dos a España, o a Francia o quién sabe a qué otros lugares.*

*A menos que consiga embaucar a alguien para que me case con él y, entonces, me quedaré atrapada en una vida sin amor y de sumisión.* Ella se encogió de hombros, dejó el cepillo y se ajustó el chal que llevaba sobre los hombros. *¡Ese es su plan, no el mío!*

Al fin y al cabo, aquello era Inglaterra, y ella aún podía recordar la voz de su padre y el cálido destello de sus ojos cuando hablaba de su país natal. Adoraba a su padre. Era tan jovial y dulce que le resultaba fácil confundir sus defectos con virtudes. Había sido muy popular entre sus adineradas amistades y a nadie pareció importarle su desigual posición económica, ni su incansable afición por el juego, ni su constante búsqueda del chaleco perfecto. Cuando murió, Eve se encontró con docenas de chalecos de todos los colores imaginables, muchos aún sin estrenar. *Ni dos peniques que legarme y, sin embargo, dejó un armario que hubiera sido la envidia de cualquier príncipe.*

Si su padre se hubiera planteado buscarle un buen partido, jamás habría dejado sus sentimientos fuera de la ecuación, ni lo hubiera tomado como otro plan más de los suyos. Aunque su padre le había enseñado a jugar a las cartas, no había sido con la intención de que ella utilizara tal habilidad como arma inquina en las mesas de juego. Siempre hablaba de traerla a Londres para su puesta de largo, así que, aunque solo fuera en eso, al menos su tío Warren había cumplido los deseos de su hermano.

Finalmente, tras cinco años deambulando como nómadas, aquello era lo más parecido a un hogar que había tenido nunca. Y esta vez, lo haría por sí sola y sin tener que depender de un hombre que la rescatara y le ofreciera todas las cosas que deseaba. Había decidido buscar ella misma la oportunidad de labrarse su propio camino en el mundo. Y así, su plan fue cobrando vida y Eve sabía que aquella oportunidad podía no volver a presentarse jamás.

Si la atención de su tío se desviaba hacia el papel que un conde podría desempeñar en sus planes, mejor. Si le daba por pensar que Westleigh era la presa ideal, no vigilaría tan de cerca a las ancianas. Mejor para ella. Aunque se dedicara a perder el tiempo presentándole posibles pretendientes, Eve sabía que podría declinar sus proposiciones con sutileza.

Sonrió ante la simplicidad de todo aquello. Su tío podía soñar todo lo que quisiera con tiaras y pagarés. Con el círculo de amistades que tenían, no coincidirían con los círculos del conde, más joviales, así que ella estaría a salvo de su inquietante mirada y de su perturbador atractivo. Solo le hacía falta una temporada social. Una buena temporada. Una temporada productiva para dejar a su tío con los bolsillos llenos y purgar la culpa por abandonarle. Una temporada provechosa para poder fundar su preciado nido, tomar su propio camino y comprobar que podía llevar su propia vida, una vida completamente diferente.

De hecho, ya había empezado, aunque a muy pequeña escala. Entregaba diligentemente todo el dinero que ganaba en las mesas de juego. Sin embargo, lo que su tío no sabía era que había empezado a animar a las mujeres a que se jugaran sus «alhajas y bagatelas», y eran todos aquellos pequeños tesoros lo que estaba acaparando, poniéndolos a buen recaudo. Lo había guardado todo en pequeñas bolsitas ocultas que se había cosido en las enaguas, segura de que ninguna mujer comentaría a un simple conocido, como era el señor Warren Reynolds, que había jugado y perdido imprudentemente una de las piezas de su joyero. Por el riesgo y por una mala experiencia vivida en Praga, hacía mucho tiempo que su tío había decidido no aceptar que sus víctimas saldaran sus deudas con joyas ni con reliquias de familia. A él jamás se le pasaría por la cabeza que ella pudiera desobedecer sus dictámenes. Los duros años transcurridos le habían enseñado a diferenciar el cristal y las baratijas de las joyas de verdad. De este modo, había decidido aprovechar las oportunidades que él dejaba pasar y ocultaba los frutos de su trabajo tras dos azulejos sueltos del cuarto de baño.

Si lograba mantener las ganancias de aquellas apuestas «al margen», el tío Warren jamás descubriría que tenía un pequeño tesoro escondido. Cuando acumulase lo suficiente para poder vivir y comenzar una nueva vida, quizá hasta para comprarse una pequeña casa en la campiña, en algún lugar lejos de Londres, donde nadie supiera nada de apuestas ni de chanchullos, escaparía de su tío y desaparecería para siempre.

Era un plan sencillo. Y la simplicidad siempre entraña cierta elegancia.

La libertad era como el canto de una sirena y cerró los ojos para saborear el dulce sabor de la esperanza. Desde la muerte de su padre, casi había olvidado la sensación de la esperanza más allá de cuando le tocaba una buena mano de cartas. Con la fugaz y desastrosa relación de Venecia, solo había logrado reforzar su impresión de que confiar en los demás resulta peligroso. Todos aquellos años pasados se desvanecían cuando se imaginaba en su pequeña casa de ensueño con un jardín moteado de árboles.

Y si finalmente acababa casándose con un hacendado, que así fuera. Pero los jugadores rufianes y estafadores como su encantador tío no tendrían cabida en su vida.

Debía jugar bien. Al fin y al cabo le iba a hacer falta algo más que la partida semanal con aquellas ancianas para financiarse la huida. Pero, cada paso que diese a partir de aquel momento la conduciría más cerca de su objetivo; al fin y al cabo, estaba jugando con las mujeres más adineradas de la alta sociedad. Ella era sensata y tenía paciencia de sobra para diversificar sus victorias y que así sus víctimas no se lamentaran ni descubrieran la relación entre sus esquilmados bolsillos. El destello de los diamantes, zafiros y rubíes se extendía en su horizonte, pero aquel sueño había dado un giro al haber escuchado la risa de un hombre de ojos dorados tras ella; un cálido y predador bramido que le había provocado un escalofrío. Eve agitó la cabeza y apartó aquel sueño de su mente.

—Buenas noches, señor Clay —murmuró, apagó la lámpara de un soplo y se fue a la cama—. ¡Y adiós!

Era un poco temprano para volver a casa de Shelbrook, teniendo en cuenta que, normalmente, se solía cruzar con el servicio y saludarlo al amanecer, cuando se preparaban para empezar a realizar sus tareas. El reloj del vestíbulo dio la una cuando Julian subía las escaleras hacia el primer piso, donde se encontraba su habitación. Se rió al pensar en el extraño e imprevisto giro que había dado la que había sido la primera salida «respetable» que había hecho en meses. Jamás se le había ocurrido que pudiera divertirse observando a una mujer jugar a los naipes.

*Maldita sea, me he pasado la mejor parte de la velada atrapado en una silla a causa de una embarazosa erección y con los peores conversadores del mundo.*

Era irrisible, pero no recordaba haber disfrutado más en una salida. Aunque su disfrute habría sido mayor si hubiera logrado acercarse a menos de dos mesas de distancia, Julian concluyó que se sentía extrañamente contento por el golpe de suerte que la presencia de aquella joven había supuesto en su camino.

*Creo que estoy listo para una saludable distracción, y si...*

—Llegas pronto —resonó la voz de Beatriz, algo molesta, que le esperaba bajo el dosel de su cama.

—¿Ah, sí? —contestó él, cruzando los brazos—. ¿Acaso te he estropeado el plan de quedarte aquí cinco horas esperándome hasta que apareciera a mi hora habitual?

La dama no se mostró ni mucho menos divertida por aquel comentario irónico.

—¡No seas tonto! Te he oído abajo y he cruzado con sigilo el pasillo para darte una sorpresa.

—¿Y no le va a sorprender un poco a Barnaby no encontrarte en su cama?

Al diablo, no estaba de humor para jueguecitos. Una cosa era invitar a una mujer a su cama, y otra encontrársela entre sus sábanas, acosándolo.

—Está durmiendo abajo en el sillón de la biblioteca. Demasiadas copas, supongo. —Su voz destilaba desprecio, pero pareció tomar conciencia de la situación y trató de recuperar su plan de seducción—. Esta noche no va a subir, Julian, querido. No podía dejar de pensar en ti y en lo que es sentir a un hombre de verdad entre los muslos, así que...

—Beatrice. —Alzó una mano y tomó aire profundamente, rogando por que las pocas habilidades diplomáticas que le quedaban lo salvasen. Le ofreció lo que esperaba que fuera la imagen de un hombre dolorosamente tentado por la cautivadora imagen que ella ofrecía—. Estás arriesgando demasiado, y empiezo a pensar que quieres atormentarme hasta acabar conmigo. Eres demasiado hermosa y embriagadora. Pero ya sabes que no podemos. No así, ni esta noche.

Su expresión era todo un estudio de la confusión.

—No sé nada de eso. Quítese los pantalones, lord Westleigh.

*He ahí una frase capaz de templarle la sangre a un hombre.*

Julian apretó los dientes; lord Westleigh no acataba órdenes como si fuera un sirviente. Ella había apartado las sábanas, extendiendo los brazos para mostrarle sus senos desnudos, su suave piel, obviamente esperando su inmediata obediencia y embelesada admiración. El cuerpo le respondió un poco a pesar de que estaba molesto, pero Julian no tenía intención de ceder. Se acercó un poco más, pero solo para reducir las posibilidades de que los oyeran

—Es realmente difícil resistirse a tus encantos.

—Nadie lo intenta siquiera. —Beatrice se reclinó, su expresión adquirió más confianza y se destapó aún más—. Ven a la cama, Julian.

—Si tú me has oído cuando estaba abajo, seguramente el servicio también me habrá escuchado. —Julian permaneció inmóvil, haciendo ver que disfrutaba de la vista para no ofender a la dama. No obstante, pudo percibir que su expresión se tornaba grave al entender la fría realidad de sus palabras—. No me suelen importar demasiado los rumores, pero debemos ser más discretos. Todos los criados y sirvientas saben que Barnaby ha dormido esta noche en la biblioteca y que tú la has pasado aquí. No creo que tenga tanta estrella como para poder sobrevivir a otra bala si tu marido se entera de nuestras relaciones por terceros, y mucho menos si encuentra la prueba en su propia casa.

Ella empezó a cubrirse lentamente con la sábana, recuperando reacia el pudor.

—Ayer no te oí clamar por la discreción en tu vestidor.

—Como te he dicho —Julian sonrió, consciente de que había logrado una suspensión temporal de ejecución—, es realmente difícil resistirse a tus encantos. Soy humano, Beatrice.

Ella cogió su bata de seda y salió de la cama.

—No me mientas, Julian Clay. —Pasó junto a él sin hacer esfuerzo alguno por tocarle.

—¿Acaso dudas de tu belleza?

Ella llegó a la puerta y se volvió riéndose entre dientes.

—¡En absoluto! No necesito que me digas lo hermosa que soy.

—¿Ah, no? ¿Entonces qué es lo que no crees? —contestó cauteloso.

Aquella sonrisa no se reflejaba en sus gélidos ojos azules.

—Que seas humano.

Ella abrió la puerta y se marchó antes de que a él se le ocurriera una buena respuesta. Para su sorpresa, aquel último comentario le había dolido. Tampoco le habría pasado nada por haberla aceptado, pero... ¡maldita sea! Se sentía como un animal atrapado. Como un animal mimado y rodeado de bellos muebles. Había llegado el momento de buscar otro alojamiento o comprobar si alguno de los amigos que tenía sin esposa necesitaba un poco de compañía. Se sirvió un brandi y soltó un suspiro. Por muchas dificultades que la hospitalidad del señor Shelbrook entrañara, no cabía duda de que tenía muy buen gusto para el alcohol.

Julian se fijó en una bandeja que contenía un montón considerable de sobres y tarjetas. Atravesó la habitación para examinar las invitaciones y acabó seleccionando los eventos a los que la señorita Reynolds podría asistir. Todas las notas que en otro tiempo habría descartado sin miramientos, quedaron apiladas a un lado.

*Este pajarillo tratará de ocultarse entre las sangres azules más aburridas y acaudaladas, intuyo.* Si su tío estaba tan preocupado por hacer las relaciones adecuadas, tal como habían insinuado sus compañeros de juego, entonces, solo las reuniones más prestigiosas funcionarían. Tomó un sorbo de brandi, dejando que su fuego de ámbar le liberara de las tensiones. *Dios, ¿cómo podía nadie creer, ni por un solo instante, que voy a asistir voluntariamente a esas aburridas veladas? ¿Con qué motivo? ¿Para ver a la señorita Eve Reynolds? La próxima vez, encanto, ya veremos el tipo de juegos que realmente te gustan.*

Julian se desvistió, y sus pensamientos continuaron arremolinados en torno a la caza que avizoraba. Se rió por lo bajo por lo irónico de todo aquello. Tras toda una vida de notoriedad, ahora había comprendido que el mejor de los camuflajes podía ser la respetabilidad.

# 3

A Julian le bastó echar un simple vistazo por el salón de la mansión de lord Hutton Mayfair. Estaba abarrotado de deslumbrantes parejas que formaban entre sí un caótico arco iris rítmico mientras se desplazaban sobre el dibujo de la solería. La intuición le decía que ella no asistiría, así que fue directo a un saloncito con unas cuantas mesas dispuestas para aquellos que eran demasiado mayores para bailar y para los que habían oído los cantos de sirena de los naipes.

Y ahí estaba.

Tras una semana entera asistiendo a los eventos sociales más soporíferos, finalmente, había dado con ella. Como una oscura joya, Eve Reynolds surgió de entre los demás casi tal y como él la recordaba tras aquella velada en casa de Wickett. En lugar de los habituales tonos pastel de las debutantes, de nuevo, llevaba un vestido azul marino, aunque, esta vez, era de satén, haciendo juego con su morena cabellera y, si mal no recordaba, le resaltaría los ojos, haciéndolos más resplandecientes. Como en la ocasión anterior, ella era la única criatura joven de todo el salón, y le sorprendió que a nadie más le resultara extraño. Echó un vistazo por el salón para asegurarse de que su tío no estaba cerca, y comprobar si la acompañaba una carabina, Julian sabía que uno u otra aparecerían raudos y veloces.

Aun así, permaneció allí un par de minutos más para observarla desde la distancia. La impresión que había causado en él en casa de Wickett quedó confirmada y Julian sonrió por la sutil elegancia y el control que demostraba al lograr hacer que el juego pareciera sencillo sin dar demasiado poder ni intimidar a su oponente. Lady Morrington charlaba alegre al otro lado de la mesa, y Julian se percató de que lo único que le importaba era su mano de cartas. Negó con la cabeza. Decidió que aquel era el momento ideal para hacer las presentaciones.

Atravesó la habitación dirigiéndose hacia ella, que se encontraba de espaldas y le encantó comprobar que había conseguido tomar a la encantadora señorita Reynolds por sorpresa. *Que Dios me asista, ¡si es que ya me estoy divirtiendo!*

—¡Lady Morrington! —Julian fijó la mirada en la matrona, desarmándola con una pícara sonrisa con la que evitó tener que mantenerse serio, tras percatarse de que su preciosa presa casi da un salto de la silla para huir.

—¿Será cierto que los hados son tan generosos como para permitirme poder volver a saludarla, habiendo transcurrido tan poco tiempo? Aunque no era mi intención interrumpir su...

—¡Lord Westleigh! —le interrumpió Lady Morrington, plegando las marcas de los años en el lateral de sus ojos, que brillaban encantados—. ¡Es usted un galán incorregible! No puedo imaginarme qué es lo que le ha traído a mi terrorífica presencia, si no es por... —Lady Morrington continuó tan contenta—. ¿Le han presentado como Dios manda a mi joven amiga, señor mío?

—Creo que no he tenido el placer. —Julian aguardó con toda la inocencia que fue capaz de mostrar mientras la anciana hacía caso omiso de las plegarias de la señorita Reynolds por que tuviese piedad de ella. Por su parte, él tuvo que apretar los dientes para no reírse al ver la feroz mirada que le lanzaron aquellos increíbles ojos azules cuando, finalmente, ella se decidió a mirarle a los suyos.

—Lord Westleigh, ¿me permite presentarle a la señorita Eve Reynolds? ¿A que es una cosita adorable? Es una jugadora aceptable, pero está mejorando con mis enseñanzas, valga la modestia —dijo lady Morrington.

—Lord Westleigh —Eve inclinó la cabeza—, es un honor.

*Aceptable. Se quedaba corta.*

—¿Puedo unirme a ustedes? —preguntó, tomando el asiento que lady Morrington le ofrecía y percatándose del rubor en las mejillas de Eve—. Creo que podré soportar sus enseñanzas también.

Lady Morrington sonrió encantada, claramente divertida por la broma. Eve Reynolds, por su parte, se mostró menos impresionada, pues arqueó las cejas con escepticismo, aunque recompuso su expresión cuando la anciana la miró para guiñarle un ojo.

—Pero si solo son juegos de salón, lord Westleigh —afirmó Eve suavemente, y a Julian le gustó su voz. Era melosa pero fuerte, ni chillona ni entrecortada (dos características que solían compartir las chicas de su edad)—. Quizá se lo pase mejor con los hombres que están en la biblioteca. A mi tío le ha parecido que allí había más entretenimiento para un caballero.

—En absoluto. —Cogió todas las cartas y empezó a barajarlas sin apartar la mirada de ella. El satén azul le resaltaba la mirada, tal como esperaba. *Eres una fiera adorable, ¿a que sí? Pero, con la querida lady Morrington pendiente de cada palabra, está usted atrapada, señorita Reynolds. No le queda otra opción más que jugar, aquí veremos quién es usted—*. Me encantan los juegos de salón.

—¿Por qué no juega usted al juego de los cientos con lord Westleigh, señorita Reynolds? Creo que necesito descansar la vista. —Lady Morrington se reclinó en su silla, arrojándola directamente a las manos de Westleigh.

—Por supuesto, *madame*. —Eve se movió en su asiento, irguiéndose, como para prepararse para la batalla—. ¿Me permite llevar los puntos?

—¡Déjemelo a mí! —se ofreció lady Morrington, provocando cierto alboroto al ponerse a buscar un lápiz.

—Yo tengo algo que le puede servir —dijo Julian, extrayendo una libretita de cuero del bolsillo de la chaqueta—. Dentro hay un lápiz.

—¡Qué oportuno! —Lady Morrington se puso a su tarea, feliz de dirigir el juego y llevar la cuenta. Julian se tomó algo de tiempo para sacar de la baraja los naipes que no eran necesarios, sin prisa alguna por concluir los preliminares.

—¿De dónde es su familia, señorita Reynolds?

—Somos originarios de Cotswolds, pero mi padre prefirió viajar por el mundo. Debo confesar que esta es la primera vez que vengo a Inglaterra desde la última ocasión que estuve aquí, cuando era pequeña.

—¿Y qué le parece?

Le pasaron por la cabeza una decena de respuestas pero, finalmente, contestó con serenidad.

—Muy divertida. No me esperaba conocer gente tan encantadora... ni sentirme tan bien acogida. —Miró a lady Morrington, de nuevo ruborizada—. Todo el mundo parece tan amable.

—¿A que es una cosita adorable? —dijo lady Morrington, dándole unas palmaditas a la querida cosita en el hombro.

Él asintió.

—Es cierto. —Observó su semblante, que asomaba por el abanico de naipes que sujetaba, olvidándose por un instante de que había más personas en el salón. Era fácil apartarse del mundo al volver a contemplar el atractivo de la joven, que parecía disimular para no llamar la atención. Se había recogido el pelo en una trenza habilidosamente sujeta en lo alto de la cabeza, con algunos mechones cayendo para suavizar la forma de sus facciones. Llevaba una gargantilla de cinta azul con un elaborado abalorio de ónix a juego con dos pendientes largos que resaltaban su faz perfecta y creaban una línea que partía de sus ojos, hasta la columna de marfil de su cuello y por los sensuales rasgos de su cara. *He ahí un reina gitana camuflada*, y Julian permitió que en el rostro se trasluciese su satisfacción.

Ella se ruborizó como una virgen al sentir su mirada, excitándolo, pues se resistía a desviar la mirada. Era una criatura llena de contradicciones. Se mostraba serena y segura de sí misma, y tenía las manos cruzadas con elegancia sobre la mesa, aguardando sus naipes, aunque sus ojos mostraban una tormenta de emociones, desafiando la desvergonzada excitación de él. Desde la posición de ventaja de lady Morrington, podía percibirse que aquel era un hombre enamorado y, por primera vez en su vida, a Julian no le importó un carajo parecer un estúpido. *Porque de este modo lady Morrington será mi aliada, señorita Reynolds. Nuestra querida y sentimental anciana hará lo que sea por la romántica causa... siempre que consiga un puesto desde el que haya una buena panorámica.*

—¿Sabe jugar, señorita Reynolds? —le preguntó.

Ella alzó la barbilla unos milímetros.

—Algo. Aunque tengo curiosidad por ver cómo juega usted.

Él comenzó a extraer perezosamente los naipes con los números más bajos, dejándolos sobre el tapete.

—Me da la sensación de que tenemos un estilo muy parecido. ¿Ha jugado mucho a los naipes durante sus viajes?

Ella negó con la cabeza.

—No mucho. Lady Morrington se ha mostrado muy paciente a la hora de enseñarme los entresijos de sus juegos populares.

*Oh, qué mentirosa tan preciosa es usted, señorita Reynolds.*

—Tiene usted mucha suerte de contar con una maestra tan buena —apuntó él, dejando caer la última carta descartada—. La mayoría de las chicas de su edad están más preocupadas en aprender pasos de baile ¿verdad?

—¡Ya se lo he dicho yo, lord Westleigh! —replicó lady Morrington—. No es bueno que una joven malgaste el tiempo en los salones, ¿no está de acuerdo conmigo? Se va a marchitar con semejante compañía.

—¡En absoluto! —protestó Eve—. ¡Detesto bailar!

Julian sintió el impulso salvaje de tirar de ella sobre la mesa y besarla hasta que quedara de todo menos marchita. Aquella mujer necesitaba que la besaran más allá de la razón. Ella debió de percatarse del repentino destello de deseo que asomó en su rostro, dado que se levantó tan bruscamente que casi tira la silla.

—Perdóneme... lady Morrington, si me disculpa. —Se dio la vuelta con la mirada llena de furia y Julian no pudo sino sonreír por el delicioso giro de su primera y breve conversación.

—¿Es que no va a ir tras ella? —murmuró con gesto teatral lady Morrington, entregándole la agenda.

—Creo que así será, lady Morrington. No puedo imaginarme qué es lo que habré hecho para molestarla, pero no creo que sea capaz de conciliar el sueño esta noche si no trato de enmendarlo. Gracias. —Se guardó la agenda en el bolsillo del chaleco y se levantó, inclinando la cabeza levemente a modo de saludo, complacido por la conspirativa sonrisa de la señora y saliendo tras Eve. *Pobre señorita Reynolds. No cuenta con ningún aliado.*

La localizó al otro lado del salón de baile, saliendo por las puertas que llevaban a una baranda de piedra que bajaba hasta un oscuro jardín. Él sabía hacia dónde se dirigía Eve, ya que había estado en aquella casa en otra fiesta dos años atrás y había tenido un encuentro memorable no con una, sino con dos ávidas damas. No es que estuviera muy orgulloso de ello, pero ciertamente, aquel momento de libertinaje le había dejado impreso un recuerdo muy claro de los mejores rincones de aquel jardín para ocultarse si uno no quiere ser visto desde la casa. Negó con la cabeza pensando en la deliciosa posibilidad de que Eve se escondiera de él entre aquellos setos tan familiares.

En un principio, el vestido oscuro debería haber dificultado la caza, pero la luna llena, unida al brillo del satén impidieron que se mezclara entre la vegetación. Parecía una ninfa entre las sombras, perfilada en plata y negro, deslizándose hacia un exuberante topiario[3] cerca del muro. Él se movió con todo el sigilo que pudo, acorralándola sin esfuerzo después de que ella hubiera buscado refugio en un pequeño banco de piedra que había junto a una estatua del dios Pan.

—¿Qué pretende, señorita Reynolds?

—¿Yo? ¡Es usted el que se dedica a perseguir a las mujeres por jardines oscuros!

Se puso en pie e hizo el ademán de echar a correr para escapar de él, pero él la agarró sin dificultad, sujetándola del brazo y atrayéndola hacia sí.

—No soy ningún maleante, señorita Reynolds. Es normal que lo pregunte, especialmente después de haber huido de un juego tan familiar como es el juego de los cientos.

Ella cesó en su intento de zafarse de él.

—¿Un juego tan familiar? —Sus cautivadores ojos azules se mostraban impenetrables—. Está usted confundido, lord Westleigh. ¿Es que ha bebido demasiado ponche?

Julian sonrió al percatarse de que aquella era una buena contrincante. Ni rastro de nerviosismo, ni una sola señal de temor; si no hubiese sido porque perdió la compostura en presencia de lady Morrington, se habría cuestionado si su instinto no le estaría fallando, pero aquel era el farol supremo de una jugadora realmente hábil. Él aflojó la mano todo lo que pudo. Por segundos iba tomándole más respeto a la alegre señorita Reynolds. *A la pícara se le da realmente bien.*

—No he probado ni una gota. —Sonrió y continuó—: Señorita Reynolds, quizá nadie le haya explicado las reglas de este juego en

[3] N. de la t.: Arbusto podado en formas significativas.

concreto, pero cuando una dama huye de una mesa, el caballero está obligado a «perseguirla» para asegurarse de que está bien y enmendar la afrenta, ya sea imaginaria o real, que haya podido causarle. Y si se marcha corriendo a un jardín oscuro y oculto...

—No estoy... No deseo jugar a este juego, lord Westleigh.

—¿Ah, no? ¿Entonces a qué está jugando, señorita Reynolds? Porque estoy seguro de que usted no es lo que aparenta, y siempre me ha atraído un buen misterio.

—Entonces debe de resultarle muy decepcionante no hallar respuesta aquí. Estoy convencida de que se va a aburrir pronto, lord Westleigh. —Le desafió con la mirada, sin pestañear siquiera.

—Al menos, estoy seguro de algo, señorita Reynolds. Esa insistente aversión a bailar puede ser su perdición. —Se inclinó hacia la joven, tan cerca estaba que su aliento meció los bucles que caían sobre su oreja, haciendo que ella se estremeciera—. Cuénteme qué es lo que pretenden usted y su tío, y quizá pueda ayudarles.

—Eso son... imaginaciones suyas, lord Westleigh —murmuró.

Él se apartó levemente, disfrutando del calor de su cuerpo junto al suyo.

—¿De veras? Vamos, señorita Reynolds, confiéselo todo. ¿Pretende convertirse en una hermosa viudita adinerada cazando a algún anciano? ¿O trata de vaciar unos cuantos bolsillos?

—¿Cómo se atreve? —Eve se apartó de él y Julian supo que era su incómoda proximidad lo único que le había salvado de que le propinara un bofetón—. ¿Me ve una sola vez en un salón y se atreve a hacerme semejantes acusaciones? ¡Debo confesarle, lord Westleigh, que me están entrando ganas de quitarle de un arañazo la petulancia de esa bonita cara que tiene! ¡Y ya veremos qué explicación le da a su anfitrión!

Él alzó las manos a modo de rendición.

—Me he sobrepasado. He sido descortés y puede que merezca un par de arañazos. Pero debe usted admitir que despierta la curiosidad de los demás, señorita Reynolds.

—¿Por qué? ¿Por qué no me siento halagada por sus atenciones?

—Porque no le corresponde estar aquí.

Ella se puso a la defensiva, pero el destello de emociones en su mirada le dijo que había hecho diana.

—Tengo todo el derecho a estar aquí.

—No estoy discutiendo la validez de su invitación. Solo estoy diciendo que usted es... distinta a todas las mujeres que había conocido hasta ahora.

Ahora parecía intrigada, y la furia fue evaporándose de su actitud.

—¿Diferente en qué sentido?

—¿Diferente además de por su encantadora preferencia por los juegos de salón repletos de viudas decrépitas, y por los jardines oscuros, en lugar de por los salones deslumbrantes con elegantes carabinas?

El espectro de una sonrisa se escapó de su control y sus hombros se relajaron. Julian disfrutaba con aquello.

—Las damas que había en casa de Wickett tienen la impresión de que no se deja ver mucho entre la alta sociedad —contestó ella—. Quizá sea por la moda de ahora de que las mujeres eviten los salones de baile abarrotados y el sofocante calor de las salas excesivamente iluminadas.

—No creo que sea para tanto, señorita Reynolds. —Cambió de postura, acortando de nuevo la distancia entre ellos, evitando continuar siendo el centro de la conversación—. Pero está evitando contestar a mis preguntas. ¿Qué es lo que hace realmente en Londres, señorita Reynolds?

—¿Aparte de evitarle a usted?

—Absolutamente aparte de eso.

—Estoy disfrutando inocentemente de la temporada social.

—¡Ah! —sonrió él, dejando de fingir que aquello era una conversación casual—. Pero, mi querida señorita Reynolds, sospecho que usted no es tan... inocente.

Ella dio un respingo y recuperó la compostura.

—No sabía que diera esa impresión, milord. ¡Voy a tener que dejar de jugar al juego de los cientos si es que por esa causa doy a los hombres la sensación de estar dándoles pie a que sean ofensivos conmigo!

—Discúlpeme. De nuevo. —Su mirada era de puro arrepentimiento—. Debo decirle que, probablemente, es la vez que más arrepentido he estado en toda mi vida, incluyendo cierto incidente que tuve en la infancia con unas abejas.

A ella casi se le escapa una sonrisa, pero se contuvo justo a tiempo.

—Entonces, quizá debiera abandonar todas esas ridículas especulaciones. Usted… usted no sabe nada de mí. Apenas nos conocemos.

—Eso no es del todo cierto. —Negó con la cabeza—. Sé que tiende a dar una ventaja holgada, que solo pierde cuando quiere y que lady Morrington no tiene ni idea de que ha metido un zorro en su gallinero. —El impulso de tocarla era demasiado fuerte como para reprimirlo. La intimidad del lugar resultaba muy incitante, ya que se encontraban en la curva de un seto, que le otorgaba la ventaja que necesitaba. Ella abrió los ojos de par en par al percatarse de que había iniciado un duelo en el que no habría nadie para interceder por ella.

—Sé que tu respiración se acelera y que te cambia el color cada vez que me acerco a ti.

Estaban solos.

La joven abrió la boca para protestar o rebatirle, pero, al parecer, le resultaba difícil pensar con claridad. En aquel momento, Julian supo que la victoria era suya. No obstante, ella le puso la mano en el pecho para detenerle.

—Usted no sabe nada de mí, lord Westleigh.

—Sé que eso va a cambiar, señorita Reynolds.

El se inclinó hacia ella, ansioso por saborearla, ávido por poseerla, pero moderó aquella lenta invasión soltándole el brazo, ofreciéndole la oportunidad de apartarse. El ardor de su sangre le exigía que la conquistara, pero cada fibra de su ser anhelaba que ella también lo deseara. Por experiencia, sabía que era preferible hacerse con un par de besos que salir con un labio partido o con un arañazo en la cara.

Él contuvo el aliento, previendo que ella se retiraría o incluso que haría una falsa demostración de mojigatería. No ocurrió. En lugar de eso, hubo una lenta y dulce exhalación y ella echó la cabeza hacia atrás, una invitación que el conde aceptó de buena gana. Sus labios eran suaves y tan cálidos como había esperado, cediendo al principio y respondiendo después, provocándole y moviéndose al mismo ritmo que él, hasta que a este se le olvidó por qué pensaba que tendría que enseñarle nada. Eve abrió la boca y él saboreó su lengua; aquella húmeda fricción envió un impulso primario a cada rincón de su cuerpo y Julian le asió la cara con las manos para sujetarla y asegurarse de que no se apartara y le negara el contacto que anhelaba.

Pretendía simplemente besarla, solo eso, pero ella se apretó contra él, como si hubiera sido moldeada solo a la medida de su cuerpo. Las exuberantes curvas de su silueta reclamaban sus manos y él las movió rozando el satén y la piel para reconocer el contorno del territorio que anhelaba explorar. Su cintura era estrecha y marcada, pero natural. Era delgada, pero no escuálida y a él casi se le escapa un gruñido al sentir el aguijón del deseo al ir descubriendo sus curvas. Le agradó su figura, le empezó a arder la sangre al presionar su firme piel con las manos, acercándola y saboreando cómo reaccionaba a sus caricias. Ella lo besaba sin reservas, pero sin habilidad, una lascivia que no parecía conocer el poder de su deseo.

Él inhaló su fragancia, un toque de madreselva y azahar con una pizca de sudor femenino y almizcle. Él pudo percibir el olor de su excitación y su cuerpo reaccionó, incitado por aquel aroma; quiso hundir los dedos en la resbaladiza seda de su sexo y saborearla con la lengua. Le rodeó el cuello con los dedos y los enredó en su cabello, y cuando ella le mordió suavemente el labio inferior, él perdió el control.

*Ya está. Apoyo. Necesito un apoyo.*

Sus manos lograron superar hábilmente el exceso de tela de las enaguas, se afanaron y lograron hallar la curva de su trasero para levantarla en peso. Tres grandes pasos y halló el apoyo que necesitaba utilizando la tapia del jardín y el dios Pan, con su cómodo pedestal. Ella dio un grito ahogado, y sus pies empezaron a dar pataditas al perder el contacto con el suelo. Se separó de sus feroces besos al sentir en los muslos la presión de su pene erecto, a pesar de haber entre ellos capas y capas de telas, haciéndola entender que aquel abrazo había traspasado oficialmente la línea del flirteo cortés.

*Maldita sea.* Cada latido rugía en sus oídos, pero sabía que no debía tentar a la suerte. *Al menos, no esta noche. Aún no...* Su mirada retornó al objeto de su atención, y él sabía que Eve Reynolds estaba a tan solo unos segundos de recuperar el juicio y recordar todas las razones por las que una dama debe protestar en una situación como aquella.

Dio una sacudida con la cadera, agarrando su cintura, y recorrió con la lengua su hermoso y blanco cuello, dirigiéndose hacia el borde de su corpiño. Ella gimió, estremeciéndose involuntariamente, y separando los muslos, mientras sus manos se aferraban a su torso, con los dedos extendidos para empujarle débilmente.

—Usted... nosotros... no debemos... —susurró.

*Maldita sea.* Su miembro latía, escociéndole desde los confines de la ropa, y necesitó toda su determinación para ceder el terreno que había conquistado. Lenta y deliberadamente, la sujetó cerca para poder sentir el movimiento de su cuerpo contra el suyo, la fricción de sus senos abrasándole la piel, aun a través de la camisa, mientras la dejaba de nuevo de pie, consciente de que, probablemente, le habría arrugado el satén del vestido, dejando evidencia de su lance, lo cual no podía solventarse y una parte de él se alegró de ello.

Con ella en pie, el conde retrocedió para recuperar el aliento y dejar que ella recuperara la compostura un momento. No obraba así exactamente por caballerosidad, pero, en aquellas circunstancias, Julian estaba seguro de que era lo mejor que podía hacer. *Cuidado, señorita Reynolds. Una sola mirada o un «ven aquí» y por Dios que te pondré de rodillas sobre ese banco y te montaré.*

Finalmente, habló.

—¿Por qué trata...? —Suspiró de nuevo—. ¿Por qué... trata de jugar conmigo, lord Westleigh?

Él negó lentamente con la cabeza, con el sabor de ella aún en la boca. Un millar de mentiras se deslizaron en su pensamiento, pero solo la verdad serviría.

—No. Yo no juego con usted. De hecho, se lo digo honestamente. Quiero poseerla, lo afirmo abiertamente, sin convencionalismos. Quiero seducirla, Reynolds. Sean cuales sean las normas de cortesía, no tengo intención de respetar ninguna. No creo que fuera capaz de estar con usted y decirle otra cosa. Tengo la intención de cometer todas las indecencias que se me ocurran y ver cómo disfruta con cada una de ellas.

—¡Oh! —contestó casi sin respiración, por el impacto que aquello produjo en ella—. Y pensar que hace un momento me pareció osado.

—¿Qué le parece si le doy ventaja?

En aquel instante, ella se volvió, se alzó levemente la parte delantera del vestido, y huyó corriendo por el oscuro sendero del jardín, dirigiéndose hacia la casa. Julian se limitó a observarla mientras se alejaba.

Estaba muerta de miedo. Fue abriéndose paso a ciegas, bordeando la entrada principal y dando con una puerta más pequeña de madera que llevaba del jardín a un pasillo cerca de la entrada. Eve estaba desesperada por evitar encontrarse con sus anfitriones o con cualquier otro invitado. Consciente de que, independientemente de lo que hubiera pasado o no realmente, era evidente que la habían besado y manoseado. Su expresión, el estado de su vestido y los labios hinchados resultaban del todo reveladores. Dio con una pequeña salita vacía lejos del vestíbulo y se quedó parada con la espalda apoyada en la puerta para tratar de recuperar el sentido. La habitación se hallaba en penumbra, iluminada únicamente por el resplandor de las luces exteriores y por la luz de la luna, que penetraba por los ventanales.

Trató de calmar la respiración y evaluó los daños.

*¿Llevaré la lascivia escrita en la cara?*

Él sospechaba. Se había acercado demasiado a la verdad y ella, como una idiota, probablemente había confirmado sus sospechas al ceder a sus instintos y después echar a correr. Si a él le daba por hablar, podía dar por concluida la temporada social y tendrían suerte si lograban escapar de las autoridades.

Pero, por alguna razón, no le parecía que Julian Clay fuera de los que buscan la justicia en los tribunales. Y ella no creía realmente que fuera a hablar... de momento.

*¿Acaso no es exactamente el tipo de hombre al que juré que jamás me volvería a acercar?*

¡Qué beso! Había sido un beso estremecedor.

Naturalmente, la habían besado antes, pero no de ese modo. Ni cuando estaba al borde del desmayo cuando la besaba su amante en Venecia, jamás le habían arrebatado el sentido. Jamás la habían hecho olvidarse de la tierra que pisaba ni de lo que estaba a punto de decir. Es más, ¿cómo se puede desear arrancarle los ojos a alguien y un minuto después encontrarse entre sus encantadores brazos?

Cuando la miró de aquella forma, con aquel anhelo y ese deseo libidinoso, fue como si en su interior se hubiese abierto una compuerta y se mostrase incapaz de pensar en otra cosa que no fuera lo cálidos que serían sus labios y el tiempo que hacía que no se sentía tan deseada...

Desde que le rompieron el corazón en Venecia dos años atrás, ella había evitado deliberadamente cualquier situación que la condujera a algún romántico malentendido. Eve incluso había empezado a congratularse de haber sido capaz de superar su débil naturaleza sexual, ya que no había sentido la más mínima atracción por nadie desde el señor Moore.

*Hasta que llegó él a aquel salón. Hasta esta noche, y ahora, mírate... No me puedo fiar de mí misma, ni de que no voy a caer en la tentación y dejarlo pasar. Me había aferrado tanto al autocontrol que creía que me creía insensible. Pero jamás había estado tan equivocada y es como si él pudiera percibirlo. Es como si me conociera mejor que yo misma. ¡Maldito!*

Eve no tenía fe alguna en la naturaleza de los hombres y, hasta conocer a Julian Clay, nunca había sentido un deseo tan abrumador de hacer otra cosa que no fuera vaciarles los bolsillos en unas cuantas partidas de naipes. No confiaba en nadie. Su trato con la elite civilizada, con sus decadentes aficiones y su egoísmo no era nada más que un medio de alcanzar sus fines. Tras la muerte de su padre, había empezado a darse cuenta de que ella y su tío se relacionaban con la clase privilegiada, pero que no formaban parte de ella. Un paso mal dado o una palabra fuera de lugar y los miembros de la alta sociedad los marginarían y olvidarían, retirándoles el favor que su tío tanto ansiaba.

*Julian Clay no es distinto a ellos. ¡Probablemente será peor! Aunque lo niegue, está jugando conmigo ¡y atrayendo demasiada atención sobre nosotros en Londres! Las tarjetas de invitación de Whetford pueden llevarnos lejos, pero si este condenado hombre se interpone en nuestro camino...*

Podía tener a la mujer que quisiera. ¿Por qué la atormentaba a ella? ¿Se sentiría realmente seducido? Su imaginación empezó a producir escenas de lord Westleigh y sus indecentes intenciones, y Eve tuvo que morderse el labio cuando comenzaron a desfilar por su mente un torrente de imágenes lascivas. Negó con la cabeza y se apartó de la puerta. *Oh, no, ¡tú no, Westleigh! Sean cuales sean tus intenciones, todo esto tiene mucha más enjundia de lo que parece.* Su cinismo se impuso y, finalmente, logró calmarse y recuperar la serenidad. *No, no, solamente he despertado su curiosidad.*

Al fin y al cabo, ¿qué podía ganar él persiguiéndola? ¿Estaría tanteándola para ver si podía chantajearla por algo?

Resultaba un oponente formidable, y ella tenía que reconocer que era una estupidez pensar que no se volverían a ver. La próxima vez que se encontraran, estaría preparada. Volvió a la puerta y salió al vestíbulo alisándose el vestido. Aún era temprano, y no había nadie entretenido en la entrada despidiéndose, así que aprovechó la oportunidad.

—¡Joven! —gritó. El sirviente acudió rápidamente, sin mostrar sorpresa alguna al verla salir de una salita vacía—. ¿Puede avisar al coche del señor Warren Reynolds, por favor? Soy su sobrina y deseo marcharme. Y... —Dejó escapar el aire, tratando de serenarse—. Por favor, comuníquele discretamente que me he marchado porque me duele la cabeza. Le estaría muy agradecida.

—Puedo avisarle para que la acompañe a casa, señorita.

—¡No!, no es necesario. —Agitó la mano, tratando de no elevar el tono—. No es necesario que interrumpa su velada. Esperaré aquí al coche.

—En ese caso, le encenderé las lámparas, señorita.

—No, gracias. La penumbra... me alivia.

El sirviente salió y ella aguardó en el interior de la salita, rezando por poder retirarse sin sobresaltos. Hubiera preferido llamar a un coche de alquiler, pero había dejado las pocas monedas que había traído sobre la mesa de juego. Había sido un despiste sin importancia, aunque realmente revelador. Jamás había dejado dinero olvidado en una mesa sin pretenderlo.

A través de la pared, se oía el murmullo de la fiesta; la música, las risas flotando en el aire de la noche; cerró los ojos para imaginarse la elegante fiesta, con sus corteses rituales y sus sutilezas sociales. Sin querer, el recuerdo de aquellos ojos dorados resplandecientes de deseo interrumpió sus pensamientos, provocando de nuevo el rubor en sus mejillas.

Sabía lo que diría su tío: «¡Olvídalo!, ¡olvídalo, muchacha!».

Al menos, hasta que hubiera averiguado el montante de las propiedades de lord Westleigh y hubiera determinado si se trataba de una buena presa. Pero, esta vez, ella sabía que se enfrentaba a un buen tigre al que no podría tomar el pelo ni domar, no sin jugarse el cuello. Sea como fuere, el conde, desde luego, no era ningún estúpido.

No quería olvidarlo. Pero si pretendía alcanzar la libertad, debía rehusar sus besos a toda costa. No podría evitar verlo en lo que quedaba de temporada, así que se armaría para defenderse lo mejor posible. *Todo jugador tiene su punto débil.* La próxima vez que se cruzaran sus caminos, estaba decidida a descubrir el suyo y lograr agarrar la sartén por el mango.

# 4

—He oído que estuviste alternado con gente inofensiva la otra noche en casa de Wickett, y se rumorea que anoche estuviste en una fiesta en casa de Hutton. ¿Hutton? —le comentó Lord Andrews a Julian tras apurar las últimas gotas de oporto que le quedaban en la copa.

Se encontraban sentados en la biblioteca del club de caballeros, disfrutando de la conversación y de los naipes, lo cual le permitía a Julian hacerse una idea de lo que había sucedido en la alta sociedad durante su forzada ausencia.

—¡Y ahora me encuentro contigo aquí! ¡Qué interesante!

Andrews era un chismoso reconocido, pero también un viejo y útil amigo. Lord Andrews era un caballero de aspecto desgastado tras décadas de excesos; hombre inquieto, de unos cincuenta largos, con un aire perpetuo de jovial inocencia tras el que lograba ocultar su afición por husmear en las vidas ajenas hasta enterarse de todos los cotilleos. Se mostraba ante el mundo como un gnomo senil y alegre, tan inofensivo como un corderito. Su encanto lo libraba de toda culpa por los estragos que sus murmuraciones provocaban, pero Julian sabía que si lo que se quiere es información, siempre es bueno tener a alguien como Lord Andrews a mano. Aquel hombre tenía un talento sin parangón en Inglaterra para conseguir información.

Julian se encogió de hombros y le llenó la copa a su amigo.

—Sigo siendo miembro del club, Elton. ¿Acaso no puedo pasarme por aquí para que mi viejo amigo me ponga al día sin despertar sospechas?

En las noches posteriores a la fiesta en casa de Wickett, por primera vez en mucho tiempo, había ganado unas cuantas partidas. Pero no era por aquel pequeño golpe de suerte por lo que estaba tan animado. Oh, no. ¡Era por esa preciosidad!

Pero Andrews ya se encontraba tras la pista...

—Así que... ¿hay alguna jovencita encantadora sobre la que quieras hablarme, lord Westleigh?

*Maldita sea, eres muy bueno, viejo amigo.* Julian negó con la cabeza.

—Me decepcionas. Parece que he sobrestimado tus habilidades durante mi convalecencia en la campiña. Vamos, Andrews. ¿Por qué no me cuentas algo sobre la jovencita en cuestión?

Andrews soltó una carcajada.

—No es cortés murmurar sobre las jovencitas, lord Westleigh.

—Murmura entonces sobre su tío. —Julian estiró sus largas piernas, como acomodándose para escuchar durante un buen rato—. Y no te dejes nada.

—Ya sabes que acostumbro a hacer trueque con los chismes, lord Westleigh.

Julian le lanzó una mirada sardónica.

—Empieza a hablar, Elton.

Andrews se inclinó hacia delante, feliz de ceder, siempre que fuera para mostrar todo su conocimiento.

—Bien, por lo que he oído, el señor Reynolds acaba de llegar a Inglaterra con el propósito expreso de disfrutar de la temporada social con su sobrina en la ciudad. Se dice que ha hecho una buena fortuna invirtiendo fuera.

—¿Ah, sí?

Elton se encogió de hombros.

—Es difícil discutirlo sin echar un vistazo a su cuenta bancaria, y, a decir verdad, se ha tomado la molestia de hacer una buena muestra de ostentación: ha alquilado una moderna casa en el centro de la ciudad, cuesta un ojo de la cara, y la verdad es que tiene amistades muy interesantes.

—¿Interesantes en qué sentido?

—Interesantes en cuanto a que parecen tener poco en común con él. Parece ser que cuando lo presentan, lo hacen de forma bastante vaga; eso sí, todos son aficionados al juego, han viajado fuera recientemente y, por supuesto, poseen títulos nobiliarios y proceden de buena familia. —Volvió a dejar la copa para llenarla de nuevo—.

Tampoco es que eso sea alarmante, Julian. Creo que esa descripción encaja con toda la gente que conocemos.

Julian entornó los ojos mientras las piezas del rompecabezas iban encajando en su cabeza.

—Pero, aún así, lo has mencionado... Así que debe de haber algo más.

—¡Ah, bueno! Tampoco lo voy a soltar así, todo de golpe. ¿Entonces, qué suspense crearía?

Julian le llenó la copa, aunque empezaba a impacientarse.

—El suspense ya se deshizo hace rato. Venga. Vamos.

—¡Muy bien! Sé de buena tinta que las principales presentaciones las hizo un tal marqués de Whetford. Al parecer, él respondía por ellos y, a través de las cartas que envió, consiguió garantizarles al acaudalado señor Reynolds y a su sobrina una encantadora temporada social.

—¿Lord Whetford? —Aquel nombre le resultaba vagamente familiar, pero Julian no logró ubicarlo.

—Hay quien ha invitado al señor Reynolds insistiendo en su grato carácter. Pero Whetford es el más prominente y debo confesar que me impresionó enormemente cuando me enteré de que respondía por ellos. —Andrews le hizo una seña a un sirviente para que trajera otra botella—. Creo que hasta lord Milbank dijo que los incluiría en la lista de invitados de su próxima mascarada.

—¡Dios mío, Elton! ¿Cómo consigues retener tantos nombres? Si yo apenas logro recordar el nombre de mi barbero. —Aquello no era del todo cierto, pero la adulación era una moneda con la que solían obtenerse interesantes dividendos cuando de lord Andrews se trataba.

—Es un don, la verdad. Te juro que aún puedo recordar el nombre de cada uno de los que asistieron a la fiesta de mi decimotercer cumpleaños. —Se inclinó con aire confabulador y continuó en voz baja—: ¡Y del de sus sirvientes más habladores! ¡Ah, el dulce sabor de los secretos!

Julian sonrió. Por mucho que lord Andrews tuviera el aspecto de un anciano jovial e inofensivo, sin duda, se trataba de un alma astuta y Julian sabía de primera mano lo peligrosos que pueden llegar a ser los secretos. Lord Andrews recopilaba e intercambiaba información con una tenacidad y alegría que otros hombres habrían empleado en perseguir fortunas.

—Estoy seguro de que yo a esa edad estaba descubriendo otro tipo de vicios. Pero eso es otra historia que ya me guardaré de contarte, Elton.

Elton rió.

—¿En otro momento? —Dejó la copa y se serenó un momento—. Supongo que, como hombre joven que eres, tus intereses no tienen nada que ver con los naipes y mucho que ver con las damas.

—Me estás sonsacando.

—Muy bien. Guárdate unos cuantos secretos, Westleigh. —Le lanzó a Julian una mirada repleta de malicia—. Y en lo que respecta al marqués...

—¡Clay! ¡Clay, canalla! —le interrumpió una voz cordial que Julian reconoció al instante—. Dicen los rumores que te negaste a morir, pero no dicen ni una palabra sobre que habías vuelto ¡y para nada bueno!

—Thorne, solo tú podías subestimarme. ¿Qué es una balita de nada comparada con la necesidad de un hombre de buscar compañías degeneradas y diversiones innombrables en Londres? —Julian se levantó para estrechar la mano al joven lord Crestford, y luego mirar de reojo al siempre cínico señor James Linville, que se encontraba a su lado—. James, tan alegre como siempre, por lo que veo.

—Con Derek Thorne arrastrándome con alegría de puerta en puerta, ¿cómo iba yo a quejarme? —contestó con solemnidad—. Buenas noches, lord Andrews.

—Señor Linville, lord Crestford. —Elton señaló con la cabeza dos sillas vacías—. Únanse a la diversión.

—Muy agradecido —contestó el atractivo joven Crestford, sentándose con elegancia, claramente complacido. Linville se dio menos prisa por tomar asiento—. No sabía si interrumpir su conversación, pero le he comentado a James que toparse con Julian Clay en un lugar público es una oportunidad demasiado fortuita como para dejarla pasar.

—No interrumpes, y por el amor de Dios, tampoco soy tan escurridizo. —Julian frunció el ceño al pensar que lo veían como a una aparición. Se había perdido varios meses del calendario social durante su convalecencia en el campo, pero desde entonces, no había evitado ver a sus amigos y conocidos.

*La verdad es que todavía no me he pasado por los sitios que suelo frecuentar.*

Derek rió.

—¡Ven al club de esgrima esta semana y le damos una paliza al sargento Worth! Te veo en condiciones de atreverte con un par de asaltos.

—Estoy bastante bien. —Julian alzó su copa—. Y gracias por el cumplido.

Andrews se inclinó hacia delante con un destello confabulador en la mirada.

—Quizá no lo hayan visto mucho últimamente, porque lord Westleigh ha estado distraído con los industriales.

—¿Industriales? —repitió Linville sorprendido.

—¿Por asuntos de inversiones o buscando algún intercambio profesional basado en tu decadente atractivo y tu rancio título nobiliario? —musitó Thorne con indiferencia.

—Muy gracioso. —Julian dio un sorbo a la copa—. Y no estoy distraído.

—¿Alguno de vosotros ha oído hablar del señor Warren Reynolds? —Andrews era implacable.

—Chesterfield lo mencionó, creo. Algo de que había sangre nueva en las mesas de juego. ¿Por qué? —preguntó Derek, sirviéndose un poco de oporto—. ¿Es amigo tuyo, Clay?

James arqueó las cejas sardónicamente.

—Es el industrial en cuestión, sin duda.

—Bueno —continuó Derek—. Reynolds no es muy entretenido, pero creo que tiene una sobrina bastante encantadora. Mi prima me dijo que tiene una belleza española, por la melena morena.

—¡Oh, vaya! ¿Es que tiene una sobrina? —preguntó Andrews inocentemente.

A Linville no se le escapaba ningún detalle.

—He ahí la causa de la distracción.

Julian se estiró en su asiento, como si le costara trabajo mantenerse despierto con aquel tema tan aburrido.

—Más bien no. Pero Andrews está desesperado por oír un chisme nuevo. Rápido, Thorne, échame una mano y dile algo que te hayan contado últimamente.

Derek se mordió el labio, concentrado.

—Tengo entendido que el honorable lord Colwick ha caído en los brazos de la *madame* de un burdel. ¡Esa es buena!

Andrews se rió.

—¡Imposible! ¡Ni yo me creo ese estúpido rumor!

Linville alzó la mano.

—¿No amenaza tu hermana pequeña con buscar una profesión en lugar de hacer su presentación el año que viene? Creo que sería un escándalo si...

—Y con eso, nos retiramos. —Derek se levantó de su asiento con cierto rubor bonachón—. Vamos, Linville, pasmarote. Retirémonos a la seguridad de El Cuervo y veamos si somos capaces de animarte. Buenas noches, caballeros.

Linville saludó con la cabeza a los presentes y siguió a su amigo.

—Buenas noches, caballeros.

—Interesantes —dijo Andrews, una vez solos otra vez—. Puede que lord Crestford compita contigo por la encantadora señorita Eve Reynolds, ¿eh? Es bastante joven y atractivo, a mi parecer, y tiene unos ingresos bastante aceptables por las tierras que heredó. Linville está fuera de la caza. Apuesto a que es de los habituales del Jade.

El Jade. Julian había oído hablar sobre aquel lugar secreto al que acudían los caballeros de la elite que habían renunciado a «la caza». Se rumoreaba que todos eran unos misóginos y unos cínicos, pero notablemente hábiles a la hora de protegerse a sí mismos y de romperle el corazón a cualquier mujer lo suficientemente tonta como para tratar de enmendarlos. Julian no sabía si creer en la existencia de aquel club. *¡Y si existe, por Dios que suena a antro horripilante!*

Andrews continuó.

—Además, Thorne no va a ser el único que la pretenda. Estoy seguro de que su tío estará encantado de la atención que la señorita Eve Reynolds está acaparando durante su presentación en sociedad.

Julian entornó los ojos. La sola idea de que Thorne o cualquier otro hombre la tocara le provocaba pensamientos asesinos. *¡Maldita sea! ¡Y yo volviéndome loco para averiguar cuál será la próxima fiesta a la que acudirá!*

—Muy bien, Elton. Has soltado la liebre. A por ella.

—Whetford celebra mañana por la noche una fiesta, un pequeño baile para ver si atrapa a alguna joven para que se case con él. Se ve que últimamente se le ha acabado la suerte en las mesas de juego y habrá pensado que el matrimonio será más entretenido que la casa de la beneficencia.

Julian trató de ocultar la repulsión que sentía. En aquel momento, recordó haber visto una invitación, aunque no le había prestado mucha atención. Por la descripción de Elton, era fácil suponer por qué. *¿Será por eso por lo que me suena el nombre de Whetford?*

—¿Un baile?

Lord Andrews se encogió de hombros.

—Nada por lo que te hayas interesado nunca, pero...

—¿Pero qué?

—Supongo que la lista de invitados incluirá al caballero sobre el que estabas preguntando... y a su sobrina. ¿Quieres que te dé mi invitación? —La expresión de Andrews resultaba demasiado indiferente como para ser sincera. Dijera lo que dijera Julian, el daño ya estaba hecho.

*Pero... ¿qué daño? No puede hacer más de lo que he hecho yo, sobre todo después de lo que pasó en el jardín de Hutton. Dios mío, casi me llevé a la muchacha a un centenar de pasos de la casa.* Aquel recuerdo no trajo consigo el más mínimo remordimiento, tan solo la asunción de que, fuera cual fuera la línea impuesta, hacía ya mucho que la había cruzado.

—Ya tengo una. —Julian se reclinó en su asiento, satisfecho de haberse formado ya una idea sobre la situación de la señorita Reynolds y poder pensar en su siguiente jugada—. Pero no me verás ejecutando ningún baile estúpido, dando saltos como un mono.

—¡Oh, no amigo! —Lord Andrews ladeó la cabeza, reprendiéndole levemente con una sonrisa de complicidad dibujada en el rostro—. Pero te buscaré en las mesas de juego.

Si había un tema sobre el que las damas estuvieran deseosas de arrojar luz, era el del conde de Westleigh. Eve tenía muy reciente en la cabeza el encuentro con aquel hombre, pero se había propuesto no volver a hacer nada que pudiera alimentar la tormenta de especulaciones que se había suscitado en torno a ella. La mayoría de las damas habían sido testigo en cierta medida del «interés» de él hacia su persona en casa de la señora Wickett, y lady Morrington había estado presente cuando le presentaron al conde en el baile de Hutton la noche anterior. Sin duda, habría comentado a sus amigas la animada conversación que mantuvieron y tendría a todo el grupo completamente alborotado. Los naipes permanecían olvidados en medio de la mesa mientras todas llenaban sus copas de jerez, reclinadas en sus sillas.

*¿Qué dirían si supieran lo cerca que estuve de permitirle que me hiciera el amor? A un hombre al que acababa de conocer, a un hombre del que lo único que sé es que cuando me mira, me olvido de todo, hasta de sentir temor.*

—¿Quién lo iba a decir? —dijo la señora Cuthbert—. ¡Quizá sea cierto aquello de que los hombres cambian cuando se ven cara a cara con la muerte!

La señora Seward, otro de los componentes del grupo al que acababa de conocer aquella tarde, se apresuró en darle la razón.

—¡Oh, sí! Una buena amiga me contó que conocía a un hombre muy aficionado a la bebida hasta que lo atropelló el coche de correos.

Las demás intercambiaron miradas burlonas, aunque eran demasiado amables como para reírse de ella. Lady Morrington agitó la cabeza afablemente.

—Sea como sea, la historia del conde es mucho más gloriosa y... relevante, en las circunstancias de la señorita Reynolds.

A Eve le entraron ganas de pedirles a las señoras que le desvelaran los detalles sobre el careo del conde con la muerte, pero sabía que no debía mostrar demasiado interés en aquel dichoso hombre.

—No creo yo que un coche de correos pudiera hacer cambiar mucho a un hombre tan poco centrado como lord Westleigh.

—Oh, no. —La señora Wickett negó con la cabeza—. ¡Es que le pegaron un tiro! ¡Imagino que eso es lo que le ha cambiado!

—¿Un tiro? —contestó Eve, atónita—. ¿Quién le disparó?

—¡Pues no fue un marido celoso! —replicó la señora Cuthbert, y todas se rieron con complicidad—. Lo cual no hubiera extrañado a nadie, ¡se lo aseguro!

*Así que es un mujeriego. ¿Por qué será que no me sorprende?* Eve hizo un esfuerzo por no poner los ojos en blanco.

Una vez más, fue lady Morrington la que trató de moderar sus comentarios. .

—¡Venga, venga! El conde es muy atractivo y es normal que un hombre tan vigoroso... eche una cana al aire de vez en cuando. ¡Si en el pasado cometió alguna imprudencia estoy segura de que ya ha pagado por ella! El distanciamiento entre él y su viejo amigo, el duque de Sussex, es legendario, y lord Westleigh demostró que la lealtad que le prometió a Sotherton en su juventud estaba por encima de todo. —Se dirigió a Eve—. Salvó a la prometida del duque de una criada perturbada, interponiéndose entre ella y la bala. ¡Es un héroe!

*¿Un héroe?* Eve solo pudo asentir mientras una decena de preguntas le venían a la cabeza. *¿Por qué iba a arriesgar su vida por la prometida de otro hombre? Especialmente, cuando se trataba de un hombre con el que no se llevaba bien. A no ser... a no ser que lord Westleigh tuviera interés en la dama en cuestión. ¿Acaso había estado enamorado de aquella dama?*

—A aquella boda sí nos hubiera gustado asistir, ¿verdad, Daisy? Era evidente que aquel matrimonio era por amor; oí que el duque no podía apartar los ojos de ella. —Cuthbert se abanicó las mejillas.

—Aún no la conozco, pero la señora Wickett la vio en una fiesta al aire libre y asegura que es una muchacha muy dulce, de modales impecables.

—¡Es tan tímida y bonita la duquesa de Sussex! He oído que el Duque Letal juró que jamás volvería a hablar mal de Lord Westleigh en público, solo por complacerla —dijo la señora Wickett con aire romántico—. ¡Eso sí que es amor, sin ninguna duda!

Lady Morrington asintió.

—En cualquier caso, lord Westleigh demostró su bondad y valentía frente a una muerte segura.

—¡Me han contando que al conde le dispararon en la cara! —replicó la señora Seward.

Todas dieron un grito ahogado de asombro.

—¡No, no, Daisy! —afirmó contundentemente la señora Wickett—. ¡Todo el mundo sabe que le dispararon en el estómago!

—¡Oh! —La señora Seward se mostró contrita y tomó un sorbo de jerez—. Quizá estuviera pensando en el señor Gilbert. Era vecino de mi madre y le dispararon en la cara, aunque no fue él quien se llevó la peor parte, sino su gato.

—¡Oh, vaya! —Todos los ojos se volvieron hacia lady Morrington, para que acudiera al rescate y recondujera la conversación hacia derroteros más razonables.

—Ya está bien de hablar de disparos y de gatos. —El edicto de lady Morrington fue acogido con alivio—. Bueno, por mucho que lord Westleigh haya cambiado, no deja de ser un hombre. Como amigo suyo que es, señorita Reynolds, debo aconsejarle que proceda con cautela y compasión.

—No recuerdo haber visto jamás al conde mostrar interés por una mujer codiciada —afirmó la señora Wickett—. ¡Menos mal que ha dado con nuestra joven amiga aquí!

Lady Morrington asintió.

—Es usted una muchacha de actitud intachable y, desde luego, se comportará con timidez con él. Pero estoy segura de que será una buena influencia para el conde, y que le aportará el equilibrio y el consuelo que tanto anhelan los bribones.

—¡El cortejo está plagado de dificultades! —comentó sabiamente la señora Cuthbert mientras se servía más.

—No creo que el conde me esté cortejando —añadió Eve.

—¡No admito réplicas, querida! Nosotras somos muy entendidas en este tipo de temas tan delicados, ¿verdad, Margaret? —dijo Cuthbert.

La señora Wickett suspiró:

—Es demasiado pronto para hablar, demasiado pronto para declaraciones... ¡Ah, la deliciosa espera hasta que él reúna el coraje necesario para cogerla de la mano por primera vez!

—No me parece que lord Westleigh sea muy aficionado al galanteo, señoras —dijo Eve, pero todas hicieron oídos sordos a sus palabras. *¡Y, desde luego, le sobra valor para cogerme de la mano!*

—¡Los hombres poco aficionados al galanteo también pueden acabar felizmente casados! —observó lady Morrington.

Todas las señoras se echaron a reír, haciendo sentir culpable a Eve con su intencionada amabilidad y cariñosos consejos. Todas parecían desearle sinceramente lo mejor y Eve jamás había recibido tanto cariño por parte de un extraño. Aquello la hacía sentir aún peor por dedicarse al despreciable asunto de las cartas y las apuestas.

Al darse cuenta de la hora, Eve se despidió con reticencia y abandonó la mesa recogiendo el bolsito y el chal. Lady Morrington la apartó para hablar en privado mientras las demás continuaban chismorreando frente a las copas de jerez.

—Sé que parecemos unas entrometidas desocupadas, pero lo hacemos por tu bien.

—Lo sé, señora Morrington. Estoy segura de que si... mi madre viviera, me habría dado los mismos consejos. —Eve casi se estremeció al pronunciar aquellas palabras—. No tendría que haber mencionado un tema tan delicado. De verdad, señora Morrington, no estoy interesada en el conde de Westleigh.

—¡Por supuesto que no! —Aquella sonrisa contradijo sus palabras—. ¿Y por qué debías estarlo? Es un rufián sin igual, demasiado atractivo y encantador hasta para su propio bien, y tú eres una dama muy sensata y práctica ¿verdad? ¡Es realmente impensable!

—Sí, es lo que yo digo... Buenas tardes, señora Morrington. —Fue todo lo que logró manifestar mientras se mordía la lengua para no añadir ningún argumento ridículo más sobre aquel imposible.

Una vez a salvo en el interior del carruaje, Eve se abrochó los botones de los guantes y a continuación cerró los ojos para tratar de tranquilizarse antes de llegar a casa. Quería ordenar sus pensamientos antes de enfrentarse a su tío. Incluso a pesar de haber perdido algo de tiempo hablando sobre el «imposible» conde de Westleigh, había sido una tarde bastante provechosa. Había mostrado un autocontrol realmente notable, ganando las veces suficientes para demostrar algunos avances e interpretando el papel de aprendiz con lady Morrington, que continuaba instruyéndola sobre los entresijos del *whist*. Se trataba de una estrategia muy sutil. Debía ir mejorando su juego inocentemente y ganarse su confianza para que, cuando las apuestas subieran y su «suerte» mejorara, ninguna de ellas sospechara que las había estado engañando. No podía subir la apuesta de repente, aunque su tío quisiera. Aquella era una prueba de paciencia y determinación: tener la mirada puesta en cómo se iba desarrollando cada mano, no en los exquisitos pendientes de rubíes de la señora Cuthbert ni en la soberbia gargantilla de ópalo y diamantes de lady Morrington.

Y lo peor de todo era que se estaba encariñando con aquellas encantadoras señoras y sus triviales conversaciones y temía que, en sus esfuerzos por huir de su tío, pudiera tener más que perder que ganar.

El paseo se le antojó corto y, antes de lo deseado, el coche se detuvo frente a la casa que habían alquilado en la ciudad. Eve se recogió la falda y salió con elegancia. Una vez dentro, le estaba entregando el sombrero y los guantes a Barnett cuando apareció su tío por la puerta de la biblioteca y le hizo un gesto para que entrara.

Cerró la puerta tras ella y la interrogó sin rodeos.

—¿Y bien?

—Ha salido como usted esperaba, tío. La prima de lady Morrington se unirá a nosotras la semana que viene y se sabe que juega con varias damas que cuentan con más dinero que sensatez. Solo estoy a unos días de hacerme con una invitación y, si las cosas continúan así, todo marchará tal como usted había planeado.

—¿Y por qué no iban a seguir marchando bien las cosas? —Su tío alargó la mano, entusiasmado como un crío tratando de que lo obsequien con una golosina—. ¿Por qué demonios no te muestras más satisfecha?

Ella extrajo unos billetes de su bolsito, y se los entregó a su tío.

—Es solo que estoy algo cansada.

—¿Otra vez ese dolor de cabeza?

—No. —Era como si él solo se mostrara amable cuando creía que las cosas iban como deseaba y, por un instante, se preguntó cómo habría sido su vida si Warren Reynolds no hubiera sido un jugador empedernido.

*¿Hablaríamos de otra cosa que no fuera el juego, las apuestas y el peso de su cartera? ¿Me valoraría por otra cosa que no fuera por mi habilidad en el juego?*

—Bueno, al menos aséate. No me estoy gastando una fortuna para que te quedes en la cama con enfermedades ficticias. ¡Es hora de que te ganes el camino a la gloria! —Se rió ante su ocurrencia y volvió a su silla—. Aún no puedo creer que te marcharas sin mí en casa de

Hutton. ¡Coger el coche sin un «con su permiso» siquiera y permitir que un estúpido dolor de cabeza te aleje del negocio que tenemos entre manos! ¡El señor Chesterfield me contó que había una duquesa podrida de diamantes buscando la oportunidad de jugárselos! ¿Y dónde estabas tú?

Aquella era una pregunta retórica, así que permaneció en silencio.

Continuó:

—¿Debo recordarte lo que estamos arriesgando aquí?

—No, tío Warren, prometo que estaré cerca; la próxima vez que aparezca una duquesa podrida de diamantes, y que la embaucaré con los naipes, que Dios la bendiga.

Él sonrió reticente, cautivado por aquella promesa.

—Bueno, mañana por la noche toca ir a casa de Whetford, ¡y si das aunque sea una pequeña muestra de no estar en plena forma, no sé lo que te hago! Te encerraré en tu alcoba y solo te enviaré pan y agua.

Era una falsa amenaza, pero ella aprovechó para retirarse.

—Sí, tío. Me voy arriba a descansar para que mañana pueda rendir. Si no me necesita para nada más.

—¡Ve! Y haz lo que sea que hagan las damas delicadas para recuperarse, y recuerda: ¡una mente descansada te asegurará una buena jugada! —Le dio un beso en la mejilla y se sentó inmediatamente en su escritorio para registrar las ganancias de la tarde en su libro de cuentas, abstrayéndose al instante en dulces ensoñaciones sobre el dinero que pronto sería suyo.

Ella se marchó en silencio, agradecida por el indulto y tragándose el amargo sabor del resentimiento hacia el único pariente que tenía. Había ganado para él una decena de pequeñas fortunas en los últimos años, pero nunca era suficiente como para permitirles dejar el juego. Ella ya había abandonado la inocente esperanza de que si ganaba lo suficiente, él lo dejaría y se asentarían en algún lugar. No se sentía orgullosa de haber ayudado a su tío en sus planes, pero lo que más la enfurecía era haber creído ciegamente en su buena fe y haber ignorado sus defectos durante tanto tiempo.

Se acordó de la maternal mirada de lady Morrington y se aferró a la baranda con tal fuerza que los nudillos se tornaron pálidos. *Perdóneme, lady Morrington, pero usted es el medio para alcanzar mi objetivo. Una sola temporada social más, y tendré tiempo de arrepentirme un millón de veces. ¡Tan solo necesito que me entregue algunas de sus joyas y que deje de mirarme como si yo fuera la hija que nunca tuvo!*

Llegó al austero santuario de su dormitorio y se arrojó sobre la cama.

—Una temporada social más —susurró—, ¡y juro que jamás en la vida volveré a tocar una baraja de cartas!

Gimió y hundió la cara en la almohada. Las desvergonzadas palabras del conde de Westleigh la seguían atormentando, y a Eve la desobediencia jamás le había sabido tan dulce, ni había tenido un precio potencialmente tan alto. *Si asiste al baile de Whetford... Oh, Dios, creo que, después de todo, me volverá a dar otra vez dolor de cabeza.*

# 5

Julian llegó deliberadamente tarde al baile del marqués del Whetford para asegurase de que todos los invitados estuvieran ya ubicados. Llegó tarde, pero no tanto como para que ella pudiera haberse marchado . Al fin y al cabo, si se dedicaba a intercambiar pedazos de cartón con un grupo de viejas decrépitas incorruptibles, la velada no duraría mucho.

Por desgracia, también significaba que Andrews y algunos otros conocidos estarían presentes para localizarlo y acosarlo con sus comentarios. Pero ¿y qué es de la caza sin un poco de riesgo? Debía admitir que no recordaba haber estado jamás tan excitado ante la idea de cortejar a una mujer. Sin embargo, Eve Reynolds no era como las mujeres con las que se había topado anteriormente.

Se trataba de una fiesta muy concurrida e hizo un esfuerzo por abrirse camino entre la multitud sin provocar ningún incidente. Tras veinte minutos de búsqueda, al fin, dio con ella. La inclinación de su cabeza y el grácil batir de su abanico atrajeron su atención, y él se concedió un instante para admirarla desde la distancia y deleitarse ante la perspectiva del juego que le aguardaba.

Observó que llevaba un vestido azul distinto, con un corpiño ligeramente más atrevido. Seguía siendo más modesto que los trajes que la mayoría de mujeres de su edad solían elegir para resaltar su figura y sus generosos atributos. Las joyas eran las mismas, lo cual le sorprendió. ¿Acaso la sobrina de un acaudalado industrial no podía permitirse lucir una de esas ridículas diademas? Pero Eve Reynolds no necesitaba ningún adorno para destacar sobre las demás mujeres del salón. En medio de todos aquellos animados pájaros estridentes, ella era como una isla de serena belleza, con aquella energía contenida, y aquellos ojos color zafiro, pendientes de todo lo que ocurría a su alrededor.

*De todo.*

En ese preciso instante, ella lo miró directamente y, de nuevo, Julian se asombró de la capacidad que aquella criatura tenía para atraerle, tanto como la luz a las polillas. Ella cambió de postura para asegurarse de que él viera a su tío, que se encontraba de pie, a su derecha. *Como si Warren Reynolds fuera a ahuyentarme a mí.*

Atravesó el salón, zigzagueando entre los diferentes corrillos de invitados, hasta que llegó hasta ellos dos.

—¿Señor Reynolds? Discúlpeme el atrevimiento, pero Whetford me ha hablado tan bien de usted que debía presentarme. Soy Julian Clay, conde de Westleigh.

—Lord Westleigh —repitió el señor Reynolds, dándole la mano a Julian con una cálida sonrisa—. Es un honor. Creo que le vi la semana pasada en el salón de los Wickett.

—Puede ser. —Julian aguardó cortésmente a que se produjera el siguiente paso de aquel ritual.

—¿Me permite presentarle a mi sobrina, la señorita Eve Reynolds?

—Lord Westleigh.

Julian inclinó la cabeza sobre su mano, interpretando el papel del perfecto caballero, ignorando el impulso de retener aquellos esbeltos dedos que rozaron brevemente los suyos.

—Es un placer, señorita Reynolds. —Se irguió, mirándola por el rabillo del ojo mientras se volvía hacia el señor Reynolds—. Es una joya, señor.

A Warren le brillaban los ojos cuando se acercó a Eve.

—Eso es. Es mi alegría, lo admito. ¡Una verdadera alegría! —Pareció calcular el valor de los bordados que Julian llevaba en los puños y preguntó—: ¿Están sus propiedades cerca de Londres?

Julian se tensó ante la franqueza de su pregunta.

—Lo suficientemente lejos como para evitar que mis amigos de Londres me importunen sin una invitación.

Reynolds no se percató de su error.

—¿Tiene un buen establo, lord Westleigh?

*Dios mío, creo que está a punto de preguntarme los ingresos anuales que percibo.* Julian concluyó que la brusquedad de aquel hombre no le agradaba pero, al mirar a Eve se percató de que a ella le agradaba aún menos.

—Si le interesan los establos grandes, le recomiendo que le pregunte al señor Frederick Wilkinson. Se muestra muy orgulloso de sus caballos y le encanta alardear de ellos.

—Lo buscaré, lord Westleigh. ¿Está casado ese tal señor Wilkinson?

—No lo recuerdo. —El rubor en las mejillas de Eve lo llevó a querer ahorrarle más sofocos. Soltó el aire para no ceder al impulso de darle un puñetazo a aquel hombre, y se sorprendió a sí mismo diciendo—: ¿Me concede este baile, señorita Reynolds?

Ella pareció tan sorprendida como él.

—Estoy... es tan...

—¡Qué honor! ¡Por supuesto que sí! —El señor Reynolds prácticamente la empujó para que se levantara y Julian, instintivamente, deslizó la mano bajo su codo para que se sostuviera.

—Señorita Reynolds —murmuró al soltarla. Tras ellos se escuchó:

—¡Que te diviertas, querida!

Cuando llegaron a la abarrotada pista de baile, ella estaba completamente aturdida y sus mejillas habían adquirido un tono sonrosado. Seguramente, su incapacidad para controlar el rubor la enfurecía todavía más, pero a Julian le pareció una debilidad encantadora.

Cada uno ocupó su lugar, la orquesta comenzó a tocar y Julian la tomó entre sus brazos y la volteó antes de que ella cambiara de opinión o lograra perpetrar otra huida. No se le daba muy bien el baile, pero no le importaba. Con el salón lleno de gente bailando, le resultaba fácil agarrarla un poco más cerca de lo que el decoro exigía.

—Creía que bromeaba cuando me dijo que no le gustaba bailar —le murmuró al oído, sonriendo al ver que ella se estremecía—. Pero veo que ni siquiera tiene tarjeta de baile.

—Ya le dije que detestaba bailar, lord Westleigh, y no tenía pensado bailar esta noche —dijo, apartando la cara, como una gélida Venus indiferente a su propia existencia, excepto porque se sentía a gusto en brazos de él, moviéndose inconscientemente a su ritmo, con los pasos dirigidos por la levísima presión de sus dedos sobre ella.

—No, no creo que fuera a hacerlo. —Ella se encontraba bajo su control absoluto y él la guiaba por todo el salón. Él empezó a aprovechar cada oportunidad que se le presentaba para, con la excusa del vals, tocarla donde pudiera. Ella soltó un grito ahogado cuando él la apretó contra sí para que pudiera notar en el abdomen cada firme centímetro de su erección.

—¡Haga el favor! —Se zafó de él, pero antes, él pudo ver el destello de deseo en su mirada—. ¡Compórtese, lord Westleigh! —dijo entre dientes, lanzándole una sonrisa forzada a la señora Cuthbert, que la estaba mirando, para saludarla—. O se comporta o le prometo que saldrá cojeando de la pista.

Él la asió con menos fuerza.

—Como desee.

Ella lo miró y Julian se preparó para la regañina que, sin duda, merecía.

—¿Así es como suele abordar a las mujeres?

—¿A qué se refiere?

—Ya sabe a lo que me refiero. ¡Se comporta como si creyera que con una sola mirada puede hacer que una dama se derrita, como si tuviera la certeza de que cuanto más inaceptable sea su comportamiento, más irresistible resultará!

—¿Acaso no soy irresistible? —Dio en el blanco con su fingida inocencia—. ¿Acaso... no se ha derretido?

—Yo no soy ninguna de esas niñas estúpidas que se entusiasman con sus zarandajas, lord Westleigh.

—¿No ha venido a Londres a la caza de un marido? —le preguntó con tono sorprendido y con socarronería en la mirada—. ¡Qué singular es usted!

—¡No he venido a Londres a ganarme sus favores! Y no creo que eso me haga única.

Él fingió contrariedad con un gesto teatral.

—Me temo que me cuesta creerla, señorita Reynolds.

—¿Ah, sí? ¿Y eso por qué?

—Es evidente que no se marchó corriendo a casa a contarle a su tío que la besé la otra noche.

Él notó que se tensaba entre sus brazos, mudando de color. Julian percibió la inquietud en su mirada, pero esta se esfumó antes de que él pudiera reaccionar.

—No hay nada que contar —le dijo, alzando el mentón con aire desafiante—. ¿Aún no se ha aburrido?

—Más bien no.

—Bueno —dijo, con un nudo en la garganta, traicionando sus verdaderos sentimientos—. ¡Ya se aburrirá, lord Westleigh! —Bajó el tono—: No tengo ninguna intención de permitirle que se tome más libertades.

—Me parece admirable su deseo de respetar las normas.

—¡Miente! Pero, a pesar de haberme comunicado que ni las normas le importan un bledo, lo de la otra noche fue... un error.

—Siento que no le gustara.

Ella lo agarró con más fuerza.

—¡Si me gustó o no, no es la cuestión! ¡Le sugiero que busque la diversión en otro sitio y me deje tranquila!

Su sonrisa permaneció impasible y, cualquiera que los viera, diría que hacían una pareja encantadora en la pista de baile, el colorido oscuro de ella contrastaba con los tonos dorados de la de él. Cuando la música cesó, la soltó con elegancia e inclinó la cabeza sobre su mano, acariciando con su aliento la piel desnuda de su muñeca.

—¿Va a seguir con los juegos de salón, señorita Reynolds?

La mirada se le ensombreció de frustración, pero su expresión se mostraba serena.

—Adiós, lord Westleigh.

Él se irguió lentamente y un placer pícaro le inundó el cuerpo. *Demonios, resulta aún más atractiva cuando está enfadada. Apenas si logra controlarse y reprimirse. Está a un paso de volver a besarme.*

—Hasta la próxima entonces.

Eve se contuvo de dar una patada en el suelo; en lugar de eso, entrecerró los ojos, lanzándole una mirada que habría retenido a cualquier otro hombre. A continuación, se abrió paso sin acompañante entre la multitud, de vuelta al salón de juego y a la protección de su tío.

A Julian, sin embargo, aquella mirada de desdén no hizo sino excitarlo aún más. *El que duda, pierde, ¿no es eso lo que dicen?* Bien, la regañina de ella, definitivamente, no había servido para nada. Julian agitó la cabeza, divertido ante los esfuerzos de la joven por deshacerse de él. Se percató de los murmullos escandalizados que se alzaban tras ella, ya que lo había ofendido públicamente al atravesar el salón sin que la acompañara. Fuera lo que fuera lo que sus planes y diversiones entrañaran, estaba más decidido que nunca a descubrir qué era lo que le correspondía hacer a ella, así como el papel que su tío jugaba en todo aquello. *Reynolds es como un libro abierto. Quizá sea hora de leer unas cuantas páginas, a ver lo que descubro.*

Desvelaría los secretos de la señorita Eve Reynolds y, antes de que aquello ocurriera, se ocuparía de que lo único que ella le exigiera fuera que la llevara a la cama. Cuando estuviera tumbada a su merced, sus pasiones estallarían en llamas como...

—¡Lord Westleigh! ¡Qué maravillosa y feliz coincidencia!

El efusivo saludo de Barnaby interrumpió el libidinoso hilo de sus pensamientos. Con las mejillas coloradas y con un caminar ligeramente inestable, lord Shelbrook estaba claramente beodo. Beatrice era la personificación de la belleza aristocrática, con aquel gesto de gélida desaprobación. Cuando se saludaban en público, no había nada en su semblante que dejara entrever que ella hubiera hecho por su invitado mucho más que ofrecerse a llenarle la taza de café en la mesa del desayuno. Lady Shelbrook era una mujer formidable en muchos más sentidos de los que Julian deseaba pensar. Solo esperaba que no hubieran llegado a tiempo para verlo bailar el vals con Eve.

*Dios, qué pesadilla, esto no lo he previsto.*

—Una velada agradable, ¿verdad, amigo mío? —observó Barnaby con un tono estridente, dando muestra de que llevaba muchas copas de más—. ¡Whetford sí que sabe lo que es montar una fiesta! ¿Son cosas mías o el chaleco de ese hombre hace juego con los adornos del vestíbulo? ¿Cómo lo habrá logrado?

—Ya. —Julian contestó sin mostrar mucho interés, como si durante la temporada social hubiera asistido ya a un centenar de bailes y no le interesara.

—Esto es un auténtico espectáculo —añadió Beatrice, en un tono que solo Julian pudo oír—. He oído que lo perdió todo jugando y que ahora anda en la cuerda floja.

A Julian le cambió la expresión de aburrimiento, su mirada se encontró con la de ella y su corazón comenzó a latir más rápido, de pura rabia. No había duda de lo que aquel tono de voz insinuaba, no hablaba solo de Whetford. Ella sonrió, un destello calculado hizo que sus gélidos ojos azules se tornaran aún más fríos. Y continuó—:

—Tiene menos de un mes para casarse y salvar el cuello.

—¿Tan mal está? —Julian echó una mirada al resplandeciente salón, dándose cuenta de lo cerca que se encontraba del precipicio. *Ese podría ser yo... si no fuera por la misericordia divina.*

—Es tan trágico que un hombre pierda su fortuna y tenga que depender de la hospitalidad y amistad de los demás...

El hiriente comentario de Beatrice le hizo volver en sí, sobresaltándolo.

—Sí, resulta trágico.

Beatrice se encogió de hombros.

—No se quede hasta muy tarde, lord Westleigh. Nos preocupa su salud y... un hombre necesita dormir. —El mohín fingido quedó tan perfecto, que a él casi se le escapa una sonrisa.

Casi. *Estoy empezando a odiarla un poco, lady Shelbrook.*

—Tu esposa es muy amable, Barnaby. —Julian le dio una palmadita a su amigo en el hombro para que estuviera más atento—. Si no tienes cuidado, te la puedo robar.

Barnaby se echó a reír, ajeno a lo que ocurría entre su esposa y su amigo. Beatrice se mostró extremadamente complacida y halagada y Julian decidió que ya había dicho bastante para tenerla satisfecha.

*Por el momento.*

*Pero Dios sabe qué pasará cuando ella se dé cuenta de que preferiría dormir en el invernadero de lady Morrington a dejar que me vuelva a poner uno solo de sus gélidos dedos encima.*

# 6

El paseo al día siguiente no había sido idea suya, pero Eve debía admitir que Hyde Park en las encantadoras tardes estivales era una experiencia de ensueño. Era como si los habitantes más elegantes de Londres hubieran salido a tomar aire fresco y aprovecharan la oportunidad de exhibirse por los conocidos senderos del parque. Algunos coches de caballos desfilaban lentamente, otros se encontraban detenidos a la sombra, para que sus ilustres ocupantes pudieran saludar a sus amigos o desairar a los enemigos.

Todo aquello parecía un enorme y complejo juego y Eve sabía que si lady Morrington no la hubiera llevado, jamás se habría arriesgado a ir, por miedo a cometer un error o dar un paso en falso. Las normas de la elite social inglesa eran las más complicadas de todas, y las «damas del martes» la habían reñido con mucho tacto por el terrible error de cálculo en casa de Whetford. Al parecer, haber dejado a lord Westleigh tirado en la pista de baile había estado mal, pero caminar entre la multitud sin carabina para ofenderle, y marcharse del baile sola, resultaba del todo inaceptable.

En lo que a Eve concernía, por mucho que se le doblaran las rodillas cuando la tocaba, perder el favor del conde de Westleigh era lo mejor que le podía pasar, y no pensaba explicarle a nadie que la etiqueta no es aplicable en hombres como Julian. Tenía cosas más importantes en que pensar que en sus turbadores besos y en su extraordinaria capacidad para hacerla perder la compostura. Eve se dijo que por mucho que él le expresara sus sospechas, no permitiría que su temperamento la dominara. Se limitaría a sonreír con dulzura e ignorarlo.

Lady Morrington había invitado a dos jóvenes que también debutaban aquella temporada, al parecer, para que trabaran amistad con Eve y la enseñaran a comportarse como corresponde a una debutante. La señorita Gloria Finch y la señorita Delila Pratt habían recibido una educación que Eve jamás había tenido, y ella hacía todo lo posible por tratar de tomarlas en serio mientras caminaban siguiendo los pasos de lady Morrington.

—Si me hubiera pasado a mí, me habría echado a llorar —confesó la señorita Finch con un teatral suspiro que sonó como un ronquido a causa de un catarro de verano—. Una cosa es hacerle un desaire a un primo segundo durante un *picnic*, porque sea un pedante, ¡pero a un conde!

La señorita Pratt le dio la razón inmediatamente, asintiendo con la cabeza.

—Me temo que has perdido la oportunidad de conseguir al conde de Westleigh. Mi madre me ha dicho que los caballeros son muy sensibles con este tipo de cosas.

Eve sonrió.

—Estoy segura de que lord Westleigh lo superará.

—Quizá sea por lo de los viajes —apuntó la señorita Pratt.

—¿Perdón? —Eve sabía que se le escapaba algo.

—Lo que te hace tan distinta —explicó—. Creo que eres muy valiente.

—¿Valiente?

La señorita Finch las interrumpió con la autoridad de quien cuenta con diecisiete años de experiencia.

—¿Acaso no es valiente encontrarte al final de la temporada sin un pretendiente? ¡Pero me encanta el gusto que tienes para la ropa! ¡Ojalá mi madre me permitiera llevar colores que no fueran en tonos pastel!

—¡Oh, querida! —exclamó la señorita Pratt—. Mi madre me ha dicho que este año no es apropiado llevar tonos que sean más oscuros que el melocotón. —Vestida de gasa amarilla, Delila parecía haberse bañado en merengue y Eve se mordió el labio inferior para guardarse su opinión sobre sus gustos.

—¿Todos tus vestidos tienen ese tono de azul? —inquirió Gloria.

Finalmente, parece que lady Morrington detectó que estaban apabullando a Eve.

—Ese color le favorece mucho, señorita Reynolds. Hace que sus ojos parezcan zafiros, y me resulta encantador que utilice siempre el mismo color en su vestuario.

Las dos chicas intercambiaron miradas, pero parecieron entender que el comentario de lady Morrington ponía punto final a la conversación.

—Gracias, lady Morrington —dijo Eve—. No era mi intención emplear siempre el mismo color, pero...

—¡Oh, Dios mío! —El chillido de la señorita Finch era una combinación de excitación y terror—. ¡Es él!

—Si nos hace un desaire a todas, creo que me desmayaré. —La señorita Pratt extendió el brazo para asegurarse de que las flores amarillas que llevaba en el pelo haciendo juego con su vestido estaban bien colocadas para su inminente vahído.

—¡Pues yo me desmayaré si no lo hace! —murmuró la señorita Finch entusiasmada, abriendo los ojos de par en par conforme el hombre en cuestión se iba acercando.

Antes de mirar hacia donde todas dirigían la vista, Eve sabía que las jóvenes hablaban de Julian. Incluso lady Morrington se agitó reveladoramente para retocarse mientras él se aproximaba, vestido con su elegante chaqueta.

—¡Lord Westleigh! ¡Qué agradable sorpresa verle aquí!

Él inclinó la cabeza a modo de saludo para, a continuación, lanzarle un pícaro guiño.

—¿Le sorprende verme antes del anochecer? ¿Es eso lo que ha querido decir, lady Morrington?

La mujer rió.

—¡Le conozco mejor que otros, señor mío!

—Ya veo. —Al erguirse, le concedió a sus jóvenes carabinas una amplia sonrisa que casi les provoca un ataque—. Aunque debo admitir que no conozco a todas sus hermosas acompañantes.

—¿Me permite presentarle a la señorita Gloria Finch y a Delila Pratt? Acaban de debutar este año en la alta sociedad. Y, por supuesto, la señorita Eve Reynolds, a la que ya conoce. Señoritas, el señor Julian Clay, conde de Westleigh.

—Encantado. —Inclinó levemente la cabeza y Eve, por un instante, contuvo el aliento, temiendo que alguna de las chicas cumpliera su promesa de perder el conocimiento. Tras algunos segundos, era evidente que ninguna quería perderse ni un instante de aquel encuentro con el conde, aunque sospechaba que podrían desvanecerse después para completar la escena. Julian no se atrevería a...

—¿Le apetece pasear conmigo, señorita Reynolds?

—Su... supongo... si a lady Morrington no le molesta... —Eve se vio en apuros, sorprendida de no haber previsto que él le formulara aquella pregunta tan sencilla.

—¡Adelante! ¡Me basta con la compañía de la señorita Pratt y Finch! —concedió jovial lady Morrington, aunque las jóvenes parecieron menos encantadas—. Disfruten del aire fresco, queridos.

—Gracias, lady Morrington. —Julian le ofreció el brazo a Eve, con su dorada mirada llena de libidinoso deseo—. ¿Señorita Reynolds?

Ella le cogió del brazo, pues no quería parecer reacia ni estúpida ante las demás; de este modo, se adelantaron algunos pasos, dejando cierta distancia para mayor intimidad. Aún así, ella le habló en voz baja:

—Las damas estaban preocupadas por si le había asestado un golpe mortal dejándolo en la pista de baile la otra noche. Si supieran lo cerca que estuvo de resultar herido... ¿Cómo me ha encontrado?

—Hace buen tiempo y, francamente, intuí que la curiosidad de lady Morrington sobre nuestro encuentro en el baile exigiría una salida.

—Qué astuto por su parte, lord Westleigh —pronunció el cumplido sin demasiado entusiasmo.

—Empecemos de nuevo, señorita Reynolds.

—No creo que sea posible. —Lo miró cauteloso—. Entonces, ¿ha cambiado su opinión sobre mí?

Él asintió con solemnidad.

—En cierto modo. Definitivamente, usted no es ninguna ratera y creo que si planea sobrevivir a su esposo, es un plan brillante para una joven dama como usted. ¿Me permite que le sugiera a lord Hardling? Tiene ochenta y tres años, me parece una buena opción.

Ella abrió la boca para fustigarlo verbalmente pero, en ese momento, se percató del aire travieso de su mirada.

—¿Es esa su idea de empezar de nuevo?

Él se encogió de hombros.

—Estoy haciendo un verdadero esfuerzo, señorita Reynolds.

Su humor era contagioso.

—En ese caso, trataré de no marcharme echando a correr por uno de los senderos, lord Westleigh.

—¡Mi reputación ha quedado restituida!

—¿Perdón?

—Bueno, después de haberme tratado con tal crueldad en público, supongo que pasear con usted hoy reparará mi dañada imagen —explicó.

—No creo que a nadie le interese si bailo o no con usted, lord Westleigh.

—¡Tonterías! A todo el mundo le interesa hasta el más mínimo detalle. ¿Qué otra cosa puede hacerse en la ciudad?

—¿Asistir a conferencias? ¿Visitar museos y exposiciones de arte? ¿Acudir a conciertos?

—Es usted una chica muy peculiar, señorita Reynolds.

El tono empleado desveló que se trataba de un cumplido y Eve tuvo que desviar la mirada para recordarse a sí misma que el afable hombre que tenía a su lado era el mismo que le había hecho la promesa de seducirla sin piedad.

Volvió a mirarlo, inclinando la cabeza para comprobar si se veía menos perverso desde otro ángulo.

—Eso me dice todo el mundo.

El sendero giraba en torno a una hilera de frondosos olmos y, durante unos minutos, caminaron en silencio bajo el soleado empedrado. Él no hizo ningún intento malintencionado, pero Eve podía percibir cada exhalación, así como el calor de su brazo bajo sus dedos a través del fino paño de su chaqueta, incluso el sutil roce de su pierna en el vestido. Incluso cuando Julian Clay se comportaba como un completo caballero, ella no podía pensar en lo cerca que había estado de rendirse a él ni en su declaración de intenciones sobre su pretensión de llevarla a la cama.

—Cuénteme por qué detesta bailar.

Se lo preguntó con amabilidad y Eve sonrió.

—No se me dan muy bien ni las figuras ni los pasos de baile. Siempre me preocupo demasiado por los dedos de los pies de mi compañero y al final acabo haciéndome daño yo. —Se encogió de hombros—. Es, probablemente, una de las pocas habilidades sociales en la que no dominar los principios básicos significa la humillación pública.

—También lo es hacerse la estúpida delante de personas a las que odia.

Ella abrió los ojos un poco ante aquella revelación.

—Nunca lo había pensado.

Julian le colocó suavemente una de sus enguantadas manos sobre su mano, que descansaba sobre su brazo.

—¿Quién la ha enseñado a jugar a los naipes?

—Mi padre. —Al pronunciar aquellas palabras, los recuerdos comenzaron a fluir—. Me encantaba jugar con él porque sabía que, mientras durara la partida, lo tendría sólo para mí. —Suspiró—. Jamás me dejaba ganar. Tuve que esforzarme y centrarme muchísimo para poder vencerle, y lo amaba por ello.

—Lo echa de menos.

—¡Naturalmente! —Ahogó otro suspiro—. Murió hace cinco años y creo que no pasa un solo día en que no desee volver a escuchar su risa. —Ella se sorprendió por la facilidad con la que fluía la conversación—. Muchas mujeres juegan a los naipes, lord Westleigh. No es ninguna novedad.

—Muchas mujeres se entretienen con los naipes. Pero usted... Usted tiene verdadero talento. Llevo jugando años pero, cuando la vi jugar, me sentí como un aficionado en su primera partida.

Ella trató de mantenerse a la defensiva.

—No soy ninguna profesional.

—Ah, pero podría serlo...

*¡Dichoso hombre!*

Se obligó a sonreír, consciente de la atención que la audiencia que los seguía tenía sobre ellos, y de todos los viandantes curiosos que paseaban por los elegantes senderos de Hyde Park.

—No, lord Westleigh. Puede apostar lo que quiera.

Gracias a los comentarios de Beatrice la noche anterior, la última pieza del puzle sobre Warren Reynolds, el acaudalado industrial, habían caído en manos de Julian. Se había centrado tanto en lograr seducir a Eve que casi se le pasa por alto la clave del misterio. Tras el paseo con esta en el parque por la tarde, había vuelto a encontrarse con lord Andrews en casa de White, donde pudo contrastar todo cuanto había oído. Esta vez, a Julian no le costó ningún trabajo ubicar al marqués de Whetford.

Al parecer, las deudas de Whetford eran tan enormes como Beatrice había insinuado, y a sus deudores se les estaba acabando la paciencia. ¡No le extrañaba que le sonara aquel nombre! Se habían estado moviendo por los mismos ambientes durante años, pero se conocían solo de pasada. Julian, a decir verdad, lo compadecía pero, por lo que estaba viendo en el baile, parece ser que aquel pobre diablo había optado por una joven e ignorante heredera para reparar el daño.

*¡Cobarde! Una buena tarde de juego y cualquier hombre puede lograr cambiar su suerte. ¡O, al menos ese es mi plan!*

Tras unas cuantas preguntas acertadas, Julian se sentía muy orgulloso del retrato que había logrado hacer de la encantadora señorita Eve Reynolds y de su ambicioso tío. El que Whetford les hubiera presentado a la elite londinense se debía sin duda al montón de pagarés que Reynolds tenía de él. Si Reynolds hubiera amenazado con exigir el pago de dichos pagarés, a Whetford le hubiera resultado más fácil dignarse a presentar a aquel condenado hombre y a su sobrina que efectuar unos pagos a los que no podía hacer frente. Pero, al parecer, Whetford estaba tan bien relacionado que pocos habían pestañeado siquiera ante aquella nueva pareja cuando se los presentaron. Y Reynolds se vendía como un industrial extremadamente adinerado. Los nuevos ricos eran bien recibidos, siempre que no tuvieran intención de ascender demasiado en la escala social. Los ricos de rancio abolengo solían recelar de los intrusos de modales rudos y solían cerrar filas en cuanto percibían la más mínima evidencia de que iban a la caza.

El señor Warren Reynolds y su bella sobrina no se habían visto obligados a compensar el hecho de no contar con un linaje. Era perfecto. Habían logrado introducirse en varias listas de invitados y, sin salirse de su círculo social (nadie les había hecho demasiadas preguntas), habían logrado ascender con paso firme dentro de aquella jerarquía. Además, la mayoría de la gente, cuando lo escudriñaban para comprobar si era un farsante, se olvidaban de vigilar a la inocente jovencita que caminaba tras él.

Eran unos charlatanes. Su instinto se lo decía. Reynolds no destacaba por ser un buen jugador, pero su sobrina... Ella era la que tenía talento para el juego. Warren era demasiado torpe y tosco como para haber llegado él solo hasta allí. Pero Julian se imaginó que, con la encantadora Eve Reynolds en su arsenal, aquel hombre había sacado el máximo provecho de toda esa gente. Su juego era pura poesía, y Julian, como todos los demás, admiraba el canto de sirena de una buena jugadora. Carecía de pruebas que la inculpasen, pero, teniendo en cuenta lo que pretendía de ella, Julian concluyó que tampoco le harían falta.

Porque aquella noche se encontraba en la mesa de Chesterfield, en la taberna de La Cabeza del Jabalí, una sórdida sala de juego a la que acudían los caballeros más osados de la alta sociedad para mezclarse con las gentes más vulgares. Aquella noche, el propio señor Warren Reynolds se había unido al juego y compartía afablemente con los demás historias sobre sus viajes y numerosas aventuras. Aquella noche, la cerveza fluía como el agua, y Julian se percató de que se hallaba en el lugar adecuado, en el momento apropiado.

—¡Ah, esta noche me siento afortunado, amigos! ¡Pueden darse por avisados! —Se rió Reynolds mientras recogía las cartas.

—Estoy pensando en jugar otra partida —dijo el señor Chesterfield—. ¿Y quién necesita de ninguna advertencia? ¡Pero si nunca gana, señor Reynolds! —Chesterfield arrojó con aire osado una suculenta apuesta sobre la mesa—. ¡Mientras que yo, por otra parte, nunca pierdo!

—¿Nunca? —preguntó Julian sosegadamente—. Recuérdeme luego que le pregunte cuál es su secreto y que no juegue demasiado a menudo con usted.

Chesterfield soltó una sonora carcajada y Julian, con los ojos entornados, observó que los asiduos de aquel establecimiento tomaban nota de lo animada que se encontraba aquella esquina. La discreción y la costumbre lo habían llevado a optar por la silla que había junto a la pared, un sitio que le daba una buena panorámica de todo. Julian dejó las cartas sobre la mesa para retirarse del duelo y les rellenó los vasos con el decantador que había en la mesa.

—Jamás ganará si no juega, lord Westleigh —expuso Reynolds con la sabiduría de un hombre que, supuestamente, llevara unas copas de más. Lanzó algunas monedas para igualar la apuesta de Chesterfield y subió la cantidad con un imprudente giro de muñeca. —¿Me equivoco?

—¡Tiene razón! —asintió Chesterfield, dando a continuación buena cuenta de su brandi, ajeno a las gotas que le salpicaban el pañuelo del cuello. Aquel movimiento descuidado habría llamado enormemente la atención de Julian, si no hubiera sido por el casi imperceptible destello de luz que desprendieron los gemelos de Reynolds al cambiar la carta que tenía en la mano por otra que llevaba oculta en la manga.

La expresión de Julian se mantuvo imperturbable, y se reclinó para observar la caída de Chesterfield. Su plan de empapar a aquel hombre de licor para poder hacerle algunas preguntas agudas se esfumaron como el humo. Reynolds había efectuado el velado movimiento que le revelaba a Julian cuanto quería saber.

—¡Al final he perdido! —proclamó Chesterfield.

—Cierto. —Julian alzó su vaso y se percató de que Reynolds lo miraba desde detrás del suyo, como si de repente recelara de su presencia. Mantuvieron la mirada y Julian se preguntó si aquel hombre no estaría preocupado por las otras cartas que guardaba en la manga. La mirada de Reynolds desprendía la malicia de un animal arrinconado pero, antes de que Julian pudiera decir nada, el momento pasó y Reynolds se giró en su asiento para llamar a la tabernera.

—¡Más cerveza por aquí! —La actitud jovial de Reynolds volvió, y Julian decidió dejarlo pasar, por el momento. En su taimada cabeza empezó a forjarse un plan y Julian se sorprendió de lo sencillo que era. Y realmente malvado.

*Ya eres mía, Eve.*

*Un jugador entra en el juego por deseo propio,* se dijo a sí mismo. Ella era consciente del riesgo y lo había asumido. Le tendería una trampa y veríamos si mordía el anzuelo.

# 7

Querida Eve:

Tu última carta me dio la tranquilidad de que estás bien y contenta pero, por otro lado, también me ha provocado cierta inquietud. No puedo evitar pensar que no me lo estás contando todo. Somos buenas amigas tú y yo y, aún así, es como si no confiaras en mí y te resistieras a contarme tu verdadera situación.

Me comentas de pasada algo sobre un «golpe de suerte» y debo confesar que me he alarmado. Sé que tu tío jamás te permitiría apostar en el juego, así que, por favor, mantente alejada de todo eso. Mientras te apartes de las mesas de juego seguirás en el buen camino.

¡Que disfrutes mucho en Venecia y pásalo bien!

Eve, si acaso he malinterpretado algo en tu carta, perdóname. Hace tanto tiempo que no nos vemos. Te echo de menos, rezo por que estés a salvo en tus viajes. ¡Por favor, escribe pronto!

Tu amiga, Jane Kingsley.

Eve volvió a doblar aquella vieja carta, que tenía ya las esquinas desgastadas y raídas de haberla leído tantas veces, y la guardó de nuevo en el cajón. Era la última que Jane le había enviado. Se habían hecho buenas amigas después de que Eve y su padre hubieran estado alojados en una de las propiedades de la familia de Jane en Malta. Tenía quince años y recordaba aquel como el mejor verano de su vida. Su padre estaba en buena forma y ella se había pasado las horas en los jardines o explorando el pueblo con Jane a su lado, sin nada que presagiara lo que acontecería después.

Había recibido aquella carta de la señorita Kingsley una semana antes de partir para Venecia. Eve jamás le había contado a Jane que su tío Warren no solo estaba encantado de que ella apostara en el juego, sino que había sido el que la había alentado, embaucado y presionado cortésmente para que se introdujera en ese mundo, mientras él se llenaba los bolsillos con lo que ella ganaba, para cubrir sus crecientes gastos. ¡Pobre e inocente Jane! Eve valoraba demasiado su amistad y su opinión como para arriesgarse a confesárselo todo, así que las sospechas de Jane eran fundadas. Eve le había escrito una respuesta, una larga misiva en la que describía la ciudad de Venecia en Carnaval, en toda su magnificencia, omitiendo los detalles más dolorosos de su angustia. Había hecho todo lo posible por convencer a su amiga de que todo iba bien.

Pero jamás volvió a recibir ninguna otra carta de Jane.

Eve siguió escribiéndole pertinazmente, negándose a creer que Jane hubiera decidido interrumpir su relación sin una palabra de despedida y sin ninguna explicación. Entonces, se convirtió en un ritual tomar la pluma e imaginar la expresión de Jane leyendo sus cartas. Eso hacía sentir a Eve conectada con los días felices, y merecía la pena gastar dinero en sellos, aunque solo fuera para alegrarse un poco.

*«Mientras te apartes de las mesas de juego seguirás en el buen camino.»* Eve recitó aquellas palabras con una sonrisa.

—¡Oh, Jane! ¿Qué dirías si te enteraras de lo mucho que me he alejado del buen camino?

Comenzó otra carta para Jane, tal y como siempre hacía, deseándole fervientemente a la señorita Kingsley buena salud y felicidad; a continuación escribió, lo más honestamente que pudo, sobre el dilema en el que se encontraba y sobre las innumerables dudas que la asaltaban. Pero no logró mencionar a Julian Clay directamente. Haberlo visto en Hyde Park aquella mañana la había desestabilizado. Ella trataba de quitárselo de la cabeza pensando que era un rufián, pero su actitud y su comportamiento habían sido tan... distintos de los que había empleado en el jardín, tan abierto y sincero. Si acaso estaba empeñado en seducirla, aquel dichoso hombre había logrado perturbarla con sus amables preguntas y su ingenio, más de lo que estaba dispuesta a reconocer. No podía dejar de pensar en él, trataba de averiguar sus estratagemas y se preguntaba hasta dónde sería capaz de llegar para conseguirla.

Unos golpes en la puerta hicieron que alzase la cabeza y Eve, instintivamente, tapó la hoja de papel con otras hojas en blanco antes de contestar.

—¿Sí?

—¡Soy yo! ¡Soy yo! —El tío Warren entró ahorrándose las formalidades—. ¿Escribiendo cartas de amor? —bromeó.

—No. —Eve dejó la pluma—. Tan solo escribiendo algunas notas de agradecimiento para complacer a nuestros nuevos amigos.

—¡Ah, los dominios de las damas! Todas esas falsas apariencias y esas notas son las que hacen que el mundo siga girando, y yo te lo agradezco. —Tomó asiento en el borde de su cama—. No me gusta subir aquí, pero últimamente hemos andado con tantas prisas, que parece que nunca vengo a hablar contigo. —Miró a su alrededor, observando la austera habitación, como si la estuviera viendo por primera vez—. Esto..., la luz de la mañana que entra en la habitación es muy hermosa.

Vaya. Algo quería, sin duda. Pero ella sabía que debía aguardar para ver primero qué derroteros tomaba. El tío Warren nunca hablaba por gusto, sin tener algo en mente.

—Sí, lo es.

—Bueno, el tiempo es oro, como dicen. Nos está yendo bien aquí, Eve. Sé que te encontrabas algo preocupada, pero si sigues aplicándote, ¡mi plan saldrá perfectamente!

Se mostraba tan desproporcionadamente orgulloso de ellos que, por un momento, se preguntó si aquel no sería el momento de abordarlo y evitar hacerle daño.

—Tío Warren. Es un buen plan, pero y si...

—¡Te diré lo que es más difícil! —la interrumpió haciendo un gesto con la mano—. Buscar entre todos los solteros de Londres para asegurarme de que elijo para ti a los mejores candidatos. ¡Vaya tarea!

—Creo que está abordando el problema al revés. Se supone que son los pretendientes lo que deben elegir y después, es usted el que debe clasificarlos para que yo pueda rechazarlos. —Sonrió—. Eso ya no suena tan complicado ¿verdad?

—Me gusta ese joven, el señor Thom Farley, ¿a ti no? Sería un esposo divertido ¿verdad? —le preguntó, ignorando deliberadamente el comentario que ella había hecho.

—Tío Warren, no me acuerdo de él, así que no creo que eso sea muy buena señal para arreglar un matrimonio. —A Eve empezó a dolerle el estómago—. ¿Podemos hablar de esto en otro momento?

—Claro que sí. —Se levantó, le dio un beso en la frente y se dirigió hacia la puerta pero, en el último momento, se volvió. —Ah, ¡una cosa que quería decirte! El conde de Westleigh está descartado de mi lista de posibles candidatos, querida mía.

—¿Qué? —Su voz sonó hueca, por la sorpresa—. ¿Qué ha dicho sobre Westleigh?

—Procura que no se produzcan más paseos ni bailes en público con ese hombre ¿de acuerdo? Sin embargo, sé que hay un hombre muy atractivo, lord Crestford, que ha estado preguntado por ti últimamente. Tiene título nobiliario ¡y de pobre no tiene nada! ¡He ahí un buen candidato que deberías tener en cuenta! ¿Qué te parece?

—No sé qué decir. —Tomó aire lentamente, tratando de calmarse—. ¿Puedo preguntar por qué ha descartado al conde tan repentinamente?

—Nada por lo que debas preocuparte. Pero debes obedecerme, Eve. Ni una palabra a ese rufián en público ¿entendido?

*«Rufián»*. Ella asintió, aturdida, pero incapaz de admitir que, para su sorpresa, aquel cambio repentino le resultaba desconcertante y doloroso.

—Como desee.

Durante días, ella había jurado y perjurado que si Julian abandonaba la caza, ella respiraría por fin aliviada. Pero ahora... lo último que sentía era alivio.

—Tío Warren, por favor, por mí, deje de hacer de casamentero.

—¿Es que no quieres casarte?

—Sí. Deseo enardecidamente... una casa para mí y una familia. Quiero establecerme en un lugar tranquilo y llevar una vida sencilla en el campo, lejos de...

—¡Tonterías! Ya se está bastante tranquilo en la tumba y además, querida sobrina, me temo que tú no vales para el campo. —Le tomó la mano y le dio unas palmaditas con aire compasivo—. ¿Qué vicario, guardabosques o granjero va a querer a una esposa cuya única habilidad es jugar a los naipes y descubrir cuándo alguien se está marcando un farol? ¿Qué te hace pensar que alguien vaya a querer a una esposa así?

Trató de ocultar lo mucho que aquellas palabras la herían. Tenía razón, claro. Pero le resultaba difícil no estallar de frustración, ya que él era quien se había ocupado de que el único talento que ella desarrollara fuera la habilidad para mantenerle los bolsillos llenos.

—¡A los hombres ricos lo único que les importa es el ingenio y la belleza! ¡Y tú posees esas cualidades en abundancia! Además, eres muy deseable como sobrina de un acaudalado industrial.

Ella agitó la cabeza, mirándole con una sonrisa melancólica.

—Yo no soy la sobrina de ningún acaudalado industrial, tío Warren. Y cuando el esposo que hayas elegido descubra la verdad sobre la fortuna imaginaria de su prometida y de su tío compinchado, ¿cree usted que se mostrará muy contento?

—Bueno... —Torció el gesto, incapaz de replicar ante la implacable veracidad de su razonamiento—. Entonces, seguiremos con el plan original. Había subido para contarte que nos han invitado a una timba en la casa del mayor Hayes esta noche.

—Ah.

—¡La cosa está yendo estupendamente, Eve! Estás jugando con brillantez, tal como esperaba y, a este paso, nos iremos de aquí con los baúles llenos de dinero. He pensado que el siguiente destino podría ser Estocolmo. He oído que cuando hace frío, se puede hacer poco más que jugar, y tenemos una invitación firme de aquel barón que conocí en París. ¿Qué te parece?

Ella asintió, incapaz de decir nada, debido al nudo que tenía en la garganta. Aquello no se acabaría jamás. No había huida posible de sus interminables estratagemas y planes, y nada que anhelar en la vida más allá de las mesas y las apuestas, de los jugadores y del riesgo.

*Tengo que escapar. Da igual lo que haya ahorrado. Me marcharé antes de que concluya la temporada social y solo me queda rezar por que él me deje ir.*

La timba en casa del mayor Haye resultó más concurrida y animada de lo que Eve esperaba. Sospechaba que la confianza de su tío se incrementaba con cada nueva invitación que recibían. Desde que lady Morrington había decidido acogerla, probablemente su tío habría concluido que estaban listos para relacionarse con círculos más selectos.

Realmente, así lo esperaba Eve.

Aquella fiesta no tenía nada que ver con la que dieron los Wickett. Con casi cien asistentes, la casa estaba llena de entusiastas invitados elegantemente ataviados y volcados en animadas conversaciones, o simplemente distraídos con lo que contemplaban. La música provenía de una esquina, en donde había un cuarteto de músicos que animaba la agradable escena y se aseguraba de que los invitados estuvieran suficientemente entretenidos mientras jugaban en las mesas o merodeaban para charlar. Estaban rodeados de una deslumbrante riqueza, e, incluso tras toda una vida visitando salones como aquellos, Eve debía admitir que aquel lugar resultaba del todo impresionante.

Muy bien iluminado, el salón resplandecía, dando la bienvenida a los asistentes, exhibiendo el estrafalario y costoso aspecto de los muebles y grabados de sus anfitriones. Unos colmillos de elefante tallados coronaban la chimenea y a Eve se le escapó una sonrisa al ver la escultura de una diosa india sujetando una caja de bombones sobre un pedestal de incalculable valor de la antigua Roma. Aquello era un caleidoscopio de culturas del que se desprendía que el mayor era, como poco, un verdadero trotamundos.

El salón era más largo que ancho. En uno de sus extremos destacaban unos grandes ventanales y, el otro, se encontraba repleto de armas e instrumentos militares dondequiera que uno fijase la vista. Obviamente el mayor Hayes no era de los que gustan de la discreción en lo que hacen.

—¡Cuánto me alegro de que haya venido! —La mano de Eve quedo completamente sepultada bajo su mano, grande como la zarpa de un oso. Y ahí estaba el inconfundible mayor Hayes, ataviado con su impecable uniforme rojo, con el pecho henchido mostrando todas sus medallas y condecoraciones; era para verlo. Su mostacho inglés encerado temblaba cuando sonreía y, con cada exclamación, su monóculo negro de montura esmaltada amenazaba con saltar de su cara. El mayor Hayes exclamó con voz altisonante:

—¡También tenemos juegos para las damas! Aunque he reservado un salón para el baile, para contentar a todo el mundo.

—¡Sus fiestas son muy sonadas, mayor! Es un honor asistir a una de ellas —afirmó el tío Warren—. ¿Y los juegos para hombres?

—En la biblioteca contigua, señor Reynolds. A las damas las importuna que se fume en su presencia, por lo que hago todo lo posible por tener en cuenta su delicada sensibilidad a los olores. He invitado a los hombres a que jueguen allí si quieren fumar o hablar con mayor intimidad pero, se lo advierto, las mujeres entran de vez en cuando.

—¿Es que no hay manera de mantenerlas alejadas? —bromeó el tío Warren, lanzándole a Eve un guiño indiscreto, que ella procuró ignorar. Su tío estaba exultante, aunque esta hubiera deseado que se mostrara más cauto en público.

—¿Entonces, todas las mesas están separadas? —preguntó ella.

—¡Oh, no! En aquella parte del salón hay mesas para que todos jueguen, y he dispuesto el saloncito rojo a modo de casino. ¡Así que puede jugar como desee!

Se marchó sin añadir nada más, Eve agarró a su tío del brazo y le dijo:

—Quédese.

Ella escudriñó la sala buscando alguna cara conocida, pero no encontró ninguna. Ninguna de las damas de los martes había asistido, pero a su tío no le apetecía quedarse con ella.

—¡Querida, es que ha venido Chesterfield! ¡Diviértete y no me mires con esa cara de remilgada! Ya soy mayorcito y tengo derecho a divertirme un poco. —Le dio un beso en la mejilla y se marchó sin que le diera tiempo a replicar.

Confiaba en que su sobrina hallaría ella sola la mesa adecuada, pero Eve agitó la cabeza. *¿Qué aconsejaría la señorita Gloria Finch en esta situación?* La etiqueta no le permitía unirse a ningún juego sin ser invitada, ni dirigirse a nadie que su tío no le hubiera presentado. Él era consciente de ello, naturalmente, pero el tío Warren tenía la pueril afición de olvidarse oportunamente de las normas sociales cuando estas le impedían abandonarse a sus diversiones.

Ella giró sobre sí misma, observando los diferentes grupos de jugadores que había en una de las dos salas contiguas reservadas para los juegos de naipes, tratando de buscar una silla vacía o alguna oportunidad. Su tío la reprendería si al menos no ganaba un par de partidas, pero aquello no la preocupaba. Las buenas maneras garantizaban que su anfitrión o alguno de los invitados se percatarían de su situación y lo remediarían. Así que, por el momento, disfrutó de la tranquilidad de la soledad y se dirigió a una pared cubierta de grabados. Escenas de caza, batallas épicas y dibujos orientales desvelaban los varoniles gustos del mayor, aunque lo que más atrajo su atención fue un sencillo marquito. Rodeaba el retrato en miniatura de una joven. Pero, a diferencia de los retratos tradicionales en los que el protagonista mantiene una mirada solemne hacia el pintor, la chica de aquel retrato se hallaba sentada en su escritorio con una mirada pícara, tenía la cabeza ladeada con aire desafiante y desvergonzado. Su sonrisa hacía que Eve se preguntara por el contenido de la misiva que asía en la mano, así como el destinatario de la misma.

—Es la hermana del mayor, creo —le dijo una voz dulce de mujer a su lado, una amable intrusión en aquel momento de meditación—. Ahora ya es una mujer mayor, se ocupa de la casa de su hermano menor, que vive en Egipto.

Eve se volvió para mirar a la mujer, agradecida por la compañía, e hizo una pequeña reverencia.

—Es hermosa y tiene aspecto de ser toda una aventurera. ¿Me permite que me presente? Soy Eve Reynolds.

—Merriam Sotherton —contestó la mujer con timidez—. Le confieso que me he acercado porque parecía sentirse algo perdida; a mí me aterrorizaban las fiestas en las que acababa mirando colecciones de porcelana, tratando de camuflarme entre las cortinas.

Eve empezó a reírse.

—¡Bromea! No da la impresión de ser de las que puedan camuflarse entre las cortinas, pero igualmente le agradezco su amabilidad.

—¡Ah!, si usted supiera... —Merriam se movió a un lado acercándose a un pequeño grupo de personas que charlaban entre sí—. Señorita Reynolds, ¿me permite que le presente a mi marido y a mi amiga? Este es Drake Sotherton, duque de Sussex, y su sobrina, la señorita Callie Singleton.

Eve repitió la reverencia, entrecerrando los ojos al relacionar ideas. *El duque de Sussex. Lo cual me dice, querida señora, que usted es la duquesa de las salaces historias que cuenta lady Morrington sobre el encuentro de lord Westleigh con la muerte. Lo cual me lleva a sorprenderme de mi extraña suerte...*

—Es un placer. ¿Le gusta jugar a los naipes, excelencia?

—En absoluto.

A Eve le hizo gracia lo adusta y escueta que fue su respuesta, viniendo de un hombre tan alto y meditabundo, especialmente cuando su encantadora esposa le lanzó una mirada que le hizo rectificar al instante.

—Quiero decir que prefiero observar a los demás y mantenerme a una distancia segura.

La señorita Singleton se sorprendió y abrió los ojos con socarronería.

—¿Y qué distancia es esa?

—Harridan —aclaró el duque tranquilamente, aunque por el destello pícaro de su mirada se desvelaba la broma. Por muy severo que pareciera aquel hombre, sentía un profundo afecto por la mujer que se encontraba a su lado.

—¡Drake Sotherton! ¡Compórtate! ¿Qué va a pensar la señorita Reynolds de ti? ¡De los dos! —La joven duquesa trataba de mantener el tono inflexible y su marido se mostró inmediatamente aplacado. Entonces, la encantadora señorita Singleton se puso los dedos en los labios.

—Perdona, Merriam. Sé que debemos comportarnos, pero ¡es que Drake siempre tiene que asustar a la gente cuando se la presentan por primera vez! —Su joven sobrina era la versión femenina de la belleza morena de él, aunque no compartía su semblante grave.

Él se inclinó hacia Eve con aire confabulador.

—Se ha convertido en una costumbre.

—Se le da muy bien —apuntó Eve. No le parecía en absoluto un «Duque Letal», pero tampoco iba a preguntar por qué se había ganado semejante apodo, tan aterrador—. Imagino que debe ser muy difícil intimidarle en una mesa de juego.

Él alzó las cejas divertido.

—Puede ser, señorita Reynolds, me estoy perdiendo la oportunidad de aplicarme y hundir un par de fortunas.

Ahora le tocaba reír a la duquesa.

—¡Al mayor Hayes le daría un ataque si te viera jugando en sus mesas! Vamos, querido, vamos a ver si…

Un estallido de gritos y risas resonó en la biblioteca interrumpiéndola, y las conversaciones a su alrededor se apagaron, pues todos miraban para comprobar a qué se debía semejante conmoción.

—Espero que no haya ningún problema —dijo Merriam.

Eve negó con la cabeza, su instinto no solía equivocarse en aquel tipo de situaciones.

—No, o alguien está a punto de ganar una gran cantidad, o bien acaba de ganarla.

Los tres se aproximaron para mirar. Uno de los hombres que se encontraba en la puerta, con gesto de sobrecogimiento le contaba a un amigo lo que sucedía tras él.

—¡Es el conde de Westleigh!

La expresión de Drake permaneció inalterable, pero se detuvo inmediatamente y alargó el brazo para tirar de su esposa.

—Nos vamos.

La señorita Singleton se mostró molesta.

—¿De verdad tenemos que irnos?

—Discúlpenos, señorita Reynolds por abandonarla tan bruscamente —intervino amablemente la duquesa de Sussex—, pero tenemos que hacer un par de paradas más esta noche, y no quiero tener a Callie despierta hasta muy tarde.

—Yo no… —comenzó a decir Callie, pero concluyó la protesta al ver la mirada suplicante de la duquesa—. No me había dado cuenta de que fuera tan tarde, señorita Reynolds. Ha sido un placer.

—Sí, espero que tengamos la oportunidad de volver a vernos pronto. —Eve inclinó la cabeza a modo de saludo tras perder al pequeño círculo de nuevas amistades, pero estaba segura de que el duque de Sussex tenía sus razones para marcharse.

—En otra ocasión, señorita Reynolds —añadió Merriam amablemente, y se asió del brazo que le ofrecía su marido, dejando que la condujera a paso ligero hacia la puerta.

Eve no se molestó en ponerse a divagar sobre la naturaleza de la enemistad entre los dos hombres, sino que se volvió y se dirigió a la puerta de la biblioteca de nuevo y empezó a sortear a la gente. A pesar de la probable amonestación de su tío, no tenía intención de perderse lo que estaba ocurriendo en el interior de aquel salón.

Conforme se iba acercando, los murmullos iban dándole información sobre lo que acontecía.

—¡Demasiado dinero!

—Había apostado una cantidad asombrosa, pero, ¡Dios mío, creo que está a punto de llevarse los ingresos de un año del señor Sweetley!

—¡Mañana, Sweetley se lamentará de esto!

—¡Aún no han terminado!

La multitud se movió y Eve logró entrar en la sala. La biblioteca estaba decorada con la marca de los trastos militares del mayor, aunque las voces se veían amortiguadas por el cuero de las cubiertas de los libros y la madera tallada de los inevitables estantes que le otorgaban a la sala su nombre. Había seis mesas dispuestas, pero solo una se hallaba ocupada. El resto de jugadores habían abandonado sus asientos para observar y apostar en el *écarté*[4] que había atraído la atención de todos.

Se estaban barajando los naipes para otra ronda, y Eve vio a lord Westleigh, que tenía la mirada de un experto. No había nada de agresivo en su postura ni en sus movimientos, nada que dejara entrever que tuviera interés alguno en el resultado. Se encontraba reclinado en su asiento, con las piernas estiradas y los pies cruzados, mostrando su indiferencia hacia las normas del saber estar en

[4] N de la t.: El *écarté* es un juego de naipes originario de Francia y muy popular en el siglo XIX.

público. La postura de escobillón del señor Sweetley se lo dijo todo sobre su carácter.

*El conde le está distrayendo deliberadamente, dejando que su copa gotee sobre el tapete y manteniendo los codos separados. Lord Westleigh no es un hombre descuidado, lo hace intencionadamente.*

Como era costumbre, se animaba a los demás a que hicieran sus apuestas y se les permitía aconsejar a los jugadores conforme el juego se iba desarrollando. Así que los contrincantes estaban rodeados de voces que les aconsejaban y les intentaban dirigir, en un torbellino de estrategias y tácticas, mientras Julian volvía a repartir los naipes.

El señor Sweetley, aunque estaba nervioso, era un hueso duro de roer. Eve no veía sus cartas pero, cuando el juego comenzó y se anunció la baza, resultó evidente que sabía igualar las apuestas y hacer los descartes con una habilidad impía.

Pero era en lord Westleigh en quien ella se fijaba, logrando hacer que el resto de la sala, con sus ruidosos ocupantes desapareciera para sus ojos, hasta que fue como si solo estuvieran ellos tres sentados en la biblioteca del mayor Hayes.

Julian Clay era como un león dorado y perezoso, aunque lo suficientemente hambriento como para ir a la caza. El juego fue tomando forma y Eve absorbió el ritmo de sus movimientos, así como la agresión oculta que se cernía tras las gélidas estrategias de Sweetley.

El montante que había sobre la mesa resultaba pasmoso. *Demasiado dinero como para perderlo, para cualquiera, lord Westleigh.* Los gritos dando consejos fueron aumentando a su alrededor y, de repente, Eve se dio cuenta de que podía perder. Que iba a perder, que era inevitable… Y empezó a crecer en su interior un temor por el conde.

Sin dudarlo, alzó la voz con firmeza, aunque tratando de que no se la oyera por encima de los demás.

—Lord Westleigh.

Sus ojos se apartaron de las cartas que sujetaba, con los dedos inmóviles sobre una sola carta. De alguna manera, la había oído por encima de aquel barullo, y Eve se emocionó al sentir el extraño vínculo que los unía.

—No le dé la oportunidad de que se marque un farol. Fíjese en la baza antes de tocar a la reina. Juéguesela y, luego, coja carta. —Se mordió el labio inferior—. Confíe en mí.

El ámbar de su mirada pareció derretirse y, cuando él sonrió, ella maldijo el espasmo que le recorrió todo el cuerpo. *¡Dichoso hombre!*

Eve se volvió y se abrió camino para salir de la sala. No podía soportar seguir mirándole, no podía soportar verle perder y no quería contemplar la petulante arrogancia de su rostro si ganaba. Se supone que no debían verla hablar con él en público, ¡ni mucho menos dirigirse a él delante de todo el mundo!

Escudriñó la sala y supuso que su tío Warren estaría aún en la salita con Chesterfield, así que, al menos se había librado de una posible regañina en el camino de vuelta a casa.

Se oyó un alboroto tras ella y Eve se sentó con determinación en una silla que se hallaba junto a un ventanal abierto, donde fingió observar los coches de caballos que había aparcados abajo y contar los caballos. Transcurrieron unos minutos y notó su presencia sin siquiera alzar la vista.

—Debo darle las gracias, señorita Reynolds.

Ella se levantó y volvió hacia él, preguntándose por qué se sorprendía, cada vez que lo veía, de lo atractivo que era.

—No me debe nada. Si llego a estar más avispada, seguramente yo misma hubiera hecho una apuesta, pero…

—Los demás no paraban de decirme que me arriesgara —recalcó—, pero usted no se dejó engañar.

—Los demás miraban el dinero que había sobre la mesa, no los naipes.

Él agitó la cabeza.

—Nunca dejará de sorprenderme, señorita Eve Reynolds.

Eve se quedó sin aliento al escuchar el cumplido, y tuvo que hacer esfuerzos por recordar por qué estaba allí.

—Lord Westleigh —murmuró en voz baja—. Hay algo que debe usted saber.

—Si tiene que ver con descubrir al rey en una mano, estoy seguro de que me las sé apañar.

—Mi tío… me ha prohibido que hable con usted. —Alzó con valor el mentón y aguardó su desaprobación.

—Tonterías. —El conde se mostró absolutamente indiferente a aquellas palabras.

—Hablo en serio, lord Westleigh. ¡Ha insistido en que evite cualquier conversación con usted en público! Sé que no tiene la costumbre de prestar demasiada atención a este tipo de cosas, pero no estoy en situación de desobedecerle.

—Ya veo —contestó, tratando de mostrar un semblante más serio—. ¿Acaso me va a reprender?

Ella puso los ojos en blanco.

—¡No! Por lo que a mi respecta, entre nosotros lo único que ha habido ha sido un vals y un paseo, eso es todo. —Tomó aire—. Las palabras de mi tío son... definitivas.

La expresión de sus ojos era de incredulidad, pero se guardó su opinión. En cambio, le regaló una última y ardiente mirada que la dejó sin habla. A continuación, hizo un saludo con la cabeza lleno de formalidad y volvió caminando lentamente hacia la biblioteca.

Mientras él se alejaba sin mirar atrás, Eve se dejó caer entre los cojines y suspiró. Si aquello era una victoria, no le producía ninguna ilusión. Un hombre que hacía caso omiso a las normas no iba a cambiar porque su tío lo hubiera ordenado.

*¿Y cómo disuado yo a este condenado para que no me pida otro baile?*

—Sobre todo, cuando una parte de mí desea que me lo pida —susurró, sin ser consciente de que lo había dicho en voz alta, olvidándose de apartar la vista de él según se alejaba.

# 8

Sus manos temblaban mientras releía la nota por sexta vez, como si al hacerlo pudiera cambiar lo que decían aquellos elegantes garabatos:

> Señorita Reynolds:
> Reúnase conmigo mañana a mediodía en el 420 de la calle Bell. Tenemos que hablar sobre su tío. Se trata de un asunto urgente.
> Julian C.

Seguramente sería un farol para poder verla a solas. Pero en caso de que no se tratara de una artimaña, Eve desconocía las consecuencias que acarrearía ignorar aquel «asunto urgente». ¿Acaso sería esa su forma de responder a la orden de su tío de que se mantuviera alejada de él? ¿O habría ocurrido algo en la timba en casa del mayor Hayes? ¿Qué habría hecho ahora su tío?

La amenaza era tácita, subyacía en aquella escueta hoja blanca. Ven o verás.

La curiosidad pudo más que sus dudas. No tenía opción. Tendría que escaparse de la casa tras el desayuno e ir a verle, aunque solo fuera para averiguar qué era lo que él sabía sobre su tío Warren.

¿Tendría esto algo que ver en el cambio de actitud de su tío hacia «aquel rufián»? Daba igual. Julian tenía todas las respuestas.

*No me cabe ninguna duda de que las intenciones de este hombre no son buenas.*

*¿Y por qué eso no me asusta?*

Fueran cuales fuesen las revelaciones que tuviera guardadas en la manga, estarían a solas, y aquella era una oportunidad demasiado incitadora como para que un hombre como Clay la dejara escapar. Haría lo posible por seducirla, lo sabía. Pero algo en su interior empezó a palpitar y danzar pensando en aquel juego.

Quería volver a verle.

Le daría una buena ventaja pero, entonces, lord Westleigh comprendería que, a veces, hacer creer a alguien que lleva ventaja significaba que eres tú quien tiene el control.

Julian la esperó en la dirección que le había indicado en la calle Bell. En realidad, aquello pertenecía a Shelbrook. Se trataba de una pequeña casa en la ciudad que él había adquirido y mantenido en secreto, a salvo de su esposa. Al parecer, hacía algunos años, Barnaby había tenido una amante, pero la dejó cuando su nueva y joven esposa se enteró y reaccionó como una violenta tormenta de hielo, seguida de un despiadado ataque de histeria. Jamás vendió aquella moderna casa, ya fuera para que sus colegas no se enteraran de que no había sido capaz de plantarle cara a su esposa en semejante asunto, o porque albergaba la esperanza de reunir el valor para volver a engañarla. Le había dado la llave a Julian en uno de esos arranques de hermandad entre hombres, auspiciado por el brandi, y a Julian, tras una primera inspección, le pareció que le venía como caída del cielo. Le había prometido a Barnaby que no la utilizaría muy a menudo, para no correr el riesgo de que lady Shelbrook se enterara de su existencia.

Llegó a la puerta justo a su hora. Cuando Julian abrió, ella le entregó su sombrero y sus guantes sin mediar palabra, como si él no fuera más que un sirviente. Este la acompañó hasta el pasillo con una sonrisa irónica.

—¿Puedo ofrecerle un té, señorita Reynolds?

—Es un poco pronto para tomar té, lord Westleigh. —Ella lo miró directamente a los ojos, preparándose claramente para la batalla.

—¿Vino? ¿Brandi? ¿Un jerez? ¿Un oporto?

Ella entornó los ojos y cruzó los brazos, a la defensiva.

—¿A mediodía? Es exactamente el tipo de hospitalidad que cabe esperar de un hombre que envía una hosca nota a una mujer pidiéndole que se reúna con él. Mi tío...

—Le ha prohibido que me hable en público. Pero, tal como usted ha señalado, este es un encuentro privado, Eve.

—¿Por qué no va al grano y me explica por qué me ha pedido que venga, lord Westleigh?

Estaba tan hermosa y se mostraba tan intrépida ahí de pie. Se sentía atraído por ella y por la deliciosa y precaria naturaleza de aquel encuentro. Si ella era la sobrina de un rico industrial, entonces él era seminarista. Pero su fallido ardid era necesario para alcanzar sus objetivos. La alta sociedad no se hubiera molestado en invitar a alguien a jugar, a menos que creyeran que contaba con el dinero y el caché para estar a la altura de sus apuestas. El linaje, el crédito y la buena reputación eran los sutiles instrumentos que mantenían alejada a la chusma. Si lo que pretendía era moverse en los círculos más exquisitos, hacer un poco de teatro era vital.

No obstante, no estaba del todo convencido de que fuera tan sencillo. Nada en ella parecía sencillo.

—¿Qué es lo que trama?

—Es la segunda vez que me hace esa pregunta. Pensaba que de lo que quería hablar era de mi tío, lord Westleigh. Me ha asegurado que lo sabía todo en su nota, y aquí estoy. ¿O acaso debo entender que entre sus famosos atributos se encuentra también ser un embustero? Si es así, le aseguro que no le robaré demasiado tiempo.

Él arqueó las cejas, aquel insulto le había hecho gracia.

—¡Oh, vaya! ¿Le dije que «lo sabía todo»? Jamás pensé que disfrutaría con la notoriedad, señorita Reynolds. Pero cuando me mira de ese modo, le juro que se me vienen a la cabeza una decena de formas de disfrutarla sin sentir el más mínimo arrepentimiento.

—No sé muy bien cómo le miro, lord Westleigh. Pero ¿por qué tengo la impresión de que sería aún más peligroso no tenerle a la vista?

—Mi padre solía decir: «Confía siempre en tu instinto».

—Y el mío solía decir que no se puede confiar en nadie.

—Entonces estamos empatados. —Julian se volvió para servirse una pequeña copa de oporto—. Estoy seguro de que si le pidiera que confiara en mí...

—Jamás podría —concluyó la frase—. ¿Hemos terminado entonces?

—Pero, sin embargo, en casa del mayor me pidió que confiara en usted.

Ella se cruzó de brazos, azorada al recordarlo.

—¿Acaso no ganó? ¿Es esta la recompensa por haberle ayudado?

—En absoluto. Solo prométame que sus planes no son demasiado delictuosos.

—¿Por qué debería yo prometerle nada?

—Porque podría empezar a hacer preguntas insistentes, hasta que los demás empezaran a hacérselas también.

Ella respiró profundamente y le contestó con calma.

—No, lord Westleigh, no se trata de nada demasiado delictuoso. —Él arqueó una ceja con escepticismo y ella añadió rápidamente—: Que yo sepa, no es que apostar y mentir sea algo aceptable, lord Westleigh, pero tampoco es ningún delito.

La joven tenía razón, ya que él no conocía a nadie que no apostara o mintiera ocasionalmente.

—¿Eso es todo?

Ella abrió las manos.

—Así de grave es, sí. Y ahora, ¿qué pretende hacer?

—Nada.

—¿Nada? —Ahora le tocaba a ella hacerse la escéptica—. ¿No siente el impulso de ir a advertir a sus amigos de que hay un plebeyo entre ellos en busca de sus fortunas?

—Si solo se trata de eso, estoy seguro de que sabrán cuidar de sí mismos. Y si les ganan sin hacer trampas, que así sea. —Agitó el pie de la copa con los dedos—. Me salvó del abismo en casa del mayor Haye. Quiero devolverle el favor.

—¿Acaso estoy yo al borde del abismo, lord Westleigh?

—¿Juega sin hacer trampas en las mesas de juego, señorita Reynolds?

—Sí. —Alzó el mentón con aire orgulloso—. Siempre.

—Pero su tío... La honradez no es algo que tenga muy en cuenta, cuando se trata de una mesa de juego, ¿no es así? —Se terminó la copa de oporto de un trago, y la dejó en la mesa para saborear los efectos. A continuación, vio que ella titubeaba, parpadeaba sorprendida y que sus hermosos ojos azules recelaban.

—¿Me está diciendo... que él...?

—¿Hace trampas? Sí. Fui testigo en La Cabeza del Jabalí y, aunque los demás estaban demasiado ebrios como para percatarse, estoy seguro de que, con un par de palabras, las cosas podrían ponerse muy feas en Londres para el señor Warren Reynolds.

Ella dio un respingo al imaginárselo, y a Julian le sorprendió al venirle a la mente la novedosa idea de que realmente ella podía no saber lo que hacía su tío . *¿Acaso es posible, o te estás haciendo la inocente, encanto?*

—¿Qué quiere?

Él contuvo el aliento, tratando de elegir entre una lista de posibles y libidinosas respuestas a esa pregunta. Que Dios lo asistiera, ella le estaba leyendo la mente pero, en lugar de ruborizarse y huir de la habitación, abrió los labios y se le aceleró la respiración y él supo que, aunque solo obtuviera eso de aquella conversación, al menos podría volver a probar el sabor de aquellos labios. Al imaginarse la dulce y suave sensación de ella pegada a él, la tensión que sentía hizo que la sangre comenzara a bullir de ardor, y el peso de su libido se deslizó hacia abajo, como la cálida arena, hasta que su miembro se tornó duro como una piedra.

—No soy ningún desgraciado, señorita Reynolds. Admiro a los que luchan por hacer su propia fortuna de la mejor manera que saben. Y, aunque puede que su tío haya optado por tomar un par de atajos indeseables, le prometo que no seré yo el que lo saque todo a la luz. —Dio un paso hacia delante—. Le doy mi palabra de honor.

Por su parte, ella no se rió al oír aquella promesa, y él observó que ella se debatía y, finalmente se rindió ante él.

—¿Qué es lo que quiere? —volvió a preguntar.

—Quiero que confíe en mí. Quiero jugar, señorita Reynolds.

Transcurrieron unos largos y dolorosos segundos hasta que ella tomó la decisión.

—¿Tiene una baraja de naipes, lord Westleigh?

—Sí. —Abrió una pequeña caja de madera tallada que había sobre la mesita de la esquina y extrajo una baraja. La había traído con la esperanza de que la señorita Eve Reynolds acudiera a la cita.

—¿Por qué no empezamos con algo sencillo? —propuso ella.

—Como desee. —Él le entregó la baraja, obligándola así a acercarse. Esta se aproximó reacia, como si temiera que él fuera a saltar sobre ella o a hacerle daño, aunque esa no fuera su intención. *Pero tampoco es que no aspire a verte completamente tumbada, querida. No cometa ningún error, señorita Reynolds, me voy a divertir mientras consigo llevarte hasta ese punto. Es solo que no hay necesidad de precipitarse.*

Eve tomó los naipes que él le ofrecía y empezó a barajar. El conde la observó fijamente mientras ella se serenaba repartiendo; desprendía tensión por todos los poros de su cuerpo y se difuminaba a través del hábil movimiento de sus dedos. El sonido del roce de la mesa lo hizo sonreír. *Jamás pensé que ese sonido pudiera excitarme tanto...*

—¿Un juego rápido a la carta más alta, lord Westleigh?

Asintió, y la siguió hacia un elegante canapé tapizado. Ella acercó una mesita para que les sirviera como mesa de juego improvisada y Julian se sentó a su lado.

—¿Por qué no reparte usted? —le preguntó, dejando los naipes sobre la mesa—. Para que vea que no hago trampas.

Él asió la baraja y la dividió en dos montones de igual tamaño. No apartó la mirada de aquella mujer, preguntándose cuántos hombres se jugarían toda su fortuna por poder ocupar su lugar.

—No las ha vuelto a barajar, lord Westleigh.

—No es necesario, señorita Reynolds. —Durante un instante, la analizó—. Antes de empezar, ¿no deberíamos acordar lo que nos jugamos?

Ella se humedeció los labios con nerviosismo, pasando la lengua por sus sonrosadas curvas, haciendo que él se estremeciera. Julian se preguntó cómo iba a poder mantener el decoro si ella le enseñaba la punta de aquella dulce y húmeda lengua. Él quería disfrutar del juego de la seducción, saboreando cada paso, cada avance, evitando el arranque de pasión que se había apoderado de él en el jardín de Hutton. Estaban solos, sin riesgo de que los interrumpieran, y Julian sintió que se encontraba en las puertas del paraíso.

—¿Por qué no concedemos un deseo al que gane? —propuso ella, serena.

*Paraíso encontrado.*

—De acuerdo.

Con sus respectivas cartas boca abajo a un lado de la mesita, Julian asintió sutilmente.

—Las damas primero.

Ella cogió la primera carta del montón y le dio la vuelta.

Seis de diamantes.

Él cogió la suya y supo que había ganado solo por el sobresalto de su oponente. Miró y había salido el diez de espadas, para alborozo suyo. La miró, incapaz de ocultar su regocijo.

—¡Ay, el destino!

—¿Y qué es lo que va a pedir? —preguntó ella.

—Un beso.

Un grito ahogado escapó de sus labios, y su mirada se ensombreció.

—¿No... no prefiere hacerme alguna pregunta? Puede pedirme una respuesta sincera.

Él negó con la cabeza, sonriendo al percatarse de aquel pueril intento de negociación.

—Quizá en otra ocasión.

—Puede que esta sea la única oportunidad que tenga de elegir, lord Westleigh.

—Entonces sería un estúpido si no insistiera en pedirle un beso, señorita Reynolds. —Él se mantuvo implacable y aguardó a ver lo que ella hacía. No necesitaba recordarle la primera regla de honor de un jugador, y sabía que ella lo estaba sopesando todo en aquella astuta cabeza que tenía.

*Acuérdate de lo que sucedió en casa de Hutton.*

—Muy bien —cedió—. Entonces, un beso.

No hubo más discusión. Julian sintió alivio al descubrir que la señorita Eve Reynolds podría ser muchas cosas, pero, desde luego, era una mujer de palabra. Esta se inclinó, tratando de mantener el equilibrio apoyando una mano sobre el corazón de él. Sus dedos desplegados lo abrasaban a través de la seda de la camisa y él, por un momento, se preguntó si podría sentir los latidos de su corazón. Julian hizo un esfuerzo por mantenerse inmóvil y cederle a ella la decisión de iniciar el beso.

Su contrincante rozó sus labios y fue una húmeda fricción que desapareció casi antes de que él pudiera notarla.

—Ya está —dijo Eve, haciendo amago de apartarse, pero Julian no iba a permitir que lo engañara con el premio que le correspondía. Él la rodeó con sus brazos y no la dejó escapar mientras aprisionaba con su boca los labios de ella. Tras unos segundos, ella cedió y apretó los labios contra él, atrapando su labio inferior con la boca para poder saborearlo con la lengua: un latido de cálida carne en la curva más sensible de los labios lo hizo abandonar la decisión de mantenerse inmóvil. Él se movió para devolverle el gesto, y oleadas de ardorosas sensaciones le recorrieron todos los nervios del cuerpo en una ardiente danza que reclamaba el sabor de cada una de las partes de su boca, hasta que ella gimió y se retorció en el asiento, apoyándose en él. Julián rozó las esquinas más blandas de su boca y absorbió su lengua, al son de los latidos de su corazón. Lo deseaba, el duelo de deseo mutuo los recorrió en una espiral descontrolada. Ella gimió, y Julian bebió de aquello como de un estanque, y el femenino sonido de su voz desató en él un gruñido que no pudo contener en su pecho. Sus brazos se extendieron para rodearla, para apretarla contra sí, aumentando el feroz ritmo entre ellos.

Finalmente, ella se retiró, desembarazándose del conde con dificultad, con los labios hinchados y la mirada ensombrecida de pasión. A Julian le pareció que su entusiasta reina gitana era pura magia, tan dulce y dispuesta, aunque no demasiado experimentada en el arte del amor. Eve se echó hacia atrás en el sofá que había junto a él para recuperar el equilibrio y, con manos temblorosas, extrajo otra carta, dejándola sobre la mesa.

El dos de corazones.

Julian sonrió.

—Me encanta este juego. No sé por qué no se juega más a menudo en público.

Él arrojó la siguiente carta, sin sorprenderse lo más mínimo de ganar con un sencillo cuatro del mismo palo.

—¿Y bien? —preguntó ella. Un escalofrío al pensar lo que podía ocurrir la atravesó, y Julian atrapó sus manos para luego soltarlas deslizando las puntas de los dedos por sus brazos, cruzando su escote y acariciando las dulces curvas de sus senos mientras su respiración se entrecortaba, buscando sus caricias. Frunció los labios, atrayendo de nuevo, y sin pretenderlo, la atención hacia su boca.

—Quiero tocarla.

—Supongo que... —Eve se ruborizó y contuvo el aliento—. Supongo que es inútil pedirle que reconsidere su petición y me pida algo menos osado.

—Completamente inútil. —Julian sabía que la presionaría hasta donde ella deseara, pero también era consciente de que si sus besos eran indicativos, desde luego ya había ganado mucho terreno—. Déjeme solo que la toque —susurró.

Ella asintió.

—Como... desee.

Fue como tocar terciopelo cálido. Se deslizó por sus mejillas, pasando por la esbelta columna de su cuello, continuando hacia las llanuras y tersas curvas de su pecho, cruzando su abdomen, y volviendo a ascender para sujetar sus senos, después trazó la línea de su cuerpo a través de las distintas capas de tela, asombrándose de lo perverso que era tocar a una mujer de aquella manera, poseyéndola y provocándola con tan solo el uso de sus manos. Él dejó deliberadamente los botones y lazadas intactas, percibiendo el deseo en su mirada e ignorando la oportunidad de extraviarse debajo para rozar la blanca y suave piel que, sin duda, anhelaba con ansia su contacto.

—Tantas capas...

—Es por prudencia... —jadeó ella, que comenzó a apartarse para alejar la tensión que crecía en su interior—. Julian, usted... —Se interrumpió de manera repentina cuando él empezó a deslizar la magia de sus dedos sobre las capas de tela y sobre la rígida ropa íntima que tanto lamentaba haberse puesto. Al tratarse de un vestido de día, resultaba difícil acceder, por lo que los esfuerzos de Julian Clay se ralentizaron, aunque no sirvieran para disuadirlo. Cada obstáculo en forma de botón otorgaba a sus manos la oportunidad de prolongarse y presionar, provocándola y acariciando su cuerpo a través de la irritante vestimenta.

—¿Cómo es posible que sea por prudencia, cuando lo único que le inspira a un hombre es rabia ante lo difícil que resulta deshacerse de todo esto?

Al fin, accedió al anhelo que podía leer en su mirada. Julian besó el filo de su clavícula, hundiendo la cara en las hendiduras y huecos de su garganta, mientras sus dedos se deslizaban sobre las sobresalientes curvas de sus senos, frotando deliberadamente el vestido contra ella. Sus caricias lograron excitarla, y Julian notaba su respiración en los firmes montículos de las palmas de sus manos, en una tácita súplica por que descubriera todo lo que su cuerpo le ofrecía.

—No todos los hombres son de su misma opinión, lord Westleigh.

El alzó la cabeza con fingida sorpresa.

—¿De veras? —Resultaba fascinante... escuchar su voz entrecortada de excitación mientras trataba de mostrarse recatada y decorosa. Él cambió de posición repentinamente, modificando su táctica sin aviso previo para dar con una sorprendente manera de concluir la discusión sobre la moda femenina y ganar ventaja. Agarró la tela de su falda y alzó las capas hasta la altura de su rodilla, mientras sus dedos recorrían las curvas de sus pantorrillas, para ascender hasta la firme piel de sus muslos.

—¡Oh! —Echó la cabeza hacia atrás emitiendo otro gemido, cerrando los ojos, sucumbiendo a sus manos—. Creo que es aquí... donde el pudor insiste... en que se detenga.

—¿Ah, sí? —Julian la empujó suavemente contra los cojines, arrodillándose sobre ella para utilizar las manos en una batalla implacable para que se olvidara de las fruslerías de las damas, pero sin tocar ni un solo corchete del corsé. En lugar de ello, sus dedos navegaron por el cálido y prohibido territorio de las enaguas y los lazos para acabar dando con su piel, deslizándose por la abertura de sus bombachas hasta alcanzar su objetivo. Ella parpadeó y lo miró fijamente mientras él acariciaba una piel que era como el terciopelo, como la seda húmeda, y gesticuló para que no cesara e invadiera y tomara cuanto pudiera.

Eve jadeó, tensando las piernas, juntándolas, pero él empezó a mover los dedos sobre su sexo, y ella se relajó, soltando un largo y tembloroso suspiro.

—Lord... Westleigh, yo...

—Quiero tocarla, señorita Reynolds. —El hecho de que no le hubiera alzado la falda más allá de las rodillas por pudor, y sin embargo la estuviera tocando con las manos, dándose un buen festín, resultaba del todo irónico. Se deleitó por la exquisitez de descubrir su cuerpo únicamente con el tacto. Él tenía los dedos húmedos con el néctar de su excitación. Movía el pulgar por su terso y cálido clítoris y ella se apretaba contra él, arqueando la espalda y aferrándose a los cojines mientras él la acariciaba. Julian imaginó su oscuro coral, una perla henchida, dulce y diminuta, y se preguntó cuántos hombres lo habrían saboreado. Julian aumentó deliberadamente el ritmo, provocándola y acariciando el diminuto brote, hasta que ella gimió y empezó a temblar bajo su tacto. Julian desplegó la mano libre alrededor de su cadera para guiar sus movimientos, mordiéndose el labio inferior, concentrado.

*Dios, qué hermosa es, tan salvaje ahora y, aún así, está a punto de pedirme que me detenga, si no es así, es que he olvidado todo lo que sabía sobre las mujeres.*

Ella lo agarró de la muñeca y se echó hacia atrás contra los cojines para escapar de sus manos y del poderoso placer que evocaban.

—¿Otra, ronda, lord Westleigh?

—Desde luego.

Ella se sentó, bajándose la falda en un alarde de pudor que contradecía el entrecortado tono de su respiración.

—Entenderá que no puede ganar... todas las rondas.

Ella descubrió el diez de tréboles y contuvo la respiración.

Julian levantó el diez de corazones del montoncito y sonrió.

—Tablas.

—¿Otra carta entonces para determinar quién es el ganador?

Él asintió y la observó mientras ella extraía confiadamente otra carta: el siete de espadas. Un destello de seguridad le atravesó la mirada cuando la desvió de nuevo hacia él, seguridad que quedó reemplazada por una llamarada de deseo y confusión.

Él le dio la vuelta a la carta, y el sonido de esta contra la mesa le resultó agradable y divertido. Era el as de corazones.

—Parece que la suerte no me abandona.

—Pida una prenda —susurró, mirándolo fijamente sin pestañear.

Un caballero hubiera pedido algo trivial e inocente. Un caballero no habría seguido adelante con aquel juego. Pero Julian se dijo que no tenía mucho sentido alegar a estas alturas que era un caballero. Ya había llegado demasiado lejos para eso. No se oía nada en todo el salón, excepto sus respiraciones, la de ella, errática y dificultosa; la de él, con la calma de un hombre envalentonado por la caza. *Dios, esta mujer es como el opio.*

—Quiero que me toque.

Él se recostó sobre el sofá observando cómo ella se debatía entre el deseo y la inocencia que sus ojos azul oscuro desprendían. Era la combinación más atractiva que había visto jamás. La observó mientras reflexionaba sobre lo que aquella petición implicaba. A menos que se lo preguntara, Julian decidió que lo dejaría enteramente en sus manos.

Sus ojos recorrieron el camino que iba a seguir y Julian contuvo el aliento, con la sangre empezando a entrar en ebullición como respuesta. Extendió los brazos en el respaldo del pequeño sofá para ofrecerse con indiferencia a sus atenciones. Eve se acercó unos centímetros y el conde aguardó pacientemente a que ella se aproximara. Unos largos y delgados dedos rozaron levemente su torso y llegó su turno de experimentar el tormento que suponía ser tocado a través de la seda y el algodón que cubrían su piel.

Ella mantuvo la mirada clavada en él, y él se olvidó de todo lo que veía cuando entraron en juego el placer y el vigor.

*Tú mandas, preciosa. Hasta que descubramos la siguiente carta...*

Ella se balanceó para colocar una pierna en el sofá, guardar el equilibrio y así llegar mejor. Sonrió y comenzó a recorrer inocentemente su rostro, y enredó los dedos en su cabello, provocándole con las uñas oleadas de placer en la espalda mientras recorría su cuero cabelludo, desordenándole los dorados bucles. A continuación, siguió por la garganta, descendiendo por ella con los dedos extendidos, imitando la exploración que él había hecho, encendiendo el fuego en todas sus terminaciones nerviosas, sin rozar si quiera un solo botón.

Él gimió bordeando la frustración, y perdió el ánimo de emitir cualquier gruñido cuando ella dejó caer las manos sobre sus muslos, presionando sus músculos interiores, ascendiendo, dibujando círculos lentamente en un masaje quedo que provocó que su miembro adquiriera una dureza sin igual. El perfil de su erección resultaba inconfundible, y todo su ser latía bajo la tela de sus pantalones, exigiendo atención.

Ella bajó la mirada y lo miró fijamente mientras acariciaba su sexo, tocándole el miembro y apretándole suavemente los testículos hasta que él temió verse en una situación embarazosa bajo los pantalones.

—Eve...

—Otra vez... una vez más, lord Westleigh. Y, esta vez... creo que deberíamos subir las apuestas. —Sus ojos seguían mirando hacia su henchida anatomía, pero ella ya se estaba apartando, con manos temblorosas.

—Sí.

—Otra vez... y el ganador... puede pedir lo que quiera... que... desee. —Eve calló y lo miró aguardando su respuesta—. A menos que prefiera que lo dejemos aquí.

Él no dejó pasar ni un segundo y se inclinó hacia delante para arrojar una carta sobre la mesa. *Gracias a Dios.* Salió la reina de diamantes. Ya se estaba acercando a ella cuando Eve extendió el brazo para voltear su carta con dedos trémulos.

El as de espadas yacía sobre la mesa que los separaba.

—¿Qué es lo que la dama desea?

Él se mostraba tan seguro. Sabía que ella estaba excitada, húmeda, lista para rendirse. La joven vaciló por un instante, era una hermosa criatura desbordante de lascivia, sentada en el sofá, y él contuvo el aliento. Su miembro clamaba por que lo aliviaran, y Julian sabía que ella no podía reprimir sus propios deseos. Estaba tan dispuesta a arrojarse en sus brazos que él creyó que explotaría si no pronunciaba las palabras que tanto ansiaba escuchar.

Finalmente, Eve respiró profundamente y su mirada se encontró con la de él inundada de un fuego azul zafiro.

—No quiero volver a verle jamás.

# 9

—Es un poco pronto para hacer visitas ¿no te parece?

Eve se quedó helada, aún tenía la mano derecha sobre el pomo de la puerta de su dormitorio. La casa estaba tranquila y pensaba que podría llegar hasta su habitación sin que nadie la viera. Volvió e intentó salir airosa mostrando cierto aire desvergonzado.

—¿Ah, sí?

Al comprobar que él no reaccionaba y permanecía inmóvil y en silencio, decidió abandonar su táctica.

—Tío Warren, yo...

—Dime dónde has estado.

—Solo he salido para darme una vuelta y tomar el aire. Hace un día tan bonito y usted mismo siempre se queja de que no me da el sol y que debo coger algo de color.

—No te creo, Eve. —Frunció los labios, y esta reconoció los indicios de un berrinche inminente.

—Me he pasado por la botica para recoger un ungüento para Barnett. —Extrajo de su bolsillo un paquetito envuelto con un austero papel—. El pobre tiene molestias en las manos, tío Warren.

Se quedó boquiabierto, mirando fijamente el paquete que ella le mostraba.

—Es... estoy seguro de que te estará muy agradecido por acordarte de él. —Se adueñó rápidamente del remedio, se lo introdujo en el bolsillo de su chaqueta y le lanzó una última mirada inquisitiva—. Me ocuparé de hacérselo llegar. ¡Pero te juro que casi me da un infarto con tu imprudente desaparición! Solo podía imaginarme lo peor y... como sabes, no siempre has tenido la cabeza en su sitio.

Ella asintió, rezando por que él no dijera nada más, especialmente sobre Ve...

—¿Te acuerdas de lo de Venecia? ¿Te acuerdas de que estuviste una semana llorando?

—Claro que lo recuerdo.

Él suavizó la expresión de su rostro.

—Es una crueldad por mi parte mencionarlo. No dejo de pensar en que debería haber cuidado mejor de ti y no haber animado a ese rufián de Moore a que te pretendiera. No te puedes ni imaginar la de noches que he pasado en vela.

A ella casi le da la risa.

—¡Pobrecito!

—¡Sí, pobre de mí! ¡Pasaron casi seis meses hasta que volviste a jugar en condiciones! Creía que acabaríamos en alguna cárcel extranjera para morosos!

Al oír aquellas palabras, Eve sintió que su buen humor desaparecía.

—Tío Warren, no estará... haciendo trampas con las cartas, ¿verdad? Después de todo lo que hemos pasado, y ahora que nuestros asuntos marchan tan bien, no habrá vuelto otra vez a las andadas. No después de haberme prometido que no se repetiría.

Aquel silencio de absoluta culpabilidad ya dijo por él toneladas de cosas.

Eve soltó un quejido.

—¡Me lo prometió!

—¡Y he mantenido mi promesa! —Su mirada era vacilante—. Bueno, puede que alguna vez le haya dado un pequeño empujón a la fortuna. ¡Pero en muy raras ocasiones y solo cuando ha sido estrictamente necesario! ¿Y quién ha sido el bellaco que me ha acusado? Desde luego, espero que hayas salido en mi defensa ¡porque no hay ninguna prueba que me incrimine! ¡Ni una sola!

—No importa. —Se volvió hacia la puerta para marcharse a su dormitorio—. Lo resolví, tío Warren. Voy a tomar un baño y a arreglarme para la fiesta de esta noche. Por favor, solo... —Sus palabras quedaron en el aire, ya que no estaba segura de qué suplica podría funcionar con él.

—¡Es una idea estupenda! —dijo, recobrando la afabilidad con su siempre pasmosa celeridad—. Un baño te sentará de maravilla y un ratito de descanso te vendrá bien para estar despejada esta noche para el *écarté*. Va a venir lady Winston y, aunque hasta el momento no hemos tenido el placer de jugar con ella, he oído que es una pertinaz jugadora.

—En ese caso nos aseguraremos de que se divierta. Si me disculpa, tío —añadió Eve, cerrando la puerta tras ella, incapaz de soportar un segundo más el tema de conversación que lo tenía obsesionado. Tras echar el pestillo, apoyó la frente sobre la madera y escuchó el sonido hueco de los pasos de su tío que se dirigían hacia el salón, en el piso de abajo.

Los asombrosos acontecimientos del día habían hecho mella en Eve, que empezó a desvestirse, e inició el ritual lentamente, inmersa en la perturbadora tempestad de sus pensamientos. Se había encontrando con Julian a solas, permitiéndose entrar en una fantasía erótica a través de un juego de naipes. Él había impuesto las reglas, pero su propio deseo la había hecho entrar en el juego de inmediato. Eve comprendió que ella misma había subestimado hasta qué punto ansiaba que él la tocara. Lo había arriesgado todo por el dulce sabor de la desobediencia y, durante algunos minutos, había ignorado las normas y restricciones sociales de su entorno. Pero, cuando la última carta le había ofrecido la oportunidad de retirarse honorablemente, en el fondo, no quería. La victoria sobre aquel rufián petulante no le había sabido tan bien como esperaba. Quizá su tío tuviera razón y jamás podría volver a confiar en su propio criterio cuando de este tipo de hombres se tratara.

Se sentó en el borde de la bañera, abriendo los dos grifos y dejando caer el agua, aunque la tubería del agua caliente dejaría pasar poco más que un simulacro de agua tibia del piso de abajo. Aun así, cualquier cosa que caldeara aquella agua gélida era bienvenida. Cerró los grifos y dejó la bata en un perchero para no dejarla en el suelo. De pie, entró en el agua con cuidado, sentándose lentamente y deslizándose en la bañera, permitiendo que la escasa temperatura del agua tocase su piel y apaciguara el calor que latía por todo su cuerpo. Al contacto con el agua, sintió un cosquilleo en la blanda piel de entre sus piernas, conteniendo la respiración por un momento, dándole tiempo a su cuerpo para que se acostumbrara al cambio, dejando que el frío le entumeciera los músculos.

Su piel se tornó blanca como el mármol al contacto con el aire frío. La lámpara que había encendido y colocado en el estante le otorgaba a la habitación un aspecto menos inhóspito y austero. Era pronto para tomar un baño, pero no estaba segura de ser capaz de pasar la noche entera sentada entre los miembros de la alta sociedad si le quedara una sola prueba en su anatomía que delatara las atenciones de Julian Clay.

Asió un paño y una barra de su jabón favorito para iniciar la tarea, comprendiendo al recorrer su piel con la mano que iba a hacer falta algo más que un baño frío para borrar aquellas caricias de su memoria. Se miró el cuerpo, reflexionando sobre el hecho de que, a pesar de la vorágine de emociones que la mano de aquel hombre había provocado en ella, no quedaba marca ni señal física alguna de tal encuentro. *¿No debería quedar algo? ¿No debería semejante pasión dejar algún rastro?*

Pero no quedaba nada. Su piel seguía tan pálida como siempre. Se llevó el paño a la cara y suspiró. Respiró profundamente y concluyó que la existencia estaba llena de ironías: uno puede pasarse la vida entera lamentándose de las marcas que el odio y la violencia dejan, mientras que la ternura y la pasión se evaporan de la piel como el agua.

A pesar de todas las complicaciones que lord Westleigh suponía, una parte de ella deseaba que hubiera existido alguna manera de albergar el calor y el fuego de sus manos. Quería guardar aquellas sensaciones que provocaba en ella, como si se tratara de una joya, y atesorarla para poder recuperarla cuando gustase.

*Tío Warren puede poner el grito en el cielo cuanto quiera, pero esto es algo que jamás podrá arrebatarme. Vuelvo a saber lo que es sentirse deseada. Y empiezo a preguntarme cuánto tiempo voy a necesitar para enmendar aquella estúpida equivocación, castigándome a mí misma y permitiendo que él me siga intimidando cada vez que quiere conseguir algo de mí.*

Había permitido que su relación con Julian fuera demasiado lejos.

Se recostó y observó la luz que la mecha de aquella lámpara barata reflejaba en el techo, escuchando el sonido de las gotas que caían de las puntas de sus dedos mientras las desplazaba quedamente por la bañera. Nada de lo que había previsto con lord Westleigh había salido como esperaba. *Todo jugador tiene un punto débil, pero ahora, lo único que sé es que él es mi debilidad. Quería perder. Que Dios me perdone, pero quería perder, incluso cuando aquel maldito as cayó sobre la mesa. Y entonces, huí como la cobarde que soy.*

En su presencia, ninguna norma tenía poder sobre ella. Él hablaba de deseo y la tocaba como si todo aquello fuera de lo más natural; cuando la miraba, a ella casi le parecía también natural hallarse tumbada, agarrada a los cojines y conteniéndose para no gritar por el tacto de las deliciosas manos de un hombre bajo el vestido. Aquello era una blasfemia de una naturaleza de lo más embriagadora y Eve sabía que nunca había experimentado nada parecido a lo que había sentido con Julian. Y jamás volvería a ocurrir.

Sus manos fueron deslizándose hacia abajo, como si actuaran por su cuenta, bajo la superficie del agua, resbalando sobre sus pechos, tocándolos para tantear su ingravidez bajo el agua. Solo algunas horas antes, él los había tocado, y sus dedos habían jugado con su creciente deseo hasta que creyó que, en unos pocos segundos, empezaría a suplicarle que los lamiera, que los succionara y besara y que hiciera con ella todas las perversiones que quisiera. Sus pezones se endurecieron al pensar en semejante y deliciosa rendición: la vetada libertad de mencionar algo semejante. Las palmas de sus manos planearon sobre los puntos más erógenos de sus senos, y Eve cerró los ojos y se los apretó, imaginándose que eran las manos de él las que la tocaban.

Una lenta espiral de ardor se desencadenó en ella al sentir la presión de las puntas de sus dedos y movió sus caderas para arquear la espalda, desplazándose al son del placer que empezaba a recorrer todo su cuerpo. Dejó que su mano descendiese, pasando sobre la suave elevación de su abdomen hasta llegar a la doliente piel que yacía bajo un ensortijado triángulo oscuro. Se sintió completamente pecaminosa, pero se negó a responder a aquella parte de ella que protestaba, mientras sus manos imitaban la danza que él había realizado sobre aquel diván en la calle Bell. *Luego... ya pensaré más tarde... Ahora, solo quiero sentir.*

El agua estaba fría. Se sumergió un poco más, como una sensual Ofelia distraída pensando en su Hamlet. Su cabello se desplegó bajo el agua, rozándole la piel y añadiendo más placer al ensueño que la había sobrecogido. El agua lamía sus orejas, lo único que podía oír era el propio latido de su corazón, el aire que le recorría los pulmones, cada vez más rápido, conforme aquella fantasía se iba apoderando de su voluntad...

Julian estaba con ella. Era como un vigoroso león dorado; estaba sentado a horcajadas, observándola, guiando sus movimientos, admirándola. Buscaba que disfrutase. No quería que le ocultara nada, y nada lo detendría. Desnudos, sin ninguna cosa que se interpusiera entre ellos, ni siquiera el temor. Iban a jugar a otro juego pero, esta vez, los naipes le sonreían a ella. Él la ayudaba a salir del agua. Al principio, su tacto era inocente, le ofrecía una toalla y la secaba, frotándole todo el cuerpo con el cálido algodón, pasándolo por debajo de sus brazos, por los pechos e incluso entre los muslos, para asegurarse de que estaba lista para él. La hacía volverse para que le diera la espalda, mientras él se arrodillaba detrás. Sin que a ella le diera tiempo a poder preguntarle cuáles eran sus pretensiones, él le acariciaba todo el cuerpo con las manos, trazando la forma de sus piernas hasta el trasero y ascendiendo por la curva de su espalda. A continuación, la lengua ocupaba el lugar de sus manos, ascendiendo por sus piernas con cálidos besos que le volvían a provocar más escalofríos por todo el cuerpo. Él le acaricia las corvas y le mordisquea suavemente la piel, siguiendo la curva de sus muslos. Rozaba los pliegues de sus cachetes, rociándolos con su cálido aliento, agarrándolos con las manos y sujetándola para que no perdiera el equilibrio.

Con lujuria, él le separaba los muslos y hacía que apoyara el pie en el suave borde de la bañera para poder acercar la cabeza, y su lengua salía como un proyectil para lamer su sexo hasta que a ella le empezaban a templar las rodillas. Eve se inclinaba hacia delante para facilitarle el acceso. Y ahí estaba su boca: exactamente donde habían estado sus dedos aquella mañana: en el minúsculo brote que le enviaba sacudidas incontrolables de deseo a lo largo de toda la columna vertebral, y que se concentraban entre sus piernas. Era tan agradable, pero a su vez, tan torturador; un placer tan delicioso que anunciaba un vacío que solo él podía cubrir...

La fuerte sacudida del orgasmo se apoderó de la fantasía y Eve jadeó, parpadeando mientras el arrollador clímax escapaba a todo control, tomándola por sorpresa. Mordió el paño para reprimir un gemido. A continuación, se sentó abruptamente, derramando agua por todo el suelo, y trató de recuperar el equilibrio.

Jamás había hecho nada parecido; ni jamás había sentido nada semejante. Con manos temblorosas, se apartó el pelo, húmedo y frío, de la cara, algo sorprendida por la naturaleza de lo que acababa de hacer. Nunca se le había ocurrido que algo así fuera posible. Pero había sido como si Julian hubiera abierto de repente en su interior una puerta oculta en ella y, en aquel momento, supo con certeza que aquella era una puerta que jamás sería capaz de volver a cerrar completamente. *Soy la mujer lasciva en la que siempre temí convertirme tras lo de Venecia. Y dije que no quería volver a verlo jamás. ¡Embustera! Otro pecado más que añadir a mi cuenta pero, ay, si pudiera volver a sentirlo lo haría, Julian. Tantas veces. Tiraría esos naipes al suelo y pediría un premio que le sorprendería hasta a un rufián como tú .*

*¡Oh, pero debes de detestarme!*

Suponía que Julian tenía todo el derecho a estar furioso. Lo había empujado a que fuera demasiado lejos. Y, probablemente, habría decidido gustoso cumplir su deseo y evitarla durante el tiempo que le quedara en Londres.

*¿O acaso...?*

Como era su costumbre, sopesó todos los posibles resultados y, finalmente, decidió que no tenía otra opción que ajustarse al plan inicial.

*¿Y si se quiere vengar?*

No sería una venganza trivial, como estropearle las partidas de naipes. Solo le quedaba rezar por que fuera un hombre de palabra y se guardara para él los vergonzosos hábitos de su tío. Eve volvió a cerrar los ojos y apoyó la cabeza en las manos, notando de repente el frío y sintiéndose completamente expuesta.

*O quizá me obligará a tener que suplicarle que concluya lo que he empezado esta noche.*

*Que Dios me asista, de veras espero que así sea...*

# 10

Él había estado una semana fuera. No porque ella se lo hubiera pedido en la apuesta, naturalmente, sino porque Julian se había dicho que iba a dejar a su encanto que se las compusiera sola. No tenía ni la más mínima intención de alertar a sus víctimas sobre sus estratagemas, ni de desvelar las indiscreciones de su tío en La Cabeza del Jabalí, pero Eve eso no lo sabía. El único peligro que la acechaba era que él se olvidase de que era una persona civilizada y ya no hubiera ningún obstáculo que le impidiese robar un caballo y cabalgar hasta la casa de su tío en la ciudad para tomarla, ponerla sobre sus rodillas y azotarla hasta que se sometiera.

Detestaba que le tomaran el pelo.

Pero era difícil no admitir lo brillante de la maniobra que lo había dejado en aquel magnífico estado de frustración. Ninguna mujer lo había acorralado antes de aquella manera, ni lo había cogido tan desprevenido. A Julian no le cabía duda alguna de que ella se había excitado tanto como él. Que ella hubiera sido capaz de marcharse como si hubieran estado charlando sobre orquídeas y sobre el estado de las calles de Londres era lo que le dejaba completamente perplejo.

Él se estremeció y se reclinó sobre los cojines del coche de caballos para asegurarse de que no se le veía desde la acera. Había mucha humedad, lo cual despertó el dolor que tenía en el pecho, aunque se esforzó por hacer caso omiso de él. Una tarea bastante sencilla para alguien con una misión, observó. *Cuando pienso en la señorita Eve Reynolds, creo que sería capaz de ignorar hasta el dolor de una pierna rota.* En unos minutos, ella saldría de casa de lady Morrington, y Julian disfrutó al pensar en la tarde que le aguardaba. La señorita Reynolds iba a pagar la cuenta que tenía pendiente con él, por completo y con intereses.

Como si hubiera sentido que el lascivo ardor de sus pensamientos la llamaba, la oyó acercarse con paso acelerado; el azoramiento mientras trataba de hacer malabarismos para cerrar la sombrilla y la portezuela del coche la distrajeron, como él deseaba. Eve no se percató de quién estaba sentado frente a ella hasta que no cerró la puerta con fuerza.

—¿Qué está haciendo aquí?

—Esperarla.

El conde dio un golpecito en la pared del coche y el conductor se adentró en el camino, eliminando cualquier posibilidad de escapar de un salto.

—¿Qué cree que está haciendo? ¡Este coche lo he pedido yo!

—Pujé más alto que usted y creo que voy a llevarla de nuevo a la calle Bell.

—Yo... ¡oh! ¡Pero esto es... un secuestro, lord Westleigh! —Se quedó sin habla. Julian la observó. Las plumas de su sombrero estaban algo desaliñadas, llevaba el vestido salpicado por la lluvia y las botas manchadas de barro. A él le pareció que estaba absolutamente deslumbrante. *Qué difícil es estar enfadado contigo, encanto, cuando estás más hermosa de lo que un hombre puede soportar.*

—He pensado que este sería el mejor lugar.

—¿El mejor lugar?

—Para concluir el juego a la carta más alta que empezamos la semana pasada.

Conforme se tranquilizaba, pudo ver que ella trataba de centrarse.

—Gané yo, Julian.

Él negó con la cabeza.

—Hizo trampas.

—¡De eso nada!

—Claro que sí. Perdió deliberadamente las primeras manos hasta volverme loco y luego, me dejó sin piedad en aquel estado de... digamos que no del todo satisfecho.

Ella cruzó los brazos, a la defensiva.

—Discúlpeme por haberle dejado en aquel «estado». Sin embargo, eso no justifica el que incurra en un delito. Usted dijo que quería que fuese el azar quien decidiera, y yo dije que lo haría. ¡Perdió y no debía volver a verme jamás!

—Hizo trampas y debe compensarme —afirmó con calma, aguardando a que ella cambiara de táctica.

—Yo jamás hago trampas, pero... no puedo desaparecer... ¡Mi tío me espera!

—La partida de las tardes con las damas duró más de la cuenta. Lady Morrington le pidió que se quedara a cenar. ¿Cómo iba a rechazar la invitación?

—Habría enviado una nota para...

—Lo hizo. O, mejor, lady Morrington lo hará. Es encantadora, y tan atenta... Ella se asegurará de que su tío no se preocupe.

—¿Lady Morrington? Pero entonces ella...

—Sabe que estoy empeñado en conseguirla a usted, me temo. No hizo falta que le pidiera dos veces que colaborara. La aprecia tanto a usted y está tan deseosa de verla feliz. Su difunto esposo era un bribón en su tiempo, como yo, y creo que me aprecia por eso. Naturalmente, ella ve las cosas de manera distinta a usted, o a mí, pero no veo la necesidad de corregirla en sus suposiciones.

—¿Sus suposiciones?

—Ella supone que nos acompañará una carabina y que pasearemos en público, y que pasaremos juntos una tarde respetable; me ha hecho prometerle que mi comportamiento sería impecable... Puede que haya sido algo impreciso con los detalles.

—Le ha mentido. —Eve cerró los ojos un instante—. Incluso aunque crea que vamos a dar un inocente paseo, lord Westleigh, lo contará, y si mi tío se entera...

—Nada. Además, no se atreverá. Si lo cuenta, tendrá que reconocer que estaba implicada en la conspiración. Si llegamos a ese punto, la amenazará entre lágrimas diciéndole lo horrible que es por haber arrojado a una virgen como usted a los lobos.

Ella abrió la boca para responder, pero la cerró rápidamente por no contradecirle en aquello de ser virgen y en lo de los lobos. Él se tomó la libertad de continuar.

—Sus planes, sean cuales sean, no corren peligro. Este... —Le asió la mano, quitándole el guante para deslizar las puntas de sus dedos sobre la sensible concavidad de la palma de su mano— asunto es entre nosotros, Eve.

El coche de caballos se detuvo y ella lo miró con ojos brillantes y sorprendidos.

—¿Asunto?

—Vamos, discutámoslo dentro. Ahí tendrá más espacio para lanzarme cosas y la intimidad para poder decir lo que desee. Puede despotricar cuanto quiera. Prometo llevarla a casa sana y salva antes de que su tío empiece a preguntarse cuántos platos debe de haber servido lady Morrington para tenerla fuera hasta tan tarde. —Él abrió la puerta del coche—. ¿Conforme?

—No estoy conforme con nada. —Cruzó los brazos, negándose a salir del coche.

—La llevaré adentro, Eve, pero si se comporta así me dará la ventaja física de tomar esos preciosos pies que tiene al aire y... vamos a montar una escena.

Ella lo fulminó con la mirada, sopesando abiertamente las opciones que tenía.

—Dado que, tal como ha indicado, dentro habrá cosas que le pueda arrojar, he de decirle que su cráneo corre un serio peligro, lord Westleigh. —Hizo el ademán de buscar su bolsito y estirarse el vestido. El conde sabía con certeza que ella aprovechaba cada minuto para recuperar la ventaja—. Muy bien.

Bajó del coche sin apoyarse en su brazo y él la siguió hacia las escaleras, abriendo la puerta para poder entrar. Al llegar al vestíbulo, se quitó el sombrero y el abrigo, arrojándolos descuidadamente sobre el sofá.

—Su tío es un hombre muy peculiar.

—No pienso hablar de él con usted.

—Ya. —La observó detenidamente mientras ella se retiraba el alfiler del sombrero y lo dejaba a un lado, junto con los guantes—. Bueno, por ahora, lo dejaremos aparte.

—Para siempre, o me marcho ahora mismo.

Alzó la barbilla unos milímetros con aire desafiante, parpadeó y sus ojos se posaron sobre su torso

—Por favor.

Era la primera vez que la oía emplear esas palabras, lo cual lo distrajo completamente. Deseaba escuchar una y otra vez aquellas palabras.

—¿Qué es lo que quiere, lord Westleigh?

—Ya le he dicho lo que quiero. Se lo dije en el jardín. Y, si la memoria no me falla, creo que también lo dejé claro la última vez que nos vimos, a pesar del desastroso desenlace de la partida a la carta más alta. —No cedió un ápice—. No es que no haya añadido más razones a mis intenciones iniciales, pero el resultado viene a ser el mismo, señorita Reynolds.

Ella se mordió con nerviosismo el labio superior, como si ya estuviera sintiendo su sabor.

—Es usted... un hombre de gran determinación, lord Westleigh.

—Desde luego.

Eve apoyó todo el peso sobre sus talones y una parte de ella contempló la posibilidad de escapar, aunque otra parte estaba considerando lo mucho que le deseaba.

—Me cuesta trabajo entender por qué, de todas las mujeres que encuentra en sus numerosos... encuentros sociales, me ha elegido a mí para... —No sabía muy bien cómo concluir la frase.

—¿Seducirla? ¿Tomarla? ¿Forzarla? —le sugirió varias opciones salaces sin atisbo de pudor.

Ella se cruzó de brazos.

—¿Por qué yo?

El pareció tomarse aquella pregunta seriamente, callando un instante para pensar en la respuesta.

—Porque no puedo recordar la razón. Con otra persona, creo que podría elaborar una lista de hechos relevantes o incluso echarle la culpa al aburrimiento o a la casualidad. Pero usted... desde la primera vez que la vi, no puedo pensar en otra cosa. No tiene sentido, señorita Reynolds. Pero no pienso ignorarlo ni ceder. Especialmente ahora, que ya hemos iniciado el juego. —Dio un paso adelante, como una pantera tanteando a su presa—. Jamás dejo un juego a medias. Jamás.

Todo lo que le estaba sugiriendo era la rebelión en estado puro, simple y llanamente,

Su tío le había prohibido incluso hablarle.

Ella quería que aquello ocurriera. Quería que él la obligara a continuar la partida. Y, aunque no se hubiera apoderado de sus pensamientos día y noche, y de cada rincón de su alma, había algo en su presencia que le gustaba. Todos aquellos días de nerviosismo expectante se vieron al fin paliados.

*El juego más peligroso de todos... enciende cada uno de los deseos que siempre he albergado, así como algunos de los que ni siquiera era*

*consciente. ¿Por qué no disfrutar mientras pueda? En unas semanas, todo habrá acabado y, si lo consigo, estaré disfrutando de una nueva vida tranquila en la campiña y todo esto quedará muy lejos. Él estará muy lejos. Jamás volveré a cruzarme en su camino. Jamás volveré a tener la oportunidad de experimentar la sensación de su decadente mirada dorada clavada en mis ojos.*

En un instante, se decidió.

Jamás se había sentido tan vulnerable, ni tan salvaje, como si ninguna norma social pudiera protegerla ni contenerla. Como si alguna vez hubiera sido así. Hacía mucho que su padre le había enseñado que las normas no son aplicables «a la gente como ellos».

—No quiero que todo esto acabe con un... bebé —murmuró ella.

Aquel era el último obstáculo que se le ocurría. Si realmente pretendía chantajearla, ya tenía material de sobra para resultar convincente. Pero su instinto le decía que, por muy rufián que fuera, no era ningún mentiroso. Si algo se podía decir de Julian Clay era que resultaba ser un hombre asombrosamente directo.

Él asintió.

—Lo juro. Pondremos medidas. —Dio un paso adelante, como si se estuviera preparando para saltar sobre ella—. ¿Algo más?

—Solo una cosa más.

Julián permaneció inmutable, pero Eve percibió el destello de frustración que trataba de contener a duras penas.

—¿Sí?

—¿De verdad cree que hice trampas con los naipes la otra noche?

Él soltó una carcajada, sorprendido de que le hiciera aquella pregunta.

—No se ría, lord Westleigh. Mancilla mi honor cuando afirma tales cosas.

Trató claramente de reprimir su hilaridad.

—¡Eso es exactamente lo que esperaría que dijera un tramposo!

—No soy ninguna tramposa. —Respiró profundamente, desafiante, y se le ocurrió una magnífica idea—. Y se lo voy a demostrar.

Su expresión se tornó algo más seria.

—¿Y qué es lo que me va a demostrar? ¿Qué tiene una suerte providencial?

Ella rezó mentalmente por que su propio deseo no la sobrecogiera y le arruinara el juego. Aquel no era el momento de mostrarse vulnerable ni atemorizada.

—Oh, le puedo asegurar que mis habilidades son completamente reales. Pero ¿por qué no lo comprueba usted mismo?

Ella se desabrochó el primer botón de perla del cuello, recibiendo el afilado calor de su aliento. Había logrado cogerlo desprevenido y aquello le venía bien, pues le otorgaría los preciados segundos que necesitaba para serenarse tras la ola de ardor que la hacía estremecerse. La cínica idea que se le había ocurrido para rebatir sus acusaciones era magnífica. Desde la primera vez que jugaron a los naipes, se le encendía la piel ante la posibilidad de rendirse en los brazos de aquel hombre.

Los botones se desligaron de sus sujeciones sin problema, sus dedos se deslizaron con una elegancia que revelaba la tormenta que se había desatado en su interior.

—No se me ocurre una forma mejor de demostrarle que no llevo ninguna carta... en la manga.

# 11

—¿Puedo cerrar la puerta principal por si decide volver a salir huyendo?

Ella se encogió de hombros.

—Si se siente mejor así, pero puede fiarse de mí, lord Westleigh.

Él agitó la cabeza, con la mirada sombría.

—No pienso contestar a esa pregunta. Y si me pide...

—No tengo ninguna intención de atormentarle. —Continuó desabotonándose el vestido, con la voz firme aunque cuando se quitó los zapatos le temblaban las piernas—. De hecho, da igual quién gane esta partida, lord Westleigh. Espero que los dos quedemos... satisfechos. —Eve dejó caer la blusa sobre sus hombros y luego sobre el suelo—. ¿Tiene los naipes a mano?

—Permítame comprobar si lo he entendido bien antes de que hayamos ido demasiado lejos... —Tomó aire lentamente y se quedó quieto, observando cada uno de sus movimientos mientras se desataba la falda—. ¿Va a desvestirse para jugar a los naipes para demostrarme que no hace trampas?

—Podría llevar cartas escondidas —respondió mientras dejaba caer la falda, quedándose frente a él con el blusón, el corsé, el miriñaque y las enaguas—. Pero no creo que vaya a retirar sus acusaciones con menos, y estoy decidida, lord Westleigh.

—¿Decidida? —repitió aquella palabra desconcertado, mientras ella levantaba la pierna y la apoyaba en un taburete para quitarse la media enrollándola; a continuación, colocó la otra pierna para desnudarla de la misma forma—. Esa es la palabra que he elegido entre las muchas que hay para describirla, señorita Reynolds.

A él le costó tragar, y ella sabía que además se estaba esforzando por seguir el hilo de la conversación.

—¿Se le ocurre una idea mejor?

—Ni una sola.

Ella sonrió. La intensidad de su mirada dejó entrever un destello de pudor, pero la fuerza de su propio deseo la llevó a continuar.

—¿Me ayuda con esto? —Se volvió y, en unos segundos, las manos de él ya estaban soltando los lazos del miriñaque—. Puede desatarme el corsé para...

Él obvió su petición con una sobrecogedora maniobra, colocándole las manos en la cintura, con los dedos separados, apretándola con fuerza y suavidad a la vez, haciendo que reventara la parte frontal del corsé, sacándola del vestido mucho más deprisa de lo que ella jamás hubiera imaginado que era posible.

—Me... da la impresión de que tiene cierta experiencia con la ropa íntima femenina, lord Westleigh.

Su mirada era puro pecado.

—Un caballero jamás comenta esas cosas.

Su primer impulso fue tratar de sujetarse el corsé y cerrarlo para cubrirse, pero desapareció en cuanto se percató de que sería en vano, y que tendría que renunciar a él en cualquier caso. Ella lo observó y dejó caer sobre la alfombra el pesado vestido emballenado.

Ahora él estaba más próximo, ya que no se había apartado tras haberla ayudado, aunque no se acercó ni un ápice más. En lugar de eso, sus ojos la estudiaron concentrados, como el que contempla su plato antes de darse un banquete.

Eve se desató el miriñaque y dejó que la gravedad lo arrastrara hacia abajo para unirse al resto de sus prendas, salió de ellas asiéndose a la mano de él para no perder el equilibrio. El gesto fue tan cortés como el de un cortesano, y la hizo sonreír por el contraste con el hecho de que ahora solo llevaba puesto un blusón de algodón y una sencilla enagua con lazadas en los dobladillos. La tela no ocultaba nada y, aún así, estaba ahí, osada, de pie en un salón, como si hubieran venido a tomar el té.

*Quizá tenga derecho a esto, lord Westleigh. Da igual la razón y creo que ya no me importa.*

Él aguardó, y Eve sabía que ya no podía dejarlo sin más. Le temblaban los dedos, pero logró que se abrieran los botones y desató lentamente la cinta de uno de los hombros del blusón, paladeando el fuego puro de su mirada. Aquel no iba a ser como el incómodo encuentro que la llevaba atormentando dos años. Aquella iba a ser una experiencia como ninguna otra, y era bienvenida.

—Más rápido, mujer —sonó un gruñido áspero, y su expresión la excitó.

—Como desee, lord Westleigh. —Deslizó el algodón sobre sus pechos y se zarandeó para deshacerse de la enagua y la pantaleta, provocando un elegante movimiento que la dejó desnuda. Ella sabía que a él le gustaba su cuerpo, y sus reacciones le insuflaban confianza, haciendo que reprimiera el impulso que clamaba en su interior para que se cubriera y huyera de allí—. ¿Dónde están los naipes?

—No... no lo recuerdo.

—Ah, están aquí. —Le mostró la baraja que había cogido de la pequeña caja de madera que había sobre la mesita—. ¿Al juego de los cientos? ¿Al casino? ¿Al *whist*?

Le quitó los naipes y los dejó caer descuidadamente sobre la alfombra.

—No los necesitamos.

—Lord Westleigh, es usted quien dijo que quería jugar —respondió ella, y deseó saber cómo debe mirarse a un hombre.

—Imposible. —Pisó los naipes, acercándose a ella lentamente—. Absolutamente imposible.

—¿Está... renunciando al juego?

—No, preciosa. Es usted quien renuncia. —Julian la tomó entre sus brazos y la sujetó para besarla, dando fin a los flirteos y discusiones banales. Sus labios estaban firmemente asentados sobre los de ella, reclamando su boca sin reparo, y Eve acabó agarrándose a él para no perder el equilibrio, desconcertada por la avidez que emergía en su interior. No había nada de delicado en sus besos, pero algo en su interior celebraba cada tosca caricia, y se rindió a sus instintos más primarios con un gemido. La deliciosa fricción de su chaleco contra las sensibles puntas de sus pechos y el roce de la lana de sus pantalones contra su suave vientre la hicieron retorcerse de placer. Que la abrazaran sin llevar nada puesto, aquello era puro pecado. Él había tomado el control, y antes de que pudiera darse cuenta, la estaba levantando en peso para llevarla al piso de arriba, con la boca aún sobre ella, besuqueándole el cuello. Llegaron al pequeño vestíbulo de arriba, donde tuvo que alzar la vista para darle una patada a la puerta del minúsculo dormitorio, y la arrojó sin ceremonias sobre la cama, Eve gritó ante el inesperado aterrizaje. Estaba arrebatadora ahí tumbada, ardorosamente desnuda, preparada solo para él. Trató de cubrirse, pero él sacudió la cabeza y empezó a aflojarse el pañuelo del cuello y los botones de la camisa.

—Ni se le ocurra, Eve Reynolds.

Ella se quedó boquiabierta.

—Creo que ya le he demostrado que soy... —Le costó tragar saliva mientras lo veía quedarse rápidamente con el pecho desnudo y arrojar la chaqueta y la camisa al suelo. Sabía que él estaba en forma, pues lo había palpado con la ropa puesta, pero verlo con el torso desnudo era otra cosa. La capa de vello dorado de su pecho y la sutil hilera que descendía y le atravesaba el ondulado paisaje de su abdomen casi hizo que se olvidara de lo que iba a decir—, soy de las que se atreven a tratar de conseguir lo que desean.

—¿Ah, sí? —Empezó a desabrocharse los pantalones, a sabiendas de que su «atrevida» señorita Reynolds estaba perdiendo rápidamente la compostura, pues el rubor colmaba sus mejillas, haciéndola aún más bella. Hay que apuntar a su favor que no desvió la mirada, y él se excitó al pensar que le examinaba el cuerpo, igual que él lo hacía con el de ella.

—Las damas creen que le dispararon en el estómago.

—Es evidente que no. —Se llevó los dedos a la pequeña cicatriz que tenía en la parte izquierda del pecho, a dos centímetros de la clavícula—. No fue exactamente en el corazón, pero lo suficientemente cerca como para pensar que puede que carezca de él.

—Embustero. —Fue un susurro que le envió una oleada de ardor a la pelvis—. Eso es mentira.

Antes de que pudiera protestar, él dejó caer sus pantalones, liberándose de las últimas prendas que confinaban su cuerpo, dejando al descubierto con orgullo su erección. Con un gesto ágil, sacó un preservativo de la cajita de estaño del cajón de la mesilla y lo desplegó sobre su miembro. Junto a la cajita había un frasco de lubricante, pero no le pareció que le fuera a hacer falta.

La agarró del tobillo y la atrajo hacia sí al borde de la cama, arrodillándose entre sus piernas. Cuando le separó los muslos, estos abrieron sus relucientes pliegues sonrosados, excitándose al verla, ya húmeda y lista para que la tocara. Percibió un olor a almizcle y sal y sus dedos trazaron cada uno de los pliegues, hasta que hundió uno de ellos en su interior, utilizando a su vez la lengua para lamer el firme brote de su clítoris. Ella tensó los músculos alrededor de sus dedos, frotándose contra sus manos, y se balanceaba mientras la besaba y lamía. Él los agitaba cada vez más deprisa, y el frenético ritmo de su lengua acentuaba los pequeños movimientos de su mano. Ella gimió y el conde añadió otro dedo, haciendo ceder los sorprendentemente firmes confines de su sexo, presionando cada vez más fuerte en su interior, hasta que aligeró el roce de la boca para mirarla. Ella volvió a gemir y su amante pudo sentir cómo cabalgaba sobre él, desesperada por alcanzar el orgasmo.

Pero este tenía otros planes. *¿El as de espadas, señorita Reynolds? Ahora soy yo quien pone las reglas, encanto.*

Apartó las manos, le dio al clítoris un último y prolongado beso, y se incorporó para colocar uno de sus pies sobre su hombro. Su expresión era de deliciosa confusión, pero se tornó expectante cuando él presionó la punta de su miembro contra su sexo, moviéndolo tal como había hecho con la boca, cada vez más rápido, deslizando la húmeda fricción de su ardiente excitación hacia delante y hacia atrás, hasta que ella se retorció en la cama, con los brazos extendidos y jadeando mientras el orgasmo la alcanzaba.

La penetró, cerrando los ojos al sentir la espiral de magníficas sensaciones que lo asaltaban, al notar que ella lo atrapaba en su interior, acogiendo solo la punta de su miembro, a causa de la tensión de sus músculos internos. Julian se quedó inmóvil, aguardando a que a ella se le pasara el clímax y sus músculos se relajaran, y se olvidó de todo menos del deseo de penetrarla. Se echó hacia delante, y le dio un profundo y lento empellón que absorbió las contracciones del orgasmo, perdiendo absolutamente el control. Eve era tan confortable, casi virginal, que se propuso ser algo más cuidadoso, pero sus buenas intenciones se evaporaron cuando esta alzó las caderas para tomarlo mejor, rogándole tácitamente que la penetrara del todo. Él la sujeto de las caderas con tosquedad y la penetró, resoplando como si ella lo abrasara con su piel, pero fue el puro éxtasis lo que le hizo gemir, perdiéndose en el primitivo instinto de tomarla, de poseerla, de marcarla con su cuerpo hasta perder la noción de dónde terminaba él y dónde empezaba ella. No había nada de comedido en el movimiento de sus caderas, solo la ciega búsqueda del orgasmo, que llegó como una explosión desigual, incandescente, que parecía provenir de su propia alma.

Apretó los dientes para no gritar por la potencia del clímax, estremeciéndose mientras seguía eyectando su semen. Finalmente, sintió que le volvía un tenue hilo de razón y se sobresaltó al verla debajo de él, tan fascinantemente hermosa, y tan... ¿turbada?

Le brotaron unas lágrimas como diamantes que le rodaron por las mejillas y Julian se apartó de ella para comprobar si le había hecho daño.

—¿Te he hecho daño? Tendría que haberme dado cuenta de que te estaba...

—¡No! —Se incorporó, extendiendo el brazo para tocarle, riéndose. Era ridículo echarse a llorar, pero no estaba preparada para nada como aquello, ni para la potencia de su tacto, ni para la aterradora pérdida de autocontrol y, desde luego, no para la sensación que la había partido en mil pedazos, haciendo que se olvidara hasta de su propio cuerpo, llevándola hasta el límite, penetrándola con su hermoso miembro, haciendo que se olvidara de por qué huyó una vez de él—. ¡En absoluto! Ha sido... sobrecogedor. No esperaba sentir... tanto. —Se arrodilló en el borde de la cama, y él la atrajo hacia sus brazos, aliviado, dándole una lluvia de besos en el cabello.

—Maldita sea, Eve. A los hombres nos asustáis con esas cosas.

—¿Con las lágrimas? —preguntó ella, incapaz de ocultar su regocijo—. Lo tendré en cuenta, lord Westleigh.

—Debes llamarme Julian.

—¿Debo?

—Insisto en ello con todas las mujeres con las que comparto partidas picantes del juego de los cientos —bromeó—. Además, ¿prefieres llamarme de otra manera?

Fugazmente, se le vinieron a la cabeza una decena de osados sobrenombres, pero, finalmente, comprendió que él le había ofrecido la mejor opción.

—Pero preferiría que no emplearas la expresión «debes», aunque he de reconocer que ese nombre te va bien.

Se rió, tumbándola de nuevo junto a él en la cama, haciéndola rodar hasta ponerla boca arriba y apretándola contra sí.

—Eres muy malintencionada, Eve Reynolds. Malintencionada y osada, he de decir.

—Por alguna razón, cuando lo dices tú, Julian, suena como si fuera algo maravilloso. —Extendió el brazo, le tocó la cara y se la acercó, besuqueándole el suave y sensible labio inferior; finalmente, le besó como deseaba. Las llamas del deseo se reavivaron en una lenta y dulce llamarada.

Él estaba erecto de nuevo, y ella lo soltó para que pudiera coger otro preservativo y colocárselo. A continuación, ya estaba de nuevo entre sus brazos, reanudando los besos. Lo besó en el cuello, mordisqueándole y acariciándole, deslizando la lengua sobre su nuez, descendiendo hacia el hueco en la base del cuello.

Él se echó hacia atrás y la penetró con tal lentitud que a Eve le pareció torturador, iba conquistándola centímetro a centímetro, hasta que quedó subyugada y pudo sentir el pulso de él dentro de ella.

Esta vez sí estaba preparada para sentir la fuerza de la conexión entre ambos, y se rindió a ella. Alzó los talones para apoyarlos en su espalda, provocándolo, animándole a seguir adelante. Ahora el ritmo fue más lento, y mirándole a sus ojos dorados, en cada envite, se sintió incapaz de apartar la mirada al sentir el orgasmo que llegó en insolentes y abrumadoras oleadas. Eve soltó un chillido y, al fin, cerró los ojos para disfrutar del sabor de su nombre entre sus labios.

—¡Julian!

Enseguida él gimió también, y Eve hundió la cara en su hombro, saboreando aquella nueva fuerza, por fugaz que fuera.

Algunas horas después, él la ayudó a vestirse y la mandó llevar a casa con fastidiosa renuencia. Era imposible demorarse más, aquel era un juego peligroso para una mujer en su situación, y Julian se esforzó por prestar atención a las normas.

*Ya te marchas, encanto, hasta la próxima.*

Si ella lo estaba utilizando para algún fin, no podía importarle menos. Quizá fuese una estupidez, pero él la creía cuando le aseguraba que no hacían nada malo. Julian volvió al piso de arriba para recoger su abrigo y asegurarse de que no se dejaba nada. No había ningún sirviente por el que preocuparse, solo un ama de llaves que venía una vez por semana para ordenar y limpiar un poco. No obstante, no le gustaba la idea de caer en la arrogancia de la imprudencia. Una cosa era ser osado en las mesas de juego, pero aquello...

En la arena de aquel circo, hasta el mejor de los gladiadores podía tropezarse con un buen oponente inesperado. Pero, entre sus cartas no se encontraba la derrota. Concluyó que aquello no sería difícil de controlar, y que disfrutaría de aquella aventura el tiempo que durara.

Por experiencias anteriores, este tipo de relaciones solían perder fuerza tras el primer coito... o tras el segundo. Aunque, naturalmente, en aquel momento no creía que el deseo por ella se fuera a desvanecer, no con una mujer como Eve Reynolds.

# 12

—¿Y bien? —preguntó su tío.

—Lady Morrington me dijo que a lo mejor venía su prima —contestó Eve, rezando a la par que mentía para que su semblante se mostrara más calmado que sus manos. Habían pasado dos días desde que se marchó de la cama de Julian, y Eve era consciente de que el recuerdo de sus manos sobre su cuerpo era lo único que la mantenía cuerda, mientras la obsesión de su tío Warren por sus progresos con las cartas iba aumentando—. Puede que su prima asista a la fiesta al aire libre de hoy, aunque las señora Cuthbert insinuó lo contrario.

—¡No te confíes demasiado! —le recordó su tío, con su habitual mal temperamento, afectado por un catarro que lo hacía gruñir de frustración. No iba a poder acompañarla aquella tarde y, por consecuencia, la estaba emprendiendo con ella—. Vamos a dejar que sean ellas las que abran las apuestas, ¡y no le quites ojo a la que lleve ventaja!

—Sí, tío. —Aquel era el único consejo que había oído, y lo había oído un millón de veces.

—Es de lo más fácil, querida sobrina. —Sonrió—. Lo estás haciendo muy bien. No le hagas caso a este viejo cascarrabias.

Eve asintió, procurando centrarse en analizar su rostro, para así tratar de evitar pensar en lo fantástico que estaba el conde de Westleigh sin pantalones. Era demasiado peligroso recrear aquella imagen y, disimuladamente, tenía que clavarse las uñas en las manos para poder concentrarse.

Habían quedado de nuevo aquella tarde, y Eve no veía el momento de volver a verlo. Cada instante con Julian era muy valioso para ella, y lo protegía como si estuviera protegiendo uno de los broches que tenía ocultos en la pared del baño; cada beso robado era solo suyo, y no tenía nada que ver con su tío.

Eve miró el reloj que había sobre la chimenea.

—Debería irme.

—¿Vendrás a cenar?

Ella negó con la cabeza.

—Creo que llegaré un poco más tarde. Con el tiempo que hace, parece que la fiesta va a ser dentro, y será entonces cuando intente sacar provecho de los juegos que se inicien.

Él asintió.

—¡Eso espero! El tiempo vuela y debes aplicarte.

—Lo haré, tío Warren. —Atravesó la sala, le dio un beso en la mejilla y se marchó—. Espero que se mejore y pídale a Barnett que le caliente un poco de estofado de ternera.

—Que te diviertas, Eve.

*Lo haré, tío. Desde luego que lo haré.*

Tal como ella había predicho, una tormenta de verano estropeó la fiesta anual al aire libre de los Dixon, forzando a los invitados a refugiarse en el interior de la casa. Las partidas de bádminton y de bolos se transformaron lógicamente en partidas de faro, *cribbage* y *écarté*. Eve observó cómo la gente se iba sentando en torno a las mesas de juego, para ver si daba con algún rostro conocido o al que unirse.

—¿Un *écarté*, señorita?

Eve se volvió hacia aquella invitación bien recibida y se topó cara a cara con una de las mujeres más asombrosamente bellas que había visto jamás. Rubia, con los ojos del azul del cielo en invierno, era la perfecta muñequita inglesa, vestida con costosos volantes que revelaban su riqueza y posición. Eve recuperó el aliento enseguida.

—Me encantaría jugar.

—He oído que le interesan las cartas, y que se le dan bastante bien... ¿Señorita Reynolds se llamaba?

—¡Sí, desde luego interés tengo! Pero, en cuanto a lo de que se me den bien —respondió Eve mientras hacía un gesto de modestia—, espero estar haciendo progresos.

—Lady Andrews la mencionó, así que pensé en ser un poco atrevida y presentarme hoy. Soy lady Shelbrook.

Eve hizo una pequeña reverencia.

—Es un honor.

—Venga, vamos a jugar un par de partidas, ¿le apetece?

Dieron con una pequeña mesita y con las cartas que necesitaban. A continuación, se acomodaron cerca de una ventana para no perder detalle. Fuera, la lluvia danzaba sobre los cristales, y Eve se preguntó cuánto tiempo tendría que esperar para poder huir a la calle Bell.

—¿... reparta? —dijo lady Shelbrook.

—¡Oh, querida! Perdóneme, ¿qué? —Eve se horrorizó al percatarse de que no estaba prestando atención al negocio que tenía delante, y ni siquiera había empezado a barajar—. Es por la lluvia. Me temo que me recuerda a mi padre.

—Le he preguntado si quiere que reparta —le repitió lady Shelbrook que, o bien ignoró el victimismo de Eve, o no era de las que captaran las sutilezas.

Eve no estaba segura de cómo tomarse a aquella mujer, pero no le quedaba más opción que actuar como si no hubiera pasado nada.

—Muy amable de su parte.

Se barajaron y repartieron las cartas, y Eve descubrió que lady Shelbrook era una buena contrincante, aunque jugaba con cierta dejadez e imprudencia. Conforme fue avanzando el juego, y Eve se esforzaba por conservar lo que había ganado, empezó a preguntarse por qué lady Shelbrook estaba jugando. Parecía muy infeliz.

—¿También le afecta la lluvia? —tanteó Eve con sutileza.

La dama sacudió la cabeza.

—Opino que solo la gente débil permite que le afecte algo tan trivial como el tiempo. Por supuesto, no es que piense que es usted débil.

De poco sirvió la última frase para suavizar el aguijón de sus palabras, pero Eve sabía que no debía devolvérselo. Era obvio que aquella mujer tenía en mente cosas más importantes que los naipes.

—Gracias. ¿Quiere apostar?

Lady Shelbrook puso su apuesta sobre la mesa sin mirarla siquiera.

—Debo confesar que es muy amable por su parte aguantarme. —Se inclinó y bajó la voz—. La verdad es que las aglomeraciones me ponen nerviosa y puedo llegar a ser una pésima compañía cuando me siento atrapada.

Eve sonrió y se sintió completamente aliviada. No había ofendido ni comprometido «al enemigo» y había descubierto la razón del disgusto de su contrincante.

—¿Quiere que cambiemos de sitio? Estoy segura de que a la señora Dixon no le importará que nos vayamos a una sala menos abarrotada.

—Es usted muy complaciente. Pero quedémonos aquí. Es un lugar bastante cómodo para perder el dinero de mi esposo. —Su sonrisa no templó el gélido azul de su mirada, pero a Eve no le importó—. *Ahora ya es mía, veremos lo apegada que está a esos pendientes de esmeraldas.*

En una hora, se había hecho con una atractiva cantidad para entregársela a su tío, así como con un par de exquisitos pendientes de esmeralda para su causa secreta. La extraña propensión de lady Shelbrook a apostar sin prestar atención a lo que se jugaba le había permitido a Eve ir subiendo las apuestas sin vacilar y, lo que resultaba más importante, sin alertar a ninguno de los presentes en el salón. Llegados a aquel punto, lo último que deseaba era que los demás se percataran de lo mucho que estaba ganando.

—Ha sido una tarde muy agradable, lady Shelbrook —señaló Eve, mientras retiraba discretamente sus ganancias—. Si mi tío no se encontrara indispuesto, me quedaría más tiempo pero, por desgracia...

—Muy bien, en otra ocasión entonces, ¿no?

Eve se volvió para levantarse y casi se topó de bruces con la señora Cuthbert.

—¡Oh, vaya!

—¡Oh, señorita Reynolds! —dijo la señora Cuthbert con voz entrecortada—. Temía que se marchara antes de poder preguntarle si ha vuelto a ver al conde de Westleigh. Estaba...

—No, señora Cuthbert, pero me temo que debo marcharme. Siento muchísimo irme tan pronto, pero estoy ansiosa por volver a verla el martes y espero ser bienvenida, incluso aunque no pueda ofrecerles nada de lo que murmurar —la interrumpió cortésmente, tratando de evitar que nadie la relacionara con Julian delante de una extraña, y con la esperanza de poder contar con su discreción.

—Nos veremos el martes entonces. —La señora Cuthbert le dio un beso en la mejilla y Eve se retiró rápida, pero tranquilamente con sus ganancias, por fortuna ajena a la fría mirada que la siguió hasta que salió por la puerta.

—Vamos a quitarte toda esa ropa húmeda, ¿te parece?

—Eres muy amable. —Trató de no estropear las alfombras, pero había llegado un poco desaliñada, calada hasta los huesos, pues el paraguas barato que llevaba se había desintegrado con el viento al salir de casa de los Dixon. Le castañeaban los dientes y agitaba la cabeza, derrotada—. De... debes saber que lle... llevaba un vestido muy bo...bonito, me lo había pu... puesto para impresionarte, Julian.

Él, que se esforzaba por ayudarla a quitarse las prendas mojadas, se detuvo un momento para apartarse y mirarla de pies a cabeza. La rodeó y ella no pudo evitar sonreír cuando él trató de alisar con las manos la lánguida caída de su miriñaque, recorrió su espalda hasta donde terminaba y por último la agarró de la cintura.

—¿Seda?

—Po... popelina —corrigió—, con enaguas de tafetán.

Asintió con la cabeza, como si las telas que ella había elegido fueran enormemente significativas para él.

—Ajá. Estás preciosa, quizá un poco...

—¿Mojada? —sugirió.

—No. Iba a decir desaliñada.

Al pensar en lo que su intencionado y cortés ofrecimiento a ayudarla a quitarse la ropa mojada podía implicar, se le derritió su dorada mirada, pero, aun estando desaliñada, ella conservaba esa chispa osada en la mirada que lo decía todo.

—Vayamos arriba, encanto —fue su respuesta.

Le colocó un chal sobre los hombros y la acompañó por las angostas escaleras. Ella esperaba que a él se le extraviaran las manos mientras subían los peldaños pero, en lugar de eso, sus cálidas manos permanecieron cortésmente en su espalda y en su hombro, alimentando su excitación.

*Si me llega a desnudar abajo en el vestíbulo y a colgarme de la baranda, no me hubiera sorprendido. ¡Pero esto! Jamás ningún hombre me había tratado como si fuera de cristal y pudiera romperme.*

Dentro del acogedor dormitorio, la condujo hasta una pequeña silla tapizada.

—Aquí, encanto. Siéntate aquí.

—¿Y estropear la tapicería? Debería quedarme de pie y... quitarme todo esto.

Él asintió, pero la hizo sentarse en la comodidad de la silla que la aguardaba.

—De acuerdo. Vamos a ocuparnos de ti antes de que pilles un buen catarro.

Sus ágiles manos dieron buena cuenta de la ropa y, aun sin los sensuales preámbulos de su primer encuentro, a ella le resultó difícil mantener la compostura. Eve tuvo que levantarse para poder quitarse las partes más complicadas, pero el conde era tan hábil como las damas de compañía que había tenido y, desde luego, mucho más atractivo. Una vez desnuda, él asió la colcha y la envolvió con ella.

La joven se rió por la calidez de la misma y por la extraña sensación de volver a hallarse desnuda mientras que él permanecía vestido, de momento.

—Gracias, Julian.

Este se arrodilló y empezó a encender un fuego en la chimenea.

—Veamos si podemos hacerte entrar en calor.

En unos segundos, una resplandeciente llama crepitaba en la pequeña chimenea y se puso en cuclillas para observarla.

—Te falta algo.

—¿Aparte de la ropa?

Él entornó los ojos y recorrió su cuerpo con la mirada. Ella iba envuelta de pies a cabeza y se dio cuenta de que tenía los pies desnudos sobre el suelo.

—Creo que tengo lo que necesitas.

*¿Un beso?* Se ruborizó al asaltarle aquel sensual pensamiento, incapaz de pensar en nada más que en Julian Clay y en la sensación

de su cuerpo junto al de ella, dentro de ella. *¿Será consciente de lo que me ha hecho? ¿Sabrá que sus caricias me han cambiado?*

Él se irguió y atravesó la pequeña habitación para abrir el primer cajón de una pequeña mesa que había junto a la pared. Se volvió con una mirada que la hizo sentir húmeda y excitada.

—He hecho un pequeño inventario mientras estaba solo. Creo que esto te vendrá bien.

Se arrodilló frente a ella y empezó a ponerle en los pies un par de gruesos calcetines limpios de lana. Eve arrugó la nariz, pero cedió al sentir el suave tacto de la lana en los dedos.

—¡Julian, no son nada elegantes!

—Una mujer que va enfundada en una colcha no tiene que preocuparse por la elegancia, Eve.

—¿Ah, no?

Julian le pasó las manos por las pantorrillas con una expresión evidente de deseo en el rostro, y ella se sobresaltó al percatarse de la fuerza salvaje que él estaba reprimiendo mientras atendía sus mundanas necesidades y le colocaba unos calcetines en los pies helados.

—Julian, por favor...

Se levantó del suelo con agilidad, haciéndola callar con un beso. Su boca cubrió la de ella, provocando un ardor que le recorrió las piernas, trasladándola a un mundo en el que era totalmente normal que un conde respondiera a todos sus deseos.

Ella deslizó las manos sobre sus hombros y extendió el brazo para tocarle el rostro, sintiéndose como la vid que se enreda en el roble, pero él se apartó cuando esta se levantaba.

—Espera, encanto.

—¿Que espere? —Era bochornoso sentirse rechazada, y tuvo que reflejársele en la cara. Julian le puso su cálida mano sobre el rostro y sonrió, lanzándole una sonrisa endiabladamente pícara que borró cualquier dolor—. ¿Qué es lo que debo esperar?

—Esto. —Sacó una gran toalla del respaldo de una silla y se la colgó del brazo. Comenzó a quitarle las horquillas y pasadores, dejándolos apilados en una estantería que había sobre la chimenea—. Quiero observarte mientras te secas el pelo.

—Lo estás... retrasando deliberadamente ¿verdad?

Él se encogió de hombros, y sus dedos continuaron su labor para liberar los mechones mojados.

—Creo que, en ocasiones, vengarse un poquito puede resultar agradable.

—¿Es que no ajustamos cuentas la última vez que nos vimos? —Él le sujetó el pelo con la toalla y la fue deslizando por su cabello, frotando las trenzas y masajeándole los hombros desnudos.

—Apenas. Ahora, echa la cabeza hacia atrás.

Ella se inclinó obedientemente. Su cabello casi rozaba el suelo. Siempre había pensado que era su mejor adorno, aunque no lo llevaba del color que se estilaba aquel año en Londres. *Sus rizos dorados son mucho más bonitos y están más de moda,* pensó ella y sonrió. *Estoy celosa del pelo de mi amante.*

—¿Qué es lo que te hace tanta gracia?

—Que, sin duda, es usted más guapo que yo, lord Westleigh.

—¿Ah, sí? —Él negó con la cabeza—. No desde donde yo me encuentro.

Ella tenía la cabeza echada hacia atrás, y él se inclinó y la volvió a besar. La extraña sensación de estar del revés se sumó al impacto de sus caricias, mientras le succionaba el labio inferior. Ella pudo saborear las curvas más sensibles de su boca. Sacó la lengua y supo que ningún beso podía ser más dulce, aunque no poder alcanzarle incrementaba su excitación.

Él abrió la colcha, la agarró de los brazos y los extendió, dejándola desnuda. Trazó el perfil de sus hombros con los dedos, deslizándolos sobre sus pechos.

—¡Ah! La vista desde aquí es inefable, Eve. Eres toda belleza.

—¿Aun llevando unos calcetines de lana? —contestó ella, soltando una carcajada al sentir el delicioso jugueteo de sus manos sobre los senos. Él le alzó los pechos, ella arqueó la espalda y sus pezones se endurecieron bajo el tacto de sus caricias. Hizo caso omiso de una voz interior que la reprendía por no sentir pudor ni vergüenza. Pero, cuando él la miraba, solo quería reír y suplicarle que la volviera a llevar a la cama.

—Como castigo, tendré que hacer que los lleve cada vez que nos veamos, señorita Reynolds.

—¿Y eso es un castigo?

Ahora le tocaba a él reír.

—Uno no muy severo, pero mantendrá esos gélidos dedos apartados mientras yo te monto sin contemplaciones.

—¡Oh! —Se incorporó, muy digna, dando un resoplido, luego, soltó un chillido cuando él la levantó en peso para que sus «enlanados» pies estuvieran completamente alejados del suelo—. ¡Julian!

—¡Creo que ya está bien de venganzas por esta tarde! —Se la echó al hombro como si fuera un bulto y se dirigió a la cama—. ¡Estamos perdiendo el tiempo, querida!

Cayeron sobre la cama y Eve se deleitó al sentir el hermoso peso de su cuerpo mientras él la dejaba sin esfuerzo sobre el blando colchón.

—Tú eres el que estaba demorando las cosas, Julian —lo reprendió con dulzura—. Ahora ocupémonos de tu ropa.

*Usted no es el único al que le gusta la venganza, excelencia.*

Se puso de rodillas para iniciar la tarea, consciente de que, con los muslos separados y los pechos suspendidos a unos centímetros de su nariz, era posible que el juego no se demorara mucho. Comenzó a desnudarle, pero lo más lentamente posible, lo justo para que a él se le acelerara la respiración mientras ella iba besando todo lo que iba quedando al descubierto, tomándose su tiempo para probar la sal de su piel. Hundió osadamente la cabeza para pasarle la lengua por el torso y mordisquearle con picardía los pezones, encantada de notar que la reacción de su cuerpo imitaba la del suyo propio.

—No serías muy buena ayudante de cámara, Eve.

—¿Y eso?

—Porque creo que querría que me ayudaras siempre a desnudarme, pero jamás a vestirme.

—Sería todo un descalabro social. —Le besó el cuello—. Asistir a una cena sin los pantalones puestos.

—¡Oh, calla! —Ella le desabrochó los botones de los pantalones, y olvidó el comentario que pretendía hacer sobre su inminente caída en desgracia. Su erección saltó en toda su masculina gloria, y sus dedos siguieron la piel sedosa, agarrándolo y asombrándose de que su cuerpo pudiera acoger semejante volumen sin dolor alguno. Ella lo acarició ejerciendo diferentes grados de presión, admirando su fortaleza y lo vivamente que su piel reaccionaba a sus caricias. Su roce era una exploración inocente, y Julian apretó la mandíbula mientras su aliento amenazaba con enviarle al borde del abismo. Resopló mientras ella deslizaba sus finos dedos a lo largo de su miembro, haciendo que su corazón se detuviera cada vez que ejercía presión sobre él.

—¿Te he hecho daño?

—Dios, no... es delicioso, Eve. —Volvió a soltar un largo resuello, mientras ella seguía acariciándole, y sus dedos resbalaban deliberadamente por el sensible borde de su glande—. No hay posibilidad de que me hagas daño... a menos que decidas usar los dientes, encanto.

Eve soltó un chillido ante semejante idea, luego meditó sobre lo que aquellas palabras implicaban. Si su boca era capaz de volverla loca, ¿qué haría su lengua con aquella deliciosa parte de su anatomía?

Pero él leyó el destello en su mirada y evitó continuar con las picardías.

—Otro día, mi travieso y pequeño encanto.

En unos segundos, él se volvió para cubrirse el miembro con otro condón extraído de la cajita de latón de la mesita de noche, y regresó a sus brazos.

—Basta de perder el tiempo por hoy, Eve. —Extendió la mano para asegurarse de que ella estaba preparada, antes de colocarse entre sus muslos. Había pensado ir mucho más lento esta vez, para compensar la velocidad a la que había ido todo la primera noche, pero ella estaba tan ávida, tan receptiva, que le resultaba difícil mantener su propósito de atormentarla lentamente o de imponerle cualquier castigo ridículo, y no veía ninguna razón para no tomarla con la mayor tosquedad posible.

La penetró y con un ágil movimiento se hundió en ella, cediendo a la voz interior que le instaba a ir más deprisa, sumergiéndose una y otra vez, hasta que no quedó en el mundo nada más que aquella mujer.

Metió una mano entre los dos para asegurarse de que su sensible clítoris no quedaba ignorado, y el ritmo de sus caderas guió el ritmo de sus dedos. No podía hacer más, estaba perdido en la dulce atracción de su cuerpo sobre él, su húmedo canal agarrándolo como un puño mojado. Julian cerró los ojos y cabalgó en su interior, deleitándose con la elasticidad y la entrega de su deliciosamente tensa vagina. *Está hecha para mí, está hecha para mi miembro...*

Cada vez más hondo y profundo, cada empellón los llevaba más y más lejos, haciéndolos traspasar los límites de toda compostura. Ella se colgó de él, alzando las caderas para recibir cada empujón y él no podía prestar atención a nada más que al punto en el que sus cuerpos se fundían en uno. El sonido de su cadera hundiéndose en el terciopelo saturado de su entrepierna era una melodía que rodeaba sus sentidos, eliminando hasta la última de sus reservas.

Sin pensarlo, utilizó los brazos y el impulso de su unión para levantarla, colocándose las piernas de ella en torno a la cintura y sentándola sobre sus muslos, y él se arrodilló en medio de la cama. Eve parpadeó con el cambio de postura, aún penetrada por su miembro, recuperando el equilibrio con las manos. Parecía desconcertada al principio, al ver que la alzaba, y Julian aguardó un momento a que ella comprendiera las ventajas de su nueva posición. Ejerciendo con los muslos la mínima presión, podía apoyarse y subir y bajar como si él fuera algún tipo de columpio erótico viviente.

La agarró del trasero y sus alientos se entremezclaron mientras se movían al unísono en un ancestral ritmo de baile, dejando atrás cualquier juego. Ella lo sujetó de los hombros y arqueó la espalda, con los ojos cerrados, perdida en las sensaciones, cegada a la espera del orgasmo.

Julian movió la mano buscándole el clítoris, dejando de nuevo que las subidas y bajadas de su cuerpo fueran quienes hicieran presión sobre sus dedos, solo la que ella deseara. Julian dejó la mano a su merced, manteniéndola lo más quieta posible.

—Eve, querida. Deja que ocurra.

Él inclinó la cabeza para capturar uno de sus tensos pezones sonrosados, chupándolo en toda su firmeza, mientras se tensaba aún más en su boca. A continuación, tiró de él con los dientes hasta que ella empezó a estremecerse.

—¡Julian! —Volvió en sí, y él sintió los espasmos de su cuerpo en torno a su miembro. Él se reclinó, tratando de no estropearle el clímax, y solo la abrazó cuando ella tembló y suspiró.

—Julian... ha sido...

—Esto no ha terminado. *No soy tan generoso, Eve. Ahora me toca a mí.* La dejó sobre la cama, extrayendo de ella el miembro, solo para poder darle la vuelta, ponerla boca abajo y levantarla de la cintura para que pudiera notar su feroz miembro, asegurándose de que fuera consciente de la situación. Se alineó con ella mientras se movía instintivamente para recibirlo.

Estaba apoyada sobre las manos y las rodillas, delante de él, y al ver sus húmedos labios hinchados y enrojecidos aguardando su miembro, supo que no sería capaz de reprimirse durante más tiempo. Le dio un empellón, sumergiéndose hasta estar completamente dentro de ella. El bajo abdomen le latió, midiendo el impacto, mientras su verga se movía nerviosamente y daba sacudidas ante la maravillosa sensación de sentir que ella lo atrapaba. El conde empezó a moverse dándole duros e incesantes empujones, hasta que pudo sentir que el glande rozaba la misma entrada de su útero. Se desencadenó una cascada de fuerza y fuego que le atravesó la columna vertebral y el orgasmo empezó a hacer su escalada. Miró abajo para beber de la visión de sus cuerpos, la visión de ella, su hermoso trasero, como un pálido melocotón, su suave espalda rindiéndose ante él, en una eterna postura de rendición de la hembra ante el macho... Fue suficiente para hacerlo caer por el precipicio.

Él gruñó al sentir el abrasador orgasmo, incapaz de reprimir el rugido triunfal, mientras la agarraba de la cadera y cedía a las implosiones de placer que le quitaron el sentido y la razón. Era lo único que podía hacer para no ahogarla, y trató de aplastarla lo menos posible al caer sobre la cama.

—Dios santo, Eve...

—Eso mismo pienso yo, Julian...

—¿Cómo estás?

—Caliente. —Soltó una risilla, Julian la atrajo hacia sí, y ella se empezó a adormecer escuchando el sonido de la lluvia sobre los paneles de las ventanas corriendo por las canaletas.

Ella suspiró y hundió el rostro en su pecho.

—¿Por qué no tienes esposa, Julian?

—¿Por qué no tienes tú esposo, Eve? —contestó sin vacilar.

Ella le dio un golpecito en el hombro.

—¡*Touché!*

Él la apretó contra sí y empezó a darle pequeños besos en las sienes y a lo largo de la sensible curva de la mejilla, en un dulce asalto a los sentidos.

—¿Cómo es que no tienes marido?

Ella suspiró.

—Porque prefiero esperar a poder elegirlo yo, y no mi tío o cualquier otra persona. No necesito estar casada para demostrar que merezco la pena, Julian.

—Muy loable.

—¿De veras es algo tan extraordinario? Diría que muchas mujeres desearían ser libres para decidir su propio destino.

—Nunca me lo había planteado —contestó con honestidad, y se dio cuenta de que aquel comentario podía hacerle parecer conservador.

—¿Y tú? —insistió—. ¿Por qué no te has casado?

—Detesto la idea de tener una guardiana dando golpecitos con el pie en el suelo y lanzándome miradas airadas para que me comporte.

Ella rió.

—¡Como si te comportaras alguna vez!

—¡Precisamente por eso! —Rodó, poniéndose sobre ella—. Ven a verme el martes después de la partida con las señoras. Yo me ocuparé de que lady Morrington le envíe una nota a tu tío, y tendremos toda la tarde para nosotros.

Ella no contestó y él, lentamente, fue dándose cuenta de su error.

—Por favor —añadió con suavidad.

—El martes entonces. —Le dio un beso en el hombro y, con la lengua, sintió el pulso que le ascendía por el cuello, poniéndole la carne de gallina.

—Dios santo, creo que me conoces demasiado bien. —La muy pícara le estaba leyendo el pensamiento.

—No eres un misterio tan difícil de resolver, Julian.

Su miembro entró un poco en erección al escuchar sus palabras, dándole un golpecito en los muslos. La húmeda piel de ella, tan henchida y sensible, se topó con la de él, y este supo que si la volvía a tomar tan pronto, sería una mezcla tóxica de dolor y placer.

Pero ella se derritió al sentirle, y sus tobillos se alzaron resbalando sobre sus piernas, hasta que lo sujetó por detrás, guiándole para que diera un empellón. Él la miró directamente a los ojos mientras obedecía, dándole un suave e implacable empujón que los hizo jadear a los dos, sorprendidos.

*Yo no soy ningún misterio, encanto, pero tú aún sigues siéndolo.*

# 13

Eve entró en la casa, tarareando para sí mientras entregaba los maltrechos restos de su paraguas. La lluvia había parado, pero aún tenía la ropa un poco mojada por el chaparrón. Julian la había colgado en el dormitorio, pero no había estado el tiempo suficiente para secarse. Pero el frío que sentía por llevar el vestido mojado no estropeó su buen humor.

—Barnett, ¿has tenido buena tarde? ¿Se encuentra mejor el tío Warren?

—No, señorita. Insistió bastante en que...

—¡Barnett, tienes el resto de la tarde libre! —gritó su tío desde la puerta de la biblioteca—. ¡Eve, ven aquí inmediatamente!

—¿Qué ocurre? Creía que estaba descansando.

—¿Cómo has podido ofenderme así? ¿Cómo has podido mentirme a mí? ¿Acaso no me preocupo por tu bienestar? ¡Te he mimado demasiado! ¿Y qué es lo que te pido a cambio? ¡Una cosa! ¡Una sola cosa! ¡Lealtad! ¡Obediencia!

*A decir verdad, eso son dos cosas.*

—Tío Warren, no sé muy bien lo que...

—¿Dónde has estado? ¡Te marchaste de casa de los Dixon hace horas! Y ahora te presentas como si no pasara nada y yo aquí, sentado como un estúpido viejo decrépito... Así es como empezaste la otra vez, comenzaste a ocultarme cosas y a desaparecer sin avisar. Algún hombre te está engatusando y contándote mentiras, ¡y tú te olvidas de los que tanto nos sacrificamos por tu bienestar! ¡Ya estamos igual que en Venecia!

—Esto no tiene nada que ver con Venecia.

—¿Te fuiste temprano para ir adónde? Para encontrarte con alguien ¿verdad? Maldita sea, estamos tan cerca, ¡y lo vas a estropear todo! ¡Vas a montar un escándalo y yo me quedaré sin nada!

*Le han dicho que me fui temprano, pero eso es todo. Sea quien sea su fuente, solo le han contado lo suficiente para levantar su sospecha. Si tuviera la certeza de que se trata de Julian, su nombre hubiera sido la primera palabra que habría pronunciado. Solo es cuestión de tomar aire y aguardar a que la tempestad amaine.*

Aquella fue la única estrategia que se le ocurrió. A su tío le salían cada vez más sarpullidos por el esfuerzo que estaba realizando.

—Me estás mintiendo otra vez. Te traes algo entre manos, lo veo en tus ojos.

Ella agitó la cabeza y trató suavemente de que volviera a su asiento.

—¿Con los ojos tan rojos? Me sorprende que pueda ver nada. Está cansado y enfermo, y se está poniendo furioso por nada, tío.

—¡Muy bien! —Se dejó caer en la silla, con los brazos cruzados—. Cuéntame en qué consiste ese «nada».

—Gané. —Se sacó los billetes del bolsillo de la falda y se los mostró con serenidad—. He ganado casi quinientas libras. Ocurrió tan deprisa, que pensé que lo mejor sería concluir la velada pronto, para no llamar mucho la atención.

Él cogió el dinero haciendo un mohín, mucho menos seguro de sus acusaciones.

—Pero aquello fue hace horas.

—Sinceramente, quería disfrutar de un poco de tranquilidad. Cada vez que paso por esa puerta, usted ya ha aceptado otra invitación, o está chillando sobre la corta lista de posibles maridos para mí. ¡Estoy cansada de tanta fiesta! Y no me encontraba de humor para discutir sobre el matrimonio.

—Bueno...

—Además, usted no se sentía bien y se supone que debería estar descansando, y pensé, tonta de mí, que me merecía unas horas a solas para darme un paseo en el coche y escuchar la lluvia. —Se puso en jarras, como desafiándolo a que la contradijera—. No he ido a ninguna parte.

La mentira caló y Eve observó cómo él se lo creía todo y aceptaba que podía estar equivocado. Eso fue lo mejor que pudo hacer antes de subir al dormitorio. Sonrió al entrañable Barnett al cruzarse con él en el vestíbulo. *Sea lo que sea lo que te pague, estoy segura de que piensas que no es suficiente.*

La lluvia volvía a caer y, en la oscuridad, se sorprendió de todas las mentiras que había inventado. Resultaba maravilloso tener algo solo para sí. Lo que ella y Julian compartían era únicamente entre ellos, y le regocijaba tener un secreto. Los dedos de Eve hallaron el pequeño bulto que había escondido en un bolsillo debajo de las enaguas. Agarró las esmeraldas que tanto le había costado ganar y se durmió escuchando la lluvia caer, soñando con Julian en un jardín.

—Vuelve a perder, lord Westleigh. Me temo que esta no es su noche.

*Que Dios me asista. Tiene razón.* Pero, aun a pesar de los altibajos de la velada, le salían las cuentas por primera vez en mucho tiempo. Era una sensación extraña saber que estaba a punto de salir adelante o de volver a estar endeudado. Y, en lugar de temor, no pudo evitar sentir que su suerte estaba a punto de cambiar para mejor. Acababa de pasar la mejor tarde que recordaba y estaba seguro de que nada haría cambiar su buen humor. Le resultaba tan difícil quejarse por algo tan trivial como unas cuantas cartas malas tras haber pasado un día de lluvia entre los brazos de Eve.

*Se trata solo de dinero. ¿Y qué es eso, en comparación con el atractivo de Eve? Efímero e imposible, estoy empezando a estar impaciente por acudir a nuestros encuentros; esta mujer siempre logra sorprenderme.*

—Voy a seguir su consejo y me marcharé pronto entonces, señor Crane. Un hombre debe saber hasta dónde pueden llegar sus pérdidas.

—¡Muy loable! —El señor Crane empezó a despejar su sitio en la mesa.

—¿Loable en qué sentido? —preguntó Julian.

—Jamás creí que fuera a ver al conde de Westleigh abandonar una mesa de juego a una hora prudente y con la cabeza tan fría —dijo cándidamente el señor Crane, pero entonces, pareció recordar su pasado y la errática reputación de Julian y empezó a lamentarse por sus palabras—. No... no es que se le conozca por su... mala cabeza, lord Westleigh.

Julian sonrió.

—¿Ah, no? No lo sabía, pero uno puede hacerse famoso por el peor de los motivos, así que se lo agradezco, señor Crane.

—Sí, sí. —El señor Crane se metió en el bolsillo las ganancias e hizo una pequeña inclinación antes de retirarse. Julian lo observó mientras se marchaba, divertido al oír que el hombre repetía la expresión «muy loable» para sí una y otra vez.

Nunca está de más que cambie la reputación de uno, al menos, no si el cambio es hacia una fama de hombre disciplinado y contenido. Julian dudó de que su reputación pudiera empeorar en lo que a sus vicios favoritos se refería, pero si ahora Crane y los demás lo veían con otros ojos, no tenía nada de malo.

*Hasta puede ser una ventaja a la hora de jugar, si lo aprovecho.* O una ventaja a la hora de enfrentarse al tío de Eve, musitó Julian para sí, y sonrió.

De camino a casa de Shelbrook, en el coche, barajó las implicaciones de cada una de las opciones que tenía. Haber galanteado con Eve había tenido unas consecuencias inesperadas. Una de ellas era que su estrategia de aceptar únicamente las invitaciones más respetables que pasaban por su bandeja del desayuno le había allanado el camino. Nunca le había preocupado demasiado el desprecio de los demás, pero ahora que no lo tenía, se dio cuenta de que gustar a los demás y sentirse admirado no era del todo desagradable. «Heroicos esfuerzos» aparte, el esfuerzo que requería abrir puertas ya entreabiertas era mínimo, en contraste con el esfuerzo social necesario cuando las puertas de algunas fiestas estaban cerradas a cal y canto para él.

Debía reconocer que no se había portado bien aquellos días, pero nadie parecía percatarse de ello. No estaba seguro de que en el futuro no fuera a ser insultado de nuevo, tras toda una vida vanagloriándose de su fama pero, de nuevo, concluyó que, al menos, podía ayudarle a recuperar su fortuna.

Cuando el coche se detuvo ante la puerta de Shelbrook, Julian tomó aire para coger fuerzas antes de apearse y entrar. En una buena noche, encontrarse con su encantadora anfitriona resultaba incómodo, pero, al cruzar el umbral de la puerta, tuvo que reconocer que, últimamente, se había portado mejor. Al menos, Beatrice se había mostrado extrañamente amable, omitiendo las miradas seductoras, las proposiciones e incluso las amenazas veladas. No es que fuera tan estúpida como para bajar la guardia. *A lo mejor ha seguido adelante y ha encontrado un pretendiente mejor.*

Echó un vistazo a través de las puertas de la biblioteca al pasar por delante y se dio cuenta de que Beatrice estaba allí. Por no ser descortés, se dio la vuelta para saludarla.

—¿Está pasando la noche en vela por mí, lady Shelbrook?

—No te hagas ilusiones. —Le hizo un gesto con la mano para que pasara, invitándole a sentarse en una silla que había frente a ella—. ¿Una copa de vino, Julian?

—Puede que una copa de vino me ayude a conciliar el sueño. Gracias. —Se sirvió él mismo en una copa que había en una bandeja y le volvió a llenar la suya—. ¿Se ha acostado ya lord Shelbrook?

—La lluvia le provoca dolor de huesos. Se tomó un trago para aliviar el dolor y no creo que vaya a oírle decir nada razonable hasta mañana al mediodía.

—Lo compadezco. A mí a veces también me duelen los huesos, pero es culpa mía, por habérmelos roto a lo largo de años de temeridades y empeños estúpidos. —Estiró las piernas y tomó un sorbo del costoso caldo, saboreándolo en el paladar—. Creo que deberías ser más compasiva con él.

—No tengo por qué desperdiciar mi compasión con Barnaby. Pero si pretendes sentarte ahí a darme lecciones de cómo ser una buena esposa, mejor me devuelves el vino, gracias.

Él sonrió. *Ahí me has dado, Beatrice. No estoy precisamente en situación de darte sermones ¿verdad?*

—Bueno, entonces, sé compasiva conmigo.

—¿Acaso te lo mereces? —Le lanzó una coqueta mirada por encima del canto de la copa—. ¿Acaso no estamos peleados, lord Westleigh?

—¿Ah sí? —Tomó otro sorbo de vino—. No te guardo rencor.

Ella rió con desgana.

—¡Qué generoso de tu parte!

—Vamos, Beatrice. ¿Me permites que me disculpe y que volvamos a ser amigos de nuevo?

Ella agitó la cabeza, acomodándose en su silla y relajándose un poco, y la frialdad de su mirada se evaporó levemente.

—No quiero disculpas. Detesto las disculpas.

—Creía que a las mujeres en general les encantaban esas malditas cosas. Lord Hood dice que su esposa escribe todas sus cartas de disculpa y las mete en sobres para mandarlas cuando las necesite. Es peligroso permitirle a una esposa semejante afición, pero ahí la tienes.

Ella pareció recuperar el buen humor y a Julian le complació ver que se reía.

—¡Es una estúpida! ¿Escribir un montón de cartas cuando podría escribir en su lugar algunos cheques?

—Esa es la mercenaria que yo conozco.

Ella se encogió de hombros y se sonrojó, como si él le hubiera dicho el mayor de los cumplidos.

—Ya basta, Julian. Creo que sé cuál es la razón de ese cambio que ha habido en ti, la propuesta de paz y amistad.

—¿De veras?

—He oído el rumor de que estás perdidamente enamorado de una debutante insignificante. ¿Es cierto?

—¿Y qué rumor lo es?

—No es que me importe, Julian. No tengo pruebas.

—No, no tienes ninguna —recalcó él para asegurarse de que ella sentía el peso de sus palabras, luego trató de desviar su atención—. ¿Y ese es el mejor rumor que has oído? Yo he oído que iba a vender todas mis posesiones terrenales y marcharme de expedición a África.

—Es sabido que te gusta la caza.

—¿Pero no matar?

—Te encanta matar. —Negó con la cabeza—. Pero te llevas más de lo que puedes comer, amor.

Él flexionó las piernas, preparándose para ponerse en pie.

—Gracias por el vino, lady Shelbrook.

Ella extendió el brazo para detenerle.

—Te lo perdonaría todo, Julian.

—Jamás te he pedido que lo hagas, Beatrice. —Se levantó para tomarle la mano, inclinándose para besar la huesuda meseta de sus nudillos antes de marcharse—. Buenas noches, querida.

Julian se giró y abandonó la habitación sin mirar atrás, ajeno a la fría sonrisa de satisfacción que había dibujada en el rostro de lady Shelbrook.

# 14

—Te has retrasado.

Tan solo eran las diez de la mañana y a Julian le sorprendió que se mostrara tan fresca después de tantas noches quedándose hasta tan tarde en las mesas de juego con su tío. Cada vez les resultaba más difícil buscar un hueco en sus agitadas vidas, pero habría ido a verla incluso al amanecer si hiciera falta.

—Creía que llegaba pronto —contestó, dejando el bolsito. Empezó a desatarse su bonete muy despacio—. Las horas y los días han pasado muy lentamente desde la última vez que nos vimos. Quizá estés impaciente.

—Desde luego. —Él se apoyó en el marco de la puerta del salón. Su semblante indiferente contradecía el calor de su mirada dorada—. Es muy perverso hacer esperar a un hombre, Eve.

—Jamás jugaría contigo de esa manera deliberadamente, Julian. —Aunque jamás llegaría a saber lo cerca que había estado de enviarle una nota para decirle que no iba a venir. *Aún no sé cómo se pudo enterar mi tío Warren de que me fui de casa de los Dixon temprano, ni si estoy a salvo aquí. Pero ya no me importa en absoluto.*

Al verle ahí, tan vigoroso y atractivo, un oasis de atenciones y calidez, no creía que nada mereciera sacrificar aquella cita. Desde la perorata de su tío, había abordado sus planes con más celo, consciente de que las mentiras no podrían sostenerse por mucho tiempo. Finalmente, había empezado a ganar en serio, con el toque pertinente de «modestia del principiante» para que su nueva popularidad no se viera empañada. Ofrecer un buen espectáculo significaba ser una invitada y compañera de juego más entretenida, por lo que la sangre nueva con dinero añejo había tomado buena nota, y había empezado a pedir vez para desafiarla.

Conforme el riesgo iba aumentando, más tenía que esforzarse por mantenerse serena. El escrutinio de su tío no había disminuido; aunque se había disculpado por su temperamento y la «severa reprimenda», como él decía, por haberlo desobedecido tras la fiesta al aire libre en casa de los Dixon, pero seguía vigilante.

Hubiera sido mucho más prudente no ver a lord Westleigh, pero era incapaz de reprimirse. El tiempo era un enemigo implacable. Independientemente de lo que ocurriera, Eve realmente quería hacer algo y no limitarse a ocultarse en su dormitorio por el resto de la temporada social.

—Una vez más, pareces conocer de sobra las malas artes, Julian. —Le dio la espalda y se dirigió hacia las escaleras, deteniéndose un instante en el cuarto peldaño—. ¿Te gustaría ir arriba y enseñarme algunas más?

—No creo que deba desvelar mis secretos —dijo, subiendo las escaleras—. Pero jamás podría negarte nada, señorita Reynolds.

—¿Jamás? —Se detuvo frente a la puerta del dormitorio—. Ah, es interesante saberlo, lord Westleigh.

—¿Por qué no lo compruebas? —Apoyó la mano en el marco de la puerta y se inclinó hacia ella—. Solo dentro de esta casa, y durante una tarde, seré tu fiel servidor.

—Lo comprobaré. —Eve sonrió mientras consideraba las implicaciones de esclavizar a Julian—. ¿Harás todo lo que te pida?

—Todo excepto dejarte sola —aclaró, arrepintiéndose—. No más huidas.

—Me parece justo. —Lo condujo a la habitación e hizo que se quedara en el centro. *¿Cómo será someter a un hombre como este?* Lo rodeó, como un ama evaluando una nueva adquisición—. Mi fiel sirviente.

—Como desee. —Su voz sonaba entrecortada, delatando que ya estaba excitado con el juego.

Se sentó en una pequeña silla tapizada que había en la esquina, con la magnificencia de una reina.

—Me aprietan... los zapatos.

Julian sonrió y se arrodilló servil frente a ella.

—En ese caso me ocuparé de ellos, ama. —Le quitó los zapatos lentamente, deslizándolos por sus pies y dejándolos apartados bajo la silla, en su papel de diligente ayudante. *¡No es posible que lo diga en serio!*—. Muy bien, compláceme, sirviente.

Ella esperaba que el conde acabara rápido con aquello y sugiriera otro juego, pero su sirviente tenía otros planes. Le quitó el zapato derecho y empezó a masajearle el pie lenta pero firmemente, aliviándole los tensos músculos, hasta que Eve encogió los dedos cuando comenzó a percibir las extraordinarias sensaciones que él le provocaba. Julian apretaba los pulgares contra el delicado arco de su pie, y con cada caricia circular, sus párpados temblaban. Le envolvió el talón con sus cálidas manos y ella se sorprendió de no haber sabido hasta aquel momento que sus pies estaban deliciosamente conectados con todas las terminaciones nerviosas de su cuerpo.

Le confirió a su pie izquierdo las mismas atenciones, y Eve se recostó en la silla mordiéndose el labio inferior al sentir una marea de placer que le anuló la capacidad de mando.

A continuación, él se puso los pies de Eve sobre los muslos para poder recorrerle con las manos las pantorrillas, haciéndola gemir de placer mientras le masajeaba los músculos de las piernas. La relajación que sus manos causaban en ella le provocó una sensación delirante, a sabiendas de que tenía el mando, lo cual la hizo sentir impaciente por continuar, aunque también por intercambiar los papeles. Él dejó resbalar las manos, que ascendieron hasta sus rodillas y empezaron a frotar el borde de sus medias. Eve se irguió y dio una palmada de repente.

Él se quedó quieto al instante, con mirada inquisitiva pero mostrándose agradablemente dispuesto.

La amonestación elevó la temperatura y la tensión entre ellos. Eve estaba aturdida de deseo, hasta que él, finalmente, contestó.

—Perdóneme, ama. Solo quería verle las...

—Solo verás lo que yo quiera que veas. —Tomó aire lenta y profundamente para tratar de frenarse. *Este juego es mejor jugarlo despacio*—. Esta vez, quiero que la habitación esté a oscuras.

—¿A oscuras?

—A oscuras —insistió—. Hay demasiada luz en este dormitorio. Echa las cortinas y apaga las luces, por favor. —Ella se dirigió a la cama, aguardando a que él la obedeciera—. Te lo he pedido por favor, Julian.

—¿Me está diciendo que le da vergüenza? —Hizo lo que ella le había ordenado, aunque con cierta reticencia. La acogedora habitación quedó envuelta en penumbra, oculta la luz de la tarde y con las lámparas apagadas—. Eve, este no es exactamente el escenario en el que esperaba ejercer mis servicios.

—¿No? Pero la oscuridad me da más valor.

—¿Valor? ¿Valor para qué? —preguntó con impaciencia, y Eve se tuvo que morder el interior de los labios para reprimir la risa.

—Para esto. —Respiró profundamente y tomó el control, sintiéndose más osada y salvaje de lo que jamás había estado con él. La oscuridad era algo más que un velo para taparle los ojos. También era libertad de acción. Eve le cogió la cara y se la acercó, cubriéndola con voraces besos sin rastro alguno del pudor propio de una dama. Por primera vez, ella era la agresora y, a juzgar por su reacción, él desde luego no se ofendió lo más mínimo.

Tiró de los hombros de su chaqueta y le quitó la ropa, ávida de trazar con la boca el recorrido de sus manos. Lo que él le había dicho durante su último encuentro la atormentaba y Eve deseaba saborearlo, experimentar el dulce y salado almizcle de su erección, la esencia de su vigor en la lengua, para que lo saboreara y absorbiera. Él tenía una erección impresionante, y al sentir su peso en las manos, el corazón se le aceleró por la belleza de aquella imagen. Exploró con las manos su contorno, alentada al ver cómo reaccionaba cuando le rozaba con las uñas cada centímetro, acariciándolo con una refrescante exhalación. Siguió con la boca la trayectoria de sus venas desde la sensible raíz y acarició la sedosa punta de su miembro con suaves besos que ella sabía que lo volverían loco. Su miembro estaba ávido de contacto, pero ella se sentía como una polilla alrededor de la luz. Él enredó las manos entre su pelo y se le escapó un gemido de entre los labios y Eve, instintivamente, absorbió la henchida punta de su miembro, escuchando absorta los gemidos y bufidos de placer con los que él reaccionaba.

—Eve, no es por... desobedecerte, pero... pero si no paras... —tomó aire lentamente para calmarse— vamos a tener una tarde muy poco equitativa.

—¿Acaso se atreve mi sirviente a quejarse? —ronroneó ella, con el miembro aún en la boca, haciendo que la pregunta vibrara hasta la base.

—¡No! Tu sirviente está... de lo más satisfecho.

Ahondó la profundidad de sus besos y lo soltó lentamente, empleando su cuerpo para ponerse en pie, asegurándose deliberadamente de que ningún centímetro de su piel quedara sin notar el roce de su ropa ni la fricción de sus curvas.

Julian trató de abrazarla.

—Vamos a quitarte esas ropas, Eve y...

Ella lo agarró de las muñecas suavemente.

—Túmbate en la cama, Julian.

—Eres tan autoritaria...

—Eres tan desobediente... —le contradijo Eve, volviéndolo a besar para interrumpir la reprimenda, empujándolo de espaldas hasta que sus piernas dieron con la cama.

—Como usted mande, ama. —Se tumbó en la cama y, en penumbra, su perfil dibujado entre las sábanas blancas resultaba muy excitante. Aquella era una postura en la que se había visto más de una vez, pero ahora hizo que algo en su interior se encendiera, empezando a ascenderle hasta la pelvis.

Ella se desabotonó el vestido, quitándose las enaguas con menos paciencia de lo que tenía pensado, pues le resultaba difícil no apresurarse teniéndolo ahí acostado, esperando a que le ordenara otra cosa. Se quedó con el blusón puesto, con las medias y el corsé, consciente instintivamente del efecto extremadamente excitante de estar medio desnuda delante de él.

—¿Estás segura de que alguna lámpara no sería... de ayuda?

Ella rió.

—Ya has visto bastante, lord Westleigh, como para que esa astuta mente que tienes pueda imaginar lo que no puedes contemplar.

El gruñido de decepción que exhaló quedó apaciguado cuando ella subió a la cama tocándole el cuerpo desnudo hasta llegar a él. Desde los tobillos fue ascendiendo, acariciándole con sus largas y elegantes manos. A la altura de los muslos y las rodillas, sonrió al percatarse de que su disgustado sirviente había cesado de quejarse.

De nuevo, se entretuvo al llegar a su miembro, y jadeó de placer al sentir con la mano que se movía, como si estuviera ávido de recibir más atención por su parte. Era un poco desalentador estar al mando de aquella manera, pero también descubrió que tenía multitud de ventajas.

Lidiar con el condón resultó mucho más difícil de lo que le había parecido al verlo a él manipularlo. Aunque la oscuridad no ayudaba, aquello era un mal menor, y ella lo hizo lo mejor que pudo, hasta que, finalmente, estuvo bien colocado, y pudo sentarse a horcajadas sobre él, que parecía un hermoso semental cariacontecido.

—¡Ah, al fin algo de tregua!

Se sometió a la humillación, pero solo porque enseguida pareció que aquella nueva postura le dejaría las manos libres para poder tocarla mientras él se arqueaba y balanceaba dentro de ella, que solo tenía que sujetarse. El conde la agarró de las caderas por su parte más ancha, guiándola sobre él, aunque permitiéndole controlar la profundidad de la embestida. Lentamente, ella iba cediendo un centímetro tras otro, mientras su cuerpo iba humedeciéndose y abriéndose, y sus músculos se contraían como para exprimirlo, haciéndolo crecer dentro de ella.

—Julian.

—¿Demasiado?

—No es suficiente. No basta. —Ella separó aún más los muslos y, con un movimiento, abarcó hasta el último centímetro henchido de su miembro, haciéndolo gemir por la repentina conexión entre ellos.

Entonces, él no tuvo muchas más opciones que dejarla hacer, así que extendió las manos para dejarlas caer sobre las lazadas y prendas de Eve, apretando los dientes y deseando que esta se desnudara del todo, dejando a sus ansiosas manos más partes expuestas. Aun así, no había de qué quejarse.

Eve empleó las piernas para mantenerse sobre él y reducir la presión sobre su espalda, y pronto comprendió que las salvajes sensaciones de cada penetrante envite hacían que se esfumara cualquier dolor, que se desvaneciese conforme el calor en su interior empezó al fin a desatarse. Deseaba que aquello durara por siempre, aquella osada forma de huir del mundo, pero su cuerpo la traicionó y cedió al destello de lujuria que la atravesó hasta el punto más profundo de su interior. Ella gritó, con la certeza de que semejante orgasmo la haría cambiar de forma irreversible.

No obstante, continuó cabalgando sobre él, pues no deseaba volver a la realidad, no deseaba renunciar a la particular sensación de poder y sumisión. El dolor y el placer luchaban y danzaban, y ella empezó a sentir que la espiral de deseo volvía a encenderse, seguida de otro orgasmo.

—¡Julian! —Echó la cabeza hacia atrás, con los brazos extendidos al sentirlo y se sometió a la oleada de fuego que le recorrió todo el cuerpo. Él la sostuvo, dirigiendo cada envite, cada movimiento, ralentizándolos y acelerándolos cada vez más, y su orgásmico grito, se aunó al de ella en aquel extraño mundo grisáceo de sombras que había creado.

—¿Va a... querer algo más? —La ácida pregunta de Julian retumbó entre jadeos entrecortados, mientras se recuperaban. Eve cayó sobre él, asombrada por la deliciosa sensación de su pecho, que se inflaba y desinflaba por la agitada respiración, imitando el ritmo del latido del corazón de ella.

—No se me ocurre nada. —Reconoció riendo, perdida en la espiral imposible de sus pensamientos—. Absolutamente nada.

—¡Bien! Me lo tomaré como un cumplido.

Ella le dio un golpecito en el hombro con aire juguetón y empezó a zafarse de sus brazos.

Él se incorporó.

—Maldita sea, no veo nada. ¿Te he hecho daño, encanto?

—No, no, Julian. —Ella salió de la cama y empezó a recoger la ropa—. Es solo el remordimiento. Las damas no acostumbran a... montar a horcajadas.

Él se rió.

—¡Cierto! Trataré de ser una montura más amable para el próximo paseo.

Su tono de voz cambió, tornándose más serio.

—Aunque haces que me resulte muy difícil acordarme de las buenas intenciones, Eve. Cuando te toco, se me olvida cualquier prudencia.

—A mí también —susurró con solemnidad. *Sin tan solo supieras, Julian, que me privas de toda prudencia y cautela, ¡creo que, finalmente, lograría sorprenderte! Que Dios me asista.*

Se le crisparon los nervios. Una sola palabra más, y sabía que empezaría a parlotear sobre su temor a que su tío se enterara de que eran amantes y se la llevara a rastras de Inglaterra, o a que descubrieran que hacía trampas y fuera acusado y cayera en desgracia antes de poder huir. La esperanza de ser libre era ahora más débil que nunca... Julian la atrapaba cada vez más con cada nuevo encuentro. Había caído en su propia trampa.

Él le tocó la barbilla para que lo mirara y Eve se dio cuenta de que estaba preocupado por ella, que había leído el temor en sus ojos.

—¿Qué es lo que te preocupa?

—Nada —contestó apartándose de él y extendiendo el brazo para abotonarle la camisa—. Se ha dejado un botón, lord Westleigh.

Frunció el ceño, desconcertado por aquel cambio repentino a un tema más mundano e inesperado.

—¿Qué importa?

—Va a dar la impresión de que te has vestido de manera precipitada. O peor, de que no te importa lo suficiente tu persona, ni la mujer a la que acabas de complacer, como para detenerte a vestirte correctamente.

—No creo que...

—Tampoco es que espere que sepas abotonarte la camisa. Pobrecito, ¡toda la vida rodeado de ayudantes de cámara y mayordomos! Me sorprende que no lleves los pantalones del revés.

Entornó los ojos al oír aquellas palabras.

—Eso ha sido innecesario.

—Para ti todo es tan fácil. No tienes ni idea de cómo funciona el mundo. Eres un privilegiado, te puedes permitir malgastar el dinero en las mesas de juego.

Julian se cruzó de brazos, desconcertado por el giro que había dado la tarde. Hace un instante era como tener una divinidad sobre él, con sus tiernos muslos alzados sobre su cadera, provocándole dolor en el miembro debido a la erección que suscitaba en él y, ahora, definitivamente, estaba a la defensiva. *No sé si fue Sotherton el que dijo en la universidad que las mujeres son como las guerras, que se puede ganar una batalla en la mar, y después darte cuenta de que no tienes puerto en el que atracar.*

—¿Acaso no juega usted también a las apuestas, señorita Reynolds?

—¿Cree que juego por placer, excelencia? ¿Cree que me resulta muy divertido que una carta pueda decidir mi destino, mi supervivencia?

Se le quebró la voz y él observó sorprendido que su apasionada pero imperturbable Eve se transformaba en otra mujer, perdida y tierna, desafiante y asustada. Su primer impulso fue tratar de protegerla, pero ella se apartó. Irguió los hombros y, cuando lo miró, solo vio a la mujer astuta, fuerte y elegante.

—Juego para ganar porque no puedo perder. Perder es morir de hambre, querido. No todos tenemos la suerte de poder tirar por la borda nuestro futuro por capricho. Yo no tengo futuro, ni nada que perder, a decir verdad. ¿Ve ahora la diferencia?

La vio. Diablos, él había rozado aquella línea más veces de lo que quería admitir. Era un privilegiado, había arriesgado su fortuna por el mero placer del riesgo. Había ganado y perdido y no se lo había pensado dos veces. Pero, al mirarla, sintió vergüenza. Ella era la que apostaba de verdad. Con pulso firme, tomaba las cartas que el destino le otorgaba y, sin temor, apostaba para ganar.

—Sí —dijo finalmente—. La veo.

—Oh, querido. —Un nuevo ardor iluminó su mirada y Julian se asombró de que una mujer pudiera ponerse de buen humor al oír a un hombre admitir que podía tener razón. *¡Qué criaturas más complicadas!*

—No tengo por qué darte lástima, Julian. No soy ninguna huérfana afligida con agujeros en los zapatos. Dio un pisotón con el pie como para demostrarlo y, de repente, él tuvo que reprimir una sonrisa.

—No se confunda, señorita Reynolds. Lo que yo siento por usted no es compasión.

La atrajo entre sus brazos, haciendo caso omiso de la débil protesta de sus manos, que le presionaban el pecho. La besó, con fuerza suficiente para someterla, extrayéndole la ira e infundiendo en ambos el dulce ardor anterior que no les costó recuperar. Aquella fue una renuncia apasionada a su servidumbre y Julian la dejó marchar con pesar.

—Si no logro verte en público antes, entonces nos vemos el próximo martes.

—Julian, yo... —Él leyó el remordimiento en sus ojos.

—Valor, encanto. —Le volvió a dar un beso, suave y largo para disculparse por lo que fuera que hubiera hecho mal—. Juega bien a las cartas.

Ella asintió con la cabeza, con los ojos llenos de lágrimas.

—Gracias.

Se marchó sin decir nada más y Julian se quedó solo en el dormitorio, tomándose su tiempo para vestirse y contemplar la habitación, ya tan familiar.

*Tú, brillante pícara, me pones nervioso y me distraes.*

*Y no estás preocupada por los botones de la camisa, Eve Reynolds. Así que ya veremos si podemos averiguar por qué de repente tu mirada es la de alguien que no tiene a nadie en el mundo.*

# 15

—¿Eso es todo?

Eve asintió y lo observó mientras contaba y recontaba los montoncitos de monedas y pagarés de las últimas partidas. Habían sido unos días muy provechosos. Las palabras de ánimo de Julian le habían llegado muy hondo, y había doblado las apuestas cuando había podido. En un sencillo bolsito de tela que tenía atado al corsé, guardaba su porción secreta de la tarde, engrosada principalmente por una amiga muy arrogante de la señora Wickett, la marquesa de Toxbury, que no parecía pensárselo dos veces a la hora de jugarse los anillos. Eve, por un momento, sospechó que fueran baratijas, pero en el coche había comprobado, aplicando sus conocimientos, que eran tan valiosos como parecían. Había envuelto cada uno de ellos en un minúsculo retal de un viejo trapo para que no tintinearan al chocar entre ellos y la delataran.

Los riesgos que Eve asumía aumentaban de manera exponencial con el incremento en las apuestas y conforme sus oponentes iban siendo cada vez más adineradas. A la temporada social le quedaban unas pocas semanas y si alguna de sus desafortunadas contrincantes se lamentaba ante algún amigo y se extendía el rumor de que su habilidad en el juego era más que formidable... Aunque siempre quedaría alguien a quien le gustaran los desafíos, le resultaría más difícil encontrar a alguien que quisiera jugar apostando con ella. Y si aquello llegaba a oídos de su tío... No quería ni pensar en lo que podría pasar. Pero asumiría el riesgo que fuera necesario.

Vería a Julian en tres días, y se lo confesaría todo. Aunque solo fuera para que, cuando desapareciera tras la temporada, él no pensara mal de ella.

—Venga, Eve. No estarás todavía enfadada conmigo por el... malentendido tras la fiesta de Dixon, ¿no?

—No, tío Warren.

—Bueno, ciertamente, espero que no te hayas puesto nerviosa por haberte apartado del conde. ¡Ese hombre jamás te hará una proposición de matrimonio! He oído hablar muy mal de él cuando no hay mujeres delante. No es por ser burdo, pero es mejor que lo sepas, ha estado con tantas mujeres casadas que se dice que le pegarán un tiro en la cabeza solo con que se le ocurra poner un pie en algunos condados.

*Oh, vaya.*

—He oído algo parecido, pero son solo comentarios sobre un pasado oscuro. Parece que estuvo a punto de morir, y que eso lo cambió un poco, según cuenta lady Morrington y, ahora, ha sentado la cabeza. Puede que quien le haya contado eso estuviera hablando de su pasado.

—No es eso lo que me pareció entender, Eve.

Le costó ocultar un inoportuno destello de celos.

—Se sabe que los hombres tienden a exagerar sobre sus conquistas para impresionar a los demás. No me parece que...

Él agitó la cabeza con firmeza.

—No quise creer un comentario que me hicieron sobre que has estado flirteando con él. Me dije que no serías tan estúpida. Pero, al verte ahora... dudo.

—¿Qué comentario? Tengo la sensación de que le han contado un falso rumor —respondió con serenidad, a pesar de la exactitud de sus palabras, lo cual hizo que todo se ralentizara—. ¿Quién se lo ha dicho?

—¡Eso no es asunto tuyo! La expresión de tu rostro me dice todo lo que quería saber. —Cruzó los brazos y le lanzó su mirada más severa—. Lo primero es lo primero, Eve. Los Hightowers nos han invitado a una cena íntima dentro de tres días. Seguro que vendrá gente conocida, así que procura estar bien. Ahora sube arriba y cámbiate para ir de compras.

—Ya tengo ropa.

—Va a ser más que una timba de cartas, Eve. ¡Hightower es el mejor candidato que hay por los salones de mármol! Así que tendrás que ponerte algo atractivo pero recatado, solo por si el señor Hightower demuestra estar a la altura de su potencial. Ese hombre tiene más dinero que sentido común, ¡pero hay defectos peores!

—El conde de...

Alzó la mano y la expresión de su rostro perdió el último atisbo que le quedaba de animosidad.

—Ya sé que el conde tiene sus encantos, pero creía que tú, a diferencia de las demás, serías inmune a este tipo de cosas. Sientes cierta inclinación por él, y es culpa de lady Morrington por animarte, y quizá mía por haberte dado demasiada libertad. ¿Cómo esperar que el encantador y deliciosamente adinerado señor Hightower se case con una mujer que mantiene amistad con un rufián reconocido?

—No lo sé —suspiró—. ¿Se lo pregunto?

—¡No es momento para hacer gracias, Eve! Hablamos de dinero y eso es lo único que importa. Una mente clara es lo que decide el juego.

Ella asintió. Los naipes, el dinero y el negocio era lo único que le importaba y, ahora, poder atrapar al señor Hightower desprevenido.

—¡Vete arriba! Y no te preocupes, querida. Si no nos hacemos con Hightower, entonces cuando todo esto haya acabado, te sacaré de esta terrible ciudad y buscaremos un sitio mucho mejor.

—Quizá algo que no sea azul ¿señorita? Con lo austera que es con el color ¡estará deslumbrante con este!

Desestimó los atrevidos vestidos rojos y burdeos que le mostraban. No estaba de humor para ir vestida de color escarlata.

—El azul marino me sienta bien, y ya está hecho.

La elección del color era una cuestión sentimental. Era la seña de identidad de su madre; su padre le contaba que estaba adorable cuando lo vestía. Tras su muerte, él había insistido en comprarle únicamente vestidos azul marino, y se había convertido en un vínculo entre ellos. Eve apenas recordaba a su madre, excepto una imagen que atesoraba de ella vestida con un vestido de satén azul zafiro con unos lacitos en el bajo.

Así que, tras morir su padre y dejarla con un armario repleto de azul, decidió continuar con la tradición para honrarlo a él también.

—Me gusta ese. —Señaló uno de los vestidos que había expuestos en un maniquí. Le favorecería sin enseñar demasiado los hombros ni los pechos. Las tendencias en los cortes de los vestidos habían cambiado mucho en los últimos años y, aunque estaba encantada de dejar de llevar los estúpidos miriñaques, los guardainfantes y los polisones le seguían pareciendo un desperdicio de tela.

La modista chasqueó la lengua.

—¡Es demasiado formal para una chica tan joven!

—Discrepamos, madame Delacourt. —Soltó la lista de precios y empezó a recoger sus cosas—. Puede que otra modista tenga lo que busco, así que...

—¡Oh, no, no, estaremos encantadas de atender sus deseos, señorita Reynolds! ¡Me he precipitado! Naturalmente, ese corte le quedará estupendamente. Por favor, permítame acomodarla en uno de los vestidores para tomarle las medidas, y se lo adaptaremos para usted.

La mujer se transformó en un torrente de hospitalidad y condujo a Eve a un estrecho pasillo lleno de puertas, en la trastienda. En la última puerta, hizo entrar a Eve en un vestidor, lleno de asientos de seda y de espejos.

—La fiesta es el lunes, ¿no?

—Sí, gracias.

—Yvette la atenderá, ¡y lo tendremos todo preparado y dispuesto para mañana a mediodía! —Hizo una reverencia y se fue rauda, como para evitar que Eve hiciera otro amago de marcharse.

La chica acudió rápidamente. Con profesionalidad, en unos segundos había dejado a Eve desnuda para tomarle las medidas. Enseguida, le volvió a abrochar la ropa interior y las enaguas y le puso el vestido azul. Iban a hacer falta pocos arreglos e Yvette le cogió el bajo hábilmente con unos alfileres.

Eve miraba el reflejo de la chica en el triple espejo. El azul marino resaltaba el brillo de su cabello y hacía que su piel pareciera aún más pálida. *¿Quién es esa mujer? Solo sé una cosa segura de ella,* pensó asombrada, *sé que no piensa dejar que al señor Hightower se le ocurra siquiera mirar en su dirección, ¡diablos!*

Yvette le quitó con cuidado el vestido sin que Eve se pinchara con un solo alfiler.

—Ahora vuelvo para ayudarla a vestirse. Discúlpeme.

—Ah, bien, si pudiera... —La puerta se cerró antes de que terminara de hablar y a Eve no le quedó otra opción que aguardar a que volviera.

Hizo lo que pudo sin ayuda, pero tuvo que aceptar que, sin nadie para abotonarle el vestido por la espalda, tendría que esperar. El sonido de la puerta abriéndose de nuevo se produjo antes de lo que esperaba, pero al ver a Julian Clay entrar en la habitación, se quedó muda.

Saltó sobre la tarima, evitando la mano que le ofrecía, y cerró el vestido hasta el cuello.

—¡No puedes entrar aquí!

—Y sin embargo lo he hecho. Quiero comprarte algo bonito, quizá un vestido de gala nuevo. ¿Solo vistes de azul?

—¡No! ¡No! ¿Y qué más da el color que lleve? ¡No puedes comprarme ropa, Julian!

—¿Ni siquiera unas provocativas enaguas rojas? ¿Con algo como un corsé rojo escarlata a juego? ¿O algo negro con brillos para volver loco a un hombre? Me aprietan los pantalones solo de pensarlo. Venga, Eve, tu tío jamás lo verá. Y piensa en lo pérfida que te sentirás con ellas puestas mientras juegas al *bezique* con las señoras.

—Julian, ya me siento pérfida cuando juego al *bezique* con las señoras. Por favor, no compliques las cosas. —Hizo el amago de dirigirse a la puerta sin soltarse el vestido.

—Me gusta este. —Cogió un pequeño montón de dibujos de la mesita y le mostró uno en el que se veía un suntuoso vestido de gala—. El miriñaque es un poco exagerado, pero tienen un movimiento bonito cuando camináis...

Se quedó boquiabierta.

—Lord Westleigh, ¿está eligiendo ropa para mí?

—¿Por qué no? —Subió a la tarima que había detrás de ella, sujetando otro dibujo—. Este es un traje de día, pero me encanta el escote. —La miró a través del espejo y ella miró con picardía su reflejo mientras él le rodeaba la cintura con la mano que le quedaba libre—. Te favorecería.

—No... —Perdió el hilo de sus pensamientos al sentir que su cálida mano ascendía hasta llegar a uno de sus pechos. Su cuerpo respondió instantáneamente al hecho de tenerlo detrás, y Eve supo que aquella era una batalla que le encantaría perder, aunque no podía arriesgarse a no plantar cara—. No necesito otro vestido de día.

—Tonterías. —Sonrió sin dejar de mirarla a través del espejo. Tiró el resto de dibujos al suelo descuidadamente para tener las manos libres y poder tocarla como se le antojara—. ¿Un vestido de día entonces? Algo suave que adorne tu figura; algo que sea fácil de quitar cuando me apetezca para poder tocarte a mi antojo.

—Usted... ya me toca a su antojo, lord Westleigh.

—¿Ah, sí? —le preguntó con sorpresa fingida—. ¿Puedo?

Leyó su consentimiento en sus ojos.

—Julian....

Vio a la mujer del espejo rindiéndose encantada a cada caricia, lo etéreo de aquel encuentro la excitaba aún más. Julian siguió el recorrido de sus dedos, que ascendieron por sus muñecas, rozando la piel desnuda de sus brazos, haciendo que se estremeciera de excitación. Su aliento le rozó la oreja y Eve inclinó la cabeza para que la siguieran sus labios. Él la obedeció con una sonrisa maliciosa y descendió con la boca para saborear las sensibles curvas de su cuello.

—¡Oh, querido! —Cerró los ojos. *¡Yvette volverá en cualquier momento!*

—Creo que, a este paso, te acabaré comprando una docena de vestidos, encanto —dijo con un gruñido travieso mientras besaba su cuello.

—Yo no soy tu amante, Julian. Yo no...

Eve se tiró del vestido para cubrirse, pues la asaltó cierta sensación de frustración, y bajó de la tarima. Era una tontería discutir aquel asunto, y no estaba de humor para proclamar su derecho a dormir con un hombre sin tener que aceptar sus regalos.

—¿Qué está haciendo aquí, lord Westleigh? ¿Y cómo demonios me ha encontrado?

La siguió y se reclinó en el diván como un sensual leopardo tumbado al sol, completamente relajado.

—No quedé del todo satisfecho con la manera en que terminó nuestra última conversación.

—No estás respondiendo a mi pregunta de cómo has llegado hasta aquí.

—Estaba casualmente al otro lado de la calle, cuando te he visto salir del coche. Ha sido el destino.

—¿El destino? Esto no es un cuento de hadas, Julian. ¡Te van a descubrir aquí, y madame Dellacourt lo contará aunque nadie más te haya visto!

—¡Tonterías! Soy uno de sus clientes favoritos y, además... le pago muy bien a la costurera. No se le ocurrirá difamarme.

La mirada se le ensombreció al captar lo que significaba que ya fuera un buen cliente de la tienda, pero Eve no deseaba interpretar el papel de amante celosa.

—Jamás se me hubiera ocurrido que fuera de los que disfrutan vistiéndose de mujer, lord Westleigh.

—¡Una dama hablando así! Ten cuidado, Eve, o pensaré que sabes más de lo que una muchachita inocente debería saber.

—Julian... —Eve tomó aire para tranquilizarse, tratando de recuperar la compostura. Era terrible que estuviera allí, e inaceptablemente peligroso pero, al mismo tiempo, resultaba maravillosamente seductor y encantador que se comportase de aquella manera. Aquel hombre era endiabladamente atractivo—. ¿Tan mal terminó nuestra última conversación que tienes que esconderte en el vestidor de las damas para acabarla?

Asintió.

—La verdad es que no he dormido en toda la noche pensando en ti.

Sonrió.

—Y eso es...

—Una inconveniencia inaceptable, en mi opinión. —El gesto ceñudo de Julian surtió poco efecto, y no fue más que un movimiento exagerado de caballero contrariadísimo—. Eres la primera mujer que me interrumpe el descanso, y no estoy seguro de poder permitírmelo, señorita Reynolds.

—Ya.

—Claramente, la solución es... decirte lo que debería haberte dicho en la calle Bell cuando insinuaste que estaba siendo insensible.

—Yo nunca he dicho que...

—¿Que no me importaba lo suficiente mi persona, ni la mujer a la que acababa de complacer, como para detenerme a vestirme correctamente?

—Bueno —dijo Eve mordiéndose el labio inferior—. Estoy segura de que no era mi intención decirlo de forma tan cruda.

—Estos encuentros se han vuelto... importantes para mí. —Aquella confesión quedó en el aire por un instante y a Eve le sorprendió el esfuerzo que tuvo que hacer para poder continuar—. He sido muy imprudente con esta relación, y contigo. Y supongo que siempre he tenido la mala costumbre de serlo, aunque no haya sido consciente de ello. Pero considero que no soy imprudente en lo que a mí respecta. Señorita Reynolds, quisiera ser más prudente con aquello que a ti te afecte...

—Me siento halagada, Julian. Cuando te dije eso estaba enfadada, no pretendía hacerte daño. No se me pasó por la cabeza que pudieran herirte mis palabras. Ni que pudieran robarte el sueño... —Se le escapó una pequeña sonrisa, y se preguntó si aquella no sería la conversación más extraña que había mantenido en toda su vida.

—Tu tío...

—No quiero hablar de él, Julian. No hay nada que decir.

—Entonces no digas nada. —Agitó la mano—. Como le ocurre a la mayoría de los hombres, me encanta oírme, así que te daré un sermón. La otra vez, evitaste que lo hiciera, y lo dejé correr porque no tengo derecho a contradecir a tu tío... pues si lo hiciera, te pondría en peligro. Tiene sentido, ese es tu razonamiento. Pero detesto la lógica, y creo que lo dejé pasar porque tiendo a ser una verga egoísta.

—Julian, no puedes hacer nada para... ayudarme.

—¡Ah! Eso es lo que me niego a aceptar—. Se levantó, agarrándose a ambos lados del asiento como si se estuviera conteniendo para no tocarla—. ¿Crees que no te puedo ayudar por algún defecto en mi forma de ser que hayas notado? ¿Crees que no soy lo suficientemente valiente como para interceder por ti? ¿Crees que... no soy capaz de actuar, Eve?

En él no había nada que hiciera suponer que no era capaz de actuar.

—¿Y qué se puede a hacer, Julian?, ¿Delatarlo y acusarlo de mentir y hacer trampas? ¿Amenazarle con acusarle de ser un charlatán? ¿Y cómo iba eso a hacer que mi situación mejorara? —A Eve se le hizo un nudo en la garganta, con una emoción desconocida que no quiso identificar—. Julian, siempre me ha parecido que eres de los que saben tomar la decisión correcta.

—Sí, en mi beneficio. Así tendría que ser, ¿no? —Negó con la cabeza, como una esfinge doliente—. Sobre todo si has hecho caso de lo que murmuran de mí por ahí. Pero diría, por la forma en que me miras, que no has oído nada.

—¿Por la forma en que te miro? No estoy segura de entenderte.

—Cuando me miras, señorita Reynolds, veo en tus ojos a un hombre bueno. Es imposible, teniendo en cuenta el tipo de relación que mantenemos y la forma tan osada en que nos vemos. Y, aún así, nunca he percibido en tu mirada que me juzgues. Es muy... revitalizante, señorita Reynolds.

—No estoy en situación de poder juzgar a nadie.

—¿Ni siquiera por la manera que tengo de abotonarme la camisa?

Se sonrojó.

—Aquel fue un intento por desviar la conversación, y tú lo sabes. Eres una persona muy astuta, y no voy a alimentar tu ego discutiendo contigo lo increíble que eres, Julian. —Él le lanzó una mirada que la abrasó de pies a cabeza, y de repente, sintió que debía ser cautelosa, ya que no estaba precisamente vestida para la ocasión.

—Gracias, Eve.

—No he hecho nada.

Se levantó con ligereza, su semblante cambió repentinamente y el aire de tristeza y melancolía desapareció, quedando apartado como un abrigo abandonado. Una vez más, tenía delante a aquel león travieso y peligroso con el que tanto se estaba encariñando. Se tiró del chaleco, mirándose disimuladamente en el espejo para comprobar que todo estaba como debía.

—¿Por qué vistes siempre de azul marino?

Ella negó con la cabeza.

—Y, exactamente, ¿por qué te volvieron a disparar?

La sonrisa irónica que se dibujó en su rostro era para verla.

—¡*Touché!*

Él enarcó la ceja con aire sarcástico.

—Bueno, yo diría que ya está bien por hoy. Ya intercambiaremos secretos más tarde. Qué alivio haber resuelto las cosas entre nosotros de forma tan... ¿cordial?

Eve abrió los ojos de par en par, confundida. *¿Me está dejando?*

—¿Resuelto? ¿Me he perdido algo en esta conversación, lord Westleigh?

Caminó hacia ella extendiendo el brazo para que se inclinara y pudiera darle un beso.

—En absoluto. —La cogió con firmeza, desatando una tormenta de sensaciones, pidiéndole a su cuerpo que se entregara. Ella consintió con un suspiro, deleitándose con una avidez que le barrió la piel, prendiéndose en llamas con cada beso. *Soy un manjar para ti, Julian, y yo te devoraría hasta olvidarme de mi nombre y perder el deseo por todas las cosas que no puedo poseer.*

La fue soltando lentamente, asegurándose de que ella recuperara el equilibrio sobre la tarima antes de apartarse.

—Bueno, me temo que le prometí a un viejo amigo que iría al club a verle. No hace falta que me acompañes a la puerta.

—¡Julian! —Parpadeó sorprendida—. No puedes ir…

Hizo un saludo con la cabeza, mirándola de pies a cabeza.

—Hasta el martes. Ha sido un placer, señorita Reynolds. Un verdadero placer. Por supuesto, si quieres verme antes… estoy seguro de que encontrarás la manera.

Ella alzó la mano para despedirle, pero ya se ha había ido. *Maldita sea, debería haberle avisado de que mi tío sospecha que nos estamos viendo…, antes de que se inmiscuya y lo estropee todo.*

Bajó de la tarima y se sentó en el diván del que él se había levantado, tratando de recuperar el aliento y calmar el torbellino de emociones que le recorría todo el cuerpo. Había algo tan puro e imposible en la forma en que él la quería, en la forma en que la hacía sentir. ¿La seguiría queriendo si lo supiera todo? ¿Si supiera todos los lamentables detalles y los incidentes sórdidos? No se sentía lo suficientemente fuerte como para perderle, aún no. Quizá, la verdad aguardaría unos días más. Su tío Warren tenía al señor Hightower en mente, y hasta que aquello no saliera mal, como ella sabía que saldría, no se encargaría de Julian. Todavía tenía tiempo para fingir que él era realmente suyo.

Se levantó y dejó caer las enaguas, se atusó el pelo y llamó a la dependienta.

Yvette acudió al instante.

—¿Sí, *mademoiselle?*

—Dile a madame Dellacourt que deseo encargar algunas cosas más.

# 16

Eve salió del coche de caballos. Estaba nerviosa como no había estado en semanas. No era el día que acostumbraban ir a la calle Bell, pero el hecho de que fuera domingo, y no martes, no afectaba a las mariposas que sentía en el estómago.

*Esta tarde le voy a contar el plan de mi tío y… le avisaré para que se mantenga al margen. Por muy bonito que haya sido todo esto, no puedo continuar engañándome a mí misma por más tiempo. El tío Warren está a punto de estropearlo todo, y soy yo quien debe decirle a Julian que se aparte de todo esto antes de que se ponga feo.* No importaba que su tío no fuera a ganar nada con sus acciones. Eve sabía que estaba demasiado enmarañado en sus propias mentiras como para ser razonable y que atacaría impulsivamente si pensaba que Eve estaba actuando por su cuenta para crear sus propias alianzas. Había enviado una nota invitando a Julian a su club para ser discretos, ya que lady Morrington la había advertido sobre sus famosas conquistas. Aun así, él no le había podido confirmar su asistencia, lo cual la ponía más nerviosa. No tenía llave de la casa, por lo que se vio obligada a pedirle al cochero que esperara.

Al llamar, la puerta se abrió y Eve pensó sorprendida lo apuesto que estaría Julian de mayordomo. Se volvió para hacerle una seña al cochero.

—Me alegro de verle, lord Westleigh.

La acompañó dentro, claramente feliz de verla.

—Creo que Andrews vio tu bonita caligrafía, pero le dije que era de mi anciana tía que está enferma y que quería verme.

—¿Tu anciana tía? —Le dio el sombrero y el bolsito—. Supongo que me siento un poco… molesta.

—¡Qué vergüenza! ¿Y desde cuándo está sufriendo esa molestia? —bromeó.

—¡Desde que salí de compras el viernes y me abordó un granuja muy descarado! —Eve imitó con soltura a Margaret Wickett en estado de absoluta agitación y se abanicó la cara con la mano—. ¡A dónde vamos a ir a parar!

—Bueno, en ese caso, vamos a llevarla a la cama, querida. —La calmó, cogiéndola en brazos con facilidad y meciéndola contra el pecho por las escaleras, subiendo los escalones de dos en dos—. No me explico cómo puede si quiera respirar con esa ropa.

*Ya habrá tiempo de hablar después... sí, después.*

Empezaba a adorar el pequeño dormitorio del piso de arriba, que habían hecho suyo. Eve hundió la cara en su cuello e inhaló su olor, tan familiar... a sándalo y humo, un almizcle tan masculino que le aceleró el pulso.

—Me encanta cuando haces eso —murmuró él.

—No lo puedo evitar. Hueles divinamente, Julian. —Fue ascendiendo por su robusto cuello, mordisqueándole—. Qué canalla eres.

La dejó de pie y empezó a desnudarla sin dudar un instante, leyendo el deseo en su mirada, que era todo el permiso que un hombre necesita. Los botones de su recatado vestido azul oscuro cedieron y sus dedos se quedaron inmóviles con la primera visión de lo que había debajo.

—¡No puede ser! —A Julian casi se le escapa un exabrupto ante aquella sorpresa.

—Deberías ser más cauteloso si no quieres quedar en evidencia, lord Westleigh.

—Desde luego. —Deslizó el vestido por los hombros y se embebió con la imagen de Eve ataviada con un corsé y unas enaguas rojas de seda. Cuando cayó el vestido, parecía un sueño de rojo escarlata, y el medio corsé le daba el aspecto de una rosa florecida. Su blanca piel resplandecía con los labios y las mejillas arrebatadas de excitación, y él no se molestó en tratar de ocultar que aprobaba aquella osada sorpresa.

Le soltó el pelo, ávido por ver aquellos tirabuzones de seda, color azabache, cayendo en cascada sobre las dulces curvas de su cuerpo recubierto del rojo de las peonías, con los senos realzados por el medio corsé, y los pezones ya tensos y ávidos por que los tocaran. Tiró de los alfileres y los dejó descuidadamente sobre el suelo, en una carrera por mantener el ritmo de su deseo, apartando un largo tirabuzón tras los hombros para rodear la deliciosa órbita de su pecho.

—¡Dios santo, Eve! Eres un sueño por el que un hombre moriría. —La atrajo hacia sí, incapaz de no besarla, enredando las manos entre la pesada maraña de seda de su cabello. Era una diosa pagana vestida del color de las llamas y la sangre y Julian era un guerrero sujetándola, listo para sacrificar todo lo que ella le pidiera por el placer de llevarla a la cama.

Se desembarazó de las enaguas y el miriñaque, y se estremeció cuando vio que había rasgado el delicado blusón.

—¡Maldita sea!

Alzó la cabeza para evaluar los daños, pero ella no lo permitió. Gimoteó y reanudó el beso, hizo que sus manos volvieran a la ávida tarea y extendió el brazo para alcanzar los botones de su camisa. Cuando un botón cayó al suelo, le tocó a ella apartarse, consternada por el percance que había causado.

—Julian, parece que estamos...

—¡Al diablo con ellos! —No podía importarle menos que acabaran desgarrando el uno la ropa del otro en mil pedazos. Incluso una pequeña parte de su pragmática mente apuntó que, si se quedaban sin ropa, el trayecto de vuelta a casa de Shelbrook sería de lo más interesante.

Con la respiración profunda, se desnudaron lo más deprisa que pudieron, y Eve empezó a sonreír conforme las distintas capas de ropa iban cayendo con descuido.

—¿Crees que somos raros por... darnos placer... juntos, de la manera en que lo hacemos, Julian? ¿Es esto... excepcional?

Él se iba abriendo camino, feliz, entre los botones de sus pantalones, en tensión por la erección.

—Somos una pareja extraña, tú y yo.

Eve se quitó las medias y se levantó ante él sin nada puesto, excepto el corsé rojo, con las cintas colgando sobre la curva de sus muslos rozándole el vientre. Ella, instintivamente, supo que le gustaba verla así, y la cara interna de los muslos se tensó por el poderoso deseo de tenerlo ahí. Su cuerpo ya estaba húmedo de excitación.

*¿Cómo le pregunto si es normal que lo desee de esta manera? ¿Si es normal no poder pensar en otra cosa que en el sabor de su cuerpo o en la forma en que me...?*

—Eve —dijo. La última prenda cayó y él se detuvo frente a ella, atractivo y orgulloso, y la prueba de su excitación saltó desafiante en su dirección. Su mirada despidió un destello de lujuria de tal intensidad que a ella se le cortó la respiración.

—Cuéntamelo.

—¿Que te cuente qué?

—Cuéntame exactamente lo que estabas pensando.

El pánico la sobresaltó, recorriéndole todo el cuerpo.

—No podría...

—Cuéntamelo, Eve. Me excita escuchar cada una de tus carnales cavilaciones. Ver esos labios rojos tuyos dando forma a los pecaminosos pensamientos que pasan tras esos ojos.

La atrajo hacia sí, sujetándola, pues tan impetuoso había sido que la había hecho perder el equilibrio. Le puso una mano en su espalda, mientras que la otra se deslizó entre sus muslos para apartarle los rizos y encontrar los suculentos pliegues que tanto deseaba.

—Cuéntamelo todo, Eve.

—¿De veras?

Sus dedos detuvieron la habilidosa exploración, entonces la cogió de la cintura para guiarle la mano hasta su miembro, implacablemente erecto.

—Oh, sí. Cuéntamelo, Eve. Lo he visto en tu mirada, y quiero escucharlo.

—Yo... no estoy segura de poder, Julian.

Deslizó los dedos hacia arriba y hacia abajo, dispersando sus temores mientras el vacío de entre sus muslos empezó a latir rítmicamente, haciendo que le temblaran las piernas.

Ella echó la cabeza hacia atrás.

—Si te ríes...

—Juro que no lo haré.

*Oh, Dios, te creo. Solo tengo que tomar aire. ¿Qué daño me haría?*

—Creo que me has echado a perder. Con cada cosa que haces. Incluso en los salones llenos de corrientes de aire y de ancianas, o en los salones inánimes donde me siento recostándome en la pared, deseando volverme invisible, eres lo único en lo que puedo pensar, en ti como estás ahora. Desnudo y ávido y... listo para que te toque.

Él deslizó los dedos de nuevo entre sus piernas, frotándole el clítoris y abriendo los labios de su sexo.

—Cuéntame lo que deseas, Eve.

Ella alzó la pierna para facilitarle el acceso, y elevó un poco la pelvis de manera instintiva, apretándose contra su mano, mientras, empezó a dejar resbalar los dedos por su miembro.

—Te quiero a ti... quiero que me tomes como me amenazaste que harías... en el jardín, la primera noche.

—¿Sí? —El ritmo de sus dedos se aceleró, pero era como un león de oro aguardando el momento crítico, cuando ella salió al descubierto.

—De pie. Contra la pared. Con el trasero entre tus manos. —Eve jadeó sorprendida al oírse, luego continuó, el fuego entre sus piernas le dio valor, y el calor de su mirada, cada vez más ardiente, la llevó al límite—. Quiero que... acabes lo que iniciaste aquella noche. Por favor, Julian.

Aquello era cuanto necesitaba escuchar. Antes de que pudiera pestañear, él ya había cogido un condón de la cajita y había vuelto para levantarla sin mediar palabra, separándole los muslos y rodeándose la cintura con sus piernas, atravesándola con un rápido envite. Ella gritó al sentir la tensa y dulce mezcla de dolor y placer mientras sus músculos se agarrotaban en torno a su miembro y el clítoris quedaba atrapado contra este. La habitación giró una única vez y comprendió que la había llevado al otro lado del dormitorio, hacia una de las paredes. El impacto hizo que algunos cacharros cayeran de una mesita y algunos cuadros con escenas bucólicas golpearon el suelo, mientras Julian trataba de evitar que ella se hiciera daño con algo.

Eve comprendió que ya no habría más pensamientos. Ni palabras. Cada empellón era tan profundo, tan fuerte, tan poderoso, que no había nada que ella pudiera hacer, excepto agarrarse a él, rodearle la cintura con las piernas y recibir cada una de las desgarradoras embestidas, hasta que conoció una sumisión con la que jamás había soñado.

Ella gritó, y su torbellino interior se tornó tan tenso que no estaba segura de poder apartarse sin quedar aplastada, sin romper irrevocablemente algo dentro de ella. Con la tensión en aumento, sentía como un tornado en sus entrañas. Eve le mordió el hombro para tratar de soportarlo, pero él la disuadió de cualquier control al acariciarle el trasero desnudo con las manos, sujetándola, alzándola un poco más para poder dejarla caer algunos centímetros críticos y sumarlos a la invasión de su cuerpo.

Eve saboreó su sangre y se sometió a los cegadores espasmos del orgasmo, oleada tras oleada, sucediéndose en cascada, atravesándole todo el cuerpo, hasta que se le olvidó cualquier temor y consideración.

—¡Sí, Julian, sí! —volvió a gritar cuando aquella tormenta resultaba demasiado hermosa como para tratar de dominarla, sin apenas oír los gritos de él cuando su orgasmo sucedió al de ella. Eve trató de recuperar el aliento y de no desmayarse.

Él la meció apretándola contra su pecho con las últimas oleadas del orgasmo aún sacudiéndole el cuerpo, y la llevó a la cama. Se hundieron en el suave edredón de plumas y Julian continuó embistiéndola suavemente, notando los espasmos hasta que ella quedó completamente rendida entre sus brazos.

Eve suspiró, con los ojos cerrados, saboreando la felicidad imposible que los unía.

Julian le acarició el pelo, desenredándole los tirabuzones y liando uno de ellos alrededor de su dedo.

—Ah, señorita Reynolds. Tiene usted un gran don de palabra.

Ella sonrió y, con debilidad, logró tirarle del vello del pecho, y se abandonó a aquella fugaz paz durante el poco tiempo que les quedaba. *Ya está bien de hablar. Ahora no. No estoy preparada para dejarle marchar, para permitir que esto se acabe.*

Repentinamente, le sobrevino una sensación de posesión, que la sacó de toda especulación o preocupación. Eve sabía que si se enteraba de los planes de su tío, habría tiempo suficiente para enviarle una carta a Julian. Después de todo, tenía en mente a Hightower y, si la noche siguiente iba tal como su tío esperaba, aquella distracción le daría un par de semanas más con Julian.

*Por favor, Señor, solo un poquito más de tiempo sintiéndome así, sintiéndome como si mi lugar estuviera entre sus brazos.*

———

—Las mujeres son peligrosas, Julian. —Barnaby se inclinó hacia sus cartas vacilante y este trató de no sonreír.

—Quizá, pero no llevan a un final desagradable. —Julian arrojó una carta y cogió otra—. Se me ocurren peores formas de morir, lord Shelbrook.

—¿De veras?

Julian se puso en guardia al notar el extraño cambio de humor de Barnaby. Aquella respuesta no tenía el más mínimo atisbo de ser en broma, sino de llevar el peso de un hombre tratando de resolver un asunto doloroso. *¡Oh, ahora no! En ninguna otra ocasión me ha hecho menos falta un marido celoso...*

—¿Qué quieres decir, amigo mío?

—Aún eres joven, Julian. Sé que piensas que soy una cosa inútil, pero no siempre he sido un idiota. —Negó con la cabeza con tristeza—. Yo he sido todo un hombre.

—Aún lo eres. —Julian dejó las cartas. Fuera lo que fuera lo que Barnaby pretendiera, no era momento de juegos.

—No, ya no. ¡Pero lo era! Cuando me casé con Beatrice, estaba seguro de que lo tenía todo bajo control. No tenía ni idea de que, realmente, había pasado el testigo, como un caballo alazán demasiado ciego como para poder ver el camino.

Julian se removió en su asiento. Las confesiones entre copas siempre lo incomodaban, pero se sentía moralmente obligado a escuchar a aquel hombre.

—Las esposas tienen sus propios medios para conseguir lo que quieren, hasta donde yo sé.

Barnaby se rió entre dientes.

—Oh, sí, conseguir lo que quieren. Esa es una lección que aprenden bien. —Barnaby se rellenó la copa con el decantador que tenía al lado, con el semblante cada vez más sombrío—. No voy a preguntarte si estás utilizando la casa de la calle Bell con alguna muchachita de las de Covent Garden. Me gusta pensar que es así. Diablos, ¡a veces todavía pienso que yo también podría volver a hacerlo algún día!

—Deberías. *Por Dios, ¡hazte con diez amantes! Tu mujer, desde luego, es experta en encontrar sus propias formas de divertirse. ¿Por qué demonios no ibas a poder hacerlo tú?*

Julian empujó su copa para juntarla con la de su anfitrión, aunque no tenía intención de seguirle el ritmo a Barnaby.

Lord Shelbrook negó con la cabeza.

—Ya han pasado seis años, Julian. Hace seis años que compré la casa para la muchacha más dulce que haya pisado este mundo. Era una chica rechoncha, pero, oh, Dios santo, me encantaba su forma de reír y, dijera lo que dijera, siempre se mostraba encantada de escucharme. Yo me ponía a divagar durante horas y ella se sentaba como un alegre pajarillo, tan dispuesta. ¿Te lo puedes imaginar? ¿Una mujer que escucha?

—Estoy tratando de imaginármelo. —Julian le dio un sorbo al brandi—. De veras, Barnaby, esto es...

—¡Seis años! Seis desdichados años desde que la abandoné porque me lo pidió Beatrice, desde que le rompí el corazón a aquella dulzura y la eché. ¡Y aquí estoy, en un hogar de hielo! No debería haber dejado marchar a Polly, Julian. Si llego a saber que esta tortura jamás terminaría, yo también podría haber buscado la felicidad.

Julian no supo qué contestar. ¿Qué se le puede decir a alguien que ha sacrificado a su «pajarillo» para nada?

Barnaby continuó, ningún comentario podría restarle valor a la sabiduría de sus palabras.

—Si tienes alguna oportunidad de ser feliz, Julian, debes aprovecharla. Si la encuentras, esa fugaz y maravillosa oportunidad, te cueste lo que te cueste, ¡no la dejes escapar! Sea lo que sea lo que hagas en la vida, no seas tan cobarde e idiota como para creer que encontrarás a otra igual.

Julian asintió.

—Desde luego que no.

Barnaby abrió la boca para añadir algo más, entonces, la cerró bruscamente con un chasquido audible, con los ojos clavados en la puerta. Julian siguió su mirada y se dio cuenta de que Beatrice estaba ahí, escuchando, inmóvil, con el rostro inexpresivo e impasible.

—Caballeros, ¿les apetece una cena a deshoras, o le digo ya al cocinero que se retire?

Julian se levantó y le hizo un fugaz gesto con la cabeza a Barnaby.

—No, creo que hemos terminado por hoy. Nos vemos mañana por la mañana.

—Buenas noches, Julian. —Barnaby lo despidió con la mano y extendió el brazo para alcanzar el decantador.

—Buenas noches, señora Shelbrook —le dijo Julian tratando de mostrar indiferencia, al cruzarse con ella. *¿Qué has oído, Beatrice? Esperemos que lo suficiente como para que seas un poquito más amable con tu marido. Pero, por tu expresión, creo que soy yo el que está en un hogar de hielo ahora.*

# 17

Lord Westleigh,

Le espero en mi casa esta tarde a las dos para tratar un tema de extrema importancia. Si no lo hace, solo reforzará su pésima reputación. Espero que tenga algo de honor y que acuda raudo.

Señor Warren Reynolds

—¿Qué diablos? —Julian se quedó mirando la carta y la leyó de nuevo para asegurarse de que la había leído bien. Ya tras el tercer repaso, no quedó duda: un hombre al que detestaba lo emplazaba con tono despótico a que se reunieran. ¿Acaso había estado equivocado con respecto a ella? ¿Había llegado el infame momento en que se iban a establecer las condiciones de una extorsión?

Su instinto le dijo que aquel era un giro inesperado. Si Eve era consciente de que eso iba a ocurrir, desde luego no había dado muestras de ello. Y no había mucho riesgo de que lo chantajearan. Conociendo a la opinión pública, Julian sabía que aquel escándalo no ocuparía ni dos minutos del tiempo de la alta sociedad. Reynolds tenía más que perder.

Hasta el momento, Julian había respetado los deseos de su amante y se había mantenido alejado de aquel hombre, pero... el encontronazo era inevitable. Estaba deseando que llegara el día siguiente para reunirse con Eve, especialmente después de «la tarde del satén rojo», tal como él la había bautizado, pero aquello podía cambiar las cosas.

*¡Maldita sea! Reynolds está a punto de entrometerse en mi relación con Eve... Al menos, será una oportunidad de evaluarlo en privado y descubrir qué se trae entre manos.*

Julian agarró el abrigo e hizo sonar la campana para llamar a un coche. Desde luego, intuía que aquella iba a ser una tarde interesante, especialmente si el señor Warren Reynolds seguía vivo a las tres.

Barnett, el mayordomo, lo hizo pasar y Julian se dio cuenta de que, aunque solía ser difícil amedrentarle, como a la mayoría de hombres en su situación, parecía estar fuera de lugar. La casa, ubicada en una zona muy de moda, no decepcionaba, y la planta baja estaba adornada ostentosamente con antigüedades orientales y opulentas telas. Había una sencilla escalera a la izquierda que conducía al piso de arriba, aunque no se podía ver mucho más, ya que las luces allí estaban apagadas. Julian lo observó todo con recelo, consciente de que las cosas no eran lo que parecían con Warren Reynolds, el adinerado industrial.

Lo acompañaron hasta la biblioteca y, allí, aguardándole, no había nadie más que él.

*Un presuntuoso. ¿Verdad que lo es, señor Reynolds?*

—Lord Westleigh. Ha venido. —Reynolds se levantó y rodeó el escritorio para ofrecerle la mano, con expresión severa pero neutral.

*Diablos. Me voy a divertir.* Julian le miró la mano a Reynolds, como si estuviera ofreciéndole un erizo, entonces le lanzó una mirada gélida que achantaría hasta a las almas más altivas, o mandaría a un acreedor llorando de vuelta a su coche.

—Su nota era cuanto menos intrigante y, cuanto más, insultante. Le invito a que me explique qué asunto le da a usted el derecho a emplazarme a una reunión con semejante tono.

Reynolds se encrespó, pero se mantuvo a raya.

—He de disculparme entonces. Pero se trata de un asunto privado que exige su discreción.

Julian eligió la silla más cómoda de la habitación sin ser invitado a sentarse, estirando sus largas piernas para relajarse.

—Veamos pues.

Aquella maniobra provocó una pausa en el discurso de Warren, que se recobró y continuó.

—Tiene que ver con mi sobrina, la señorita Eve Reynolds.

Julian asintió, sin exteriorizar nada.

—Sí.

—La... la quiero muchísimo, lord Westleigh. —Reynolds entrelazó las manos en la espalda y continuó—: Mi cuñada era una mujer muy delicada, y al morir, cuando Eve era muy pequeña, hice todo lo que pude por no perderla de vista ni a ella ni a mi hermano. Naturalmente, cuando él cayó enfermo y me escribió rogándome que me encargara de mi sobrina, no dudé ni por un instante.

Julian no contestó nada. Hasta el momento, los preámbulos no decían nada nuevo.

—Tengo planeado casarla con un buen partido. Las mujeres pueden llegar a ser muy impulsivas y Eve no es una excepción. Pero, por lo general suele ser una chica muy sensata, y depende de ella misma en gran medida. No tengo muchas ganas de que se marche, pero estoy dispuesto a separarme de ella si es por el hombre adecuado.

Julian decidió seguirle la corriente.

—Es una joven muy hermosa.

—Pero me temo que usted no es el candidato, lord Westleigh.

—¿Perdón?

Fueron los años de faroles en las mesas de juego lo que le impidieron mostrarse sorprendido ante aquel giro inesperado en la conversación. Estaba preparado para el chantaje, pero no para estar en una lista negra.

—Un amigo me ha contado que ha mostrado usted interés por ella. —Reynolds dio algunos pasos para volverse con gesto teatral—. ¿Es eso cierto?

*No sabe nada. ¿Es posible que me haya llamado simplemente para decirme que estoy descartado?*

—No voy a engañarle y decirle que no me he fijado en su sobrina, señor Reynolds. Es verdaderamente única, y puede que su amigo esté deseoso de que usted le preste oídos exagerando un par de inocentes conversaciones que hemos mantenido en público —contestó Julian con cautela, reprimiendo una sonrisa de sarcasmo.

El señor Reynolds interpretó el destello de una sonrisa como una buena señal.

—¡Bueno, me siento aliviado! No es mi intención ofenderle. Ya había hablado con Eve sobre este asunto al principio de la temporada social, pero he pensado que, como caballero que es usted, valoraría que fuese directo. Debía asegurarme de que supiera que sus atenciones no son... bien recibidas, señor.

—Ya veo. ¿Puedo preguntar por qué?

—Me han contado... —Reynolds se detuvo y tomó asiento—. Bueno, digamos que, aunque yo estoy seguro de que es usted una persona admirable, otros parecen poner objeciones a las indiscreciones que cometió en el pasado. Y, francamente, me preocupa que a Eve y a mí nos vean con otros ojos si sus relaciones con ella llegan demasiado lejos.

Aquello era como una mala partida. Aquel viejo impostor estaba ahí sentado, en su escritorio, dando lecciones de moral, pero, desde la posición aventajada de Julian, poco podía decir sin desvelar demasiadas cosas. Así y todo, había algo que chirriaba. Su instinto lo puso en guardia, y Julian concluyó que, si aquello se trataba de una trampa torpe, era una de las peores con las que se había topado. ¿Qué tipo de estafador era?

—Quizá podría verla con una carabina para que sus «amigos» no se lleven una impresión equivocada.

—Es una buena propuesta, pero creo que no. —Reynolds se inclinó hacia delante con aire conspirador—. Los dos sabemos que hay hombres capaces de sortear a las carabinas que haga falta cuando lo desean. Aunque usted parece un caballero de lo más honorable, lord Westleigh.

—¿Parezco? —Julian se levantó con agilidad, regocijándose ante el fugaz torbellino de pánico que le atravesó el rostro a Reynolds.

—¡Usted irradia honorabilidad! —Reynolds se levantó también, bajando un poco la cabeza y rodeando el escritorio—. Por favor, disculpe mi forma de expresarme, lord Westleigh. No se me da bien la diplomacia. Pero ya me siento más cómodo con la conversación, ¿usted no? Le pediría que se quedara a cenar, pero vamos a asistir a una cena privada en casa de un viejo amigo esta noche, la del señor Daniel Hightower. Posee una casa muy bonita y mantiene al menos tres coches de caballos en la ciudad.

Julian se quedó observando por un instante la mano que le mostraba el camino hacia la puerta, y comprendió que aquel sapo le estaba invitando a que se marchara.

—¿Hightower? —Julian contuvo la risa. *Pobre Eve. Hightower es un charlatán tan quejica que se le revuelve a uno el estómago*—. Que se diviertan en la velada entonces, y, por favor, dele recuerdos a la señorita Reynolds de mi parte y trasládele mis mejores deseos. —Julian hizo un leve saludo con la cabeza y dejó que Reynolds lo echara.

—¡Sí, sí, por supuesto! ¡Sin resentimiento!

Al salir, Julian comenzó una conversación trivial.

—¿Le gusta la casa? Estaba buscando una y me estaba planteando instalarme en esta calle.

—¡Es extraordinaria! Muy tranquila, a pesar de estar situada en una zona tan concurrida.

—¿No tiene muchas corrientes?

—No, en el piso de abajo no. Mi dormitorio está aquí y resulta bastante cómodo. Eve está en el primer piso y, como es costumbre en las mujeres, se queja por cualquier brisita de nada. Pero la casa es muy robusta, se la recomendaría a cualquier comprador, lord Westleigh.

—Gracias, señor Reynolds. Es usted muy amable.

Julian salió de la casa y subió al coche, donde le indicó al cochero que se diera prisa. El osado plan ya había tomado forma antes de llegar a la puerta de Shelbrook. Julian decidió que pasaría una tarde ociosa en el club. Una vez bien entrada la noche, y cuando Warren y su sobrina se hubieran marchado, volvería a su casa. No sería la primera vez que entraba a escondidas a una casa ajena, y técnicamente, no sería un robo. Pero aún le quedaban un par de cuestiones por resolver y Julian no tenía intención de esperar para darles respuesta. Nada de lo que se había dicho en aquella entrevista tenía sentido y estaba empezando a dudar de todo lo que había supuesto sobre Eve y su tío. Y si hubiera estado equivocado...

Era impensable.

Incluso siendo un *amateur*, Julian tuvo que reconocer que el allanamiento de morada estaba yendo realmente bien. La puerta del servicio resultó fácil de forzar y no se topó con nadie. Estaba preparado para esconderse y evitar a algún sirviente, al propio Barnett, pero no se topó con nadie. *¿Le ha dado Reynolds la noche libre a todo el servicio?*

Se detuvo un momento con aquel pensamiento, pero su plan continuó. La casa estaba a oscuras no habían dejado encendida ninguna luz, así que Julian tuvo que buscar una pequeña lámpara de mano para poder continuar. En la biblioteca, encontró en el último cajón del escritorio el libro de cuentas del señor Reynolds, junto a un montón de cartas sin abrir dirigidas a Eve. Julian reconoció en ellas una letra indudablemente femenina y se preguntó quién sería la señorita Jane Kingsely de Warring Cross, Inglaterra, que precisaba que su correspondencia fuera interceptada.

No obstante, fue el libro de cuentas lo que decidió extraer y estudiar. Analizó los números, preguntándose por el significado de los códigos que había junto a la mayoría de las entradas. Parecían iniciales, pero estaban intercalados con números romanos y con algunos apodos extraños. Ignorando por el momento aquel entresijo, Julian sabía que los números, probablemente, le aclararían toda aquella historia.

*Al parecer, es mejor jugador de lo que Andrews pensaba, o lo es Eve.* Había más de veinte mil libras en el haber. Julian agitó la cabeza con incredulidad y lo cerró cuidadosamente, devolviéndolo a su sitio en el escritorio de Warren. *¿Qué demonios estoy buscando? ¿Trato de demostrar que estos dos han venido a Londres para hacer fortuna? Difícilmente. Quiero descubrir la trampa que Reynolds intenta tender con tanta torpeza. Quiero probar que ella no se halla implicada; que con este juego al que está jugando conmigo no me va a dejar como un estúpido.*

Salió de la biblioteca y pasó junto a la habitación del tío para subir al piso de arriba. En cuando llegó al descansillo y se dejó de ver el piso de abajo, desaparecieron los lujos. Ni mesas repletas de antigüedades, ni un cuadro, ni una sola planta decoraban el vestíbulo. Sobrecogido, y olvidándose por un momento de toda cautela, probó las luces de gas y los interruptores de la electricidad y descubrió que no funcionaban. *¿Cómo demonios puede alguien no tener luz eléctrica en estos tiempos? ¡Maldito bastardo avaro! Esta mañana, cuando estuve abajo, todo estaba lleno de lámparas. Ha cortado el suministro en los pisos de arriba...* No es que aquello fuera lo peor que aquel hombre pudiera hacer, pero a Julian le irritó de forma irracional aquel descubrimiento. ¿Qué era lo que había dicho? ¿Algo sobre que las mujeres se quejan por cualquier brisita de nada?

La inspección se desarrolló con celeridad, dado que la mayoría de las habitaciones estaban vacías, y los escasos muebles, cubiertos con guardapolvos. Resultaba lúgubre ver los candelabros aún envueltos en telas para protegerlos del polvo, con unos lienzos blancos que colgaban, como fantasmas mudos de los antiguos dueños, en otro tiempo orgullosos de la casa. Sin duda, habían puesto en alquiler la mansión para cubrir sus deudas o para aumentar sus ingresos y Reynolds había sabido sacar buen provecho de ello.

Finalmente, Julian dio con una habitación al final del pasillo que debía de ser la de Eve. Era la única que estaba en uso, y Julian se mordió los labios disgustado, al recordar que el hombre le había contado que su dormitorio se encontraba en la primera planta. ¿Pero cómo era posible que aquella fuera la habitación de Eve?

Se quedó boquiabierto al ver la espartana bienvenida que le dio el dormitorio. Estaban a finales de junio, pero la habitación conservaba un helor que contradecía la existencia del verano. Había corrientes de aire, era muy sencilla, de hecho tenía un aspecto verdaderamente miserable, a ojos de Julian. Jamás en toda su vida se había preocupado por la decoración, pero aquel dormitorio le provocó un dolor en el pecho procedente de una emoción indefinida.

*No hay volantes. Ni rastro de porcelanas, ni de vasijas de cristal ni cosas del estilo de las que supongo que ninguna mujer puede prescindir. Maldita sea, ¿y las flores? ¿Dónde demonios está la alfombra y la colcha con lazadas, y...?*

El tocador atrajo su atención y se acercó para observar lo que contenía. Era tan sombrío como la habitación, y aunque hasta aquel momento nunca se había detenido a pensar en todas las naderías que las mujeres acumulan, había algo deprimente en su cepillo del pelo y en su pasador, cuidadosamente colocados. Abrió los cajones y se dio cuenta de que, realmente, no había joyas propiamente dichas, solo un sencillo relicario, con un pedacito de lazo azul y unos pendientes de oro a juego que, tal como recordaba perfectamente, había llevado aquella tarde de lluvia; a Eve le favorecía el abalorio de ónice tallado de su cinta azul.

*Una mujer como esta debería ir cubierta de diamantes.*

No había ni rastro de su espíritu en aquel lugar. Se dirigió hacia una puerta que parecía ser la de un vestidor y, en lugar de ello, se topó con un excusado y una bañera. De nuevo, estaba ordenado y limpio hasta el punto de dar sensación de esterilidad. Una pastilla de jabón atrajo su atención y él la asió para inhalar aquella magia tan familiar de la flor del azahar y la madreselva. Cerró los ojos, rememorando la sutil fragancia dulzona que su piel exhalaba cuando alcanzaba el clímax entre sus brazos. Abrió los ojos. Iba a dejarla donde la había cogido, pero se le resbaló. Al ir a recogerla, se percató de que las juntas de las baldosas del suelo eran irregulares. Julian frunció el ceño al percatarse de la diferencia e, impulsivamente, dejó la lámpara para poder arrodillarse y echar un vistazo más de cerca. En unos segundos, las baldosas cedieron a la presión de sus dedos y descubrió que, debajo, había un hatillo rodeado con una cinta. Apartó con cuidado las baldosas, consciente de que si rompía uno, perdería cualquier esperanza de marcharse sin ser descubierto. Sacó el hatillo y deshizo el nudo del lazo azul, percatándose de que era del mismo tipo que el que llevaba dentro del relicario. *¡Qué extraño, que inusual gesto de melancolía, encanto!*

En su interior había decenas de pequeños tesoros envueltos en trapos, y desenvolvió un par de ellos para descubrir asombrado que se trataban de pendientes de diamantes, broches de azabache, colgantes de esmeraldas y todo tipo de joyas delicadas. Había incluso pequeños saquitos con piedras sueltas, y rubíes del tamaño de guijarros que resplandecían y destellaban bajo la luz de la lámpara. Bagatelas de todos los tipos completaban el hatillo y, al fondo, incluso dio con un par de pagarés de juego y una cajita de madera destartalada con un dibujo infantil de un pájaro en la tapa.

Esperaba que, dentro de la cajita, hubiera diamantes pero, en su lugar, casi la dejó caer cuando halló un minúsculo huevo moteado, un cepillo para el pelo estropeado, dos plumas, y un anillo de oro infantil.

*Eve Reynolds, encanto, al fin creo que sé algo más de ti, después de todo.*

—¿Qué estás haciendo aquí?

# 18

Él se volvió para mirarla, y se sintió atrapado y estúpido. Sus tesoros estaban desparramados junto a sus pies y la expresión de su rostro estaba velada de dolor y de sorpresa ante semejante invasión de su intimidad. *¿Qué decían los ladrones en una situación como aquella? ¡Oh, Dios mío! ¿No has vuelto muy pronto a casa?*

—Tu tío me ordenó que me reuniera con él esta tarde. Confieso que volví para asegurarme de que no se me había pasado nada por alto de la conversación que mantuvimos.

—¿En mi dormitorio?

Él suspiró y bajó la voz.

—No es la mejor de las estrategias. Quería tratar de descubrir la verdad y comprobar si te habías hecho con pruebas para mostrárselas después a tu tío, o si llevabas un diario para tener evidencias de nuestra relación.

—¿Tan... tan mala impresión tienes de mí?

—No... ¡no! Maldita sea, mujer. Todo esto es culpa tuya. No me quieres contar nada. Tu tío tiene una torpe estratagema entre manos, pero tú te niegas a contarme de qué se trata. Estoy al tanto de lo suficiente como para saber que no puedo mantenerme al margen por más tiempo. Y cuando tu tío trató de tensar la cuerda conmigo esta tarde, decidí que era el momento de descubrir la verdad. Merezco saber a qué me estoy enfrentando, Eve.

—¡Mereces que empiece a gritar hasta que se te caiga la casa encima! —Corrió y cayó de rodillas y, con manos temblorosas, recogió sus cosas, volviendo a envolverlas lo más rápidamente que pudo—. ¡No tenías derecho a tocar mis cosas! ¡No tenías derecho!

—Cierto. —Se arrodilló junto a ella, tratando de ayudarla, pero se detuvo sabiamente cuando, al devolverle la cajita de madera, ella le dio un golpe en la mano—. Un lugar extraño para guardar tus joyas, Eve. ¿Te preocupa que el personal te sise las baratijas?

Ella lo fulminó con una mirada venenosa y terminó envolviéndolo de mala manera en el paño, apretándolo contra su pecho al levantarse.

—Como habrás podido comprobar, aquí no hay nada tuyo, ni ningún diario, ni las tonterías que estuvieras buscando, así que ¡ya te puedes ir!

—No hasta que no me cuentes qué os traéis entre manos tú y tu tío. No hasta que comprenda por qué ese hombre parece saber tanto sobre mí, pero no sabe nada de nosotros. —Se levantó del suelo, sentándose en el borde de la bañera para no estar por encima de ella y parecer bravucón—. ¿Por qué, Eve, cuando el camino más fácil para hacer fortuna, si es lo que buscáis, es un chantaje?

Ella se quedó inmóvil, con una expresión ilegible en el rostro.

—Supongo que he tardado toda una vida en acumular todo esto. Muy bien, lord Westleigh. Tampoco es que tuviera previsto tener que darle explicaciones a ningún allanador de moradas.

—No es mi principal ocupación, señorita Reynolds, pero no se me ocurría otra forma. ¡Y lo cierto es no me ha resultado muy difícil entrar! Tu tío debería tener más cuidado.

Ella se arrodilló para volver a colocar el hatillo en su escondrijo.

—Si llega a sospechar que ibas a hacer algo así, probablemente le habría dado instrucciones al servicio de que te dejaran entrar únicamente para poder pillarte con las manos en la masa y chantajearte después con que le pagaras para evitar el escándalo. Tampoco creo que fueras a doblegarte tan fácilmente, pero tienes suerte de que hoy esté tacaño y que haya mandado a todo el servicio a casa. Solo se ha quedado el viejo Barnett para atender la puerta, y apuesto a que se ha quedado dormido en la despensa escuchando la campanilla.

—¿Y dónde está tu tío ahora?

—Llegará en cualquier momento. Me ha mandado antes a casa en un coche que ha pedido, sin duda para entretenerse con el brandi y ver si se puede camelar al señor Hightower para que nos invite a alguna otra fiesta encantadora. —Se levantó y cruzó los brazos—. Ahora debes irte mientras puedas. Te recomiendo la ventana.

—Eve, cuéntamelo. —Se quedó quieto y aguardó—. Todo.

Por un instante, creyó que lo rechazaría y que empezaría a gritar. Pero, entonces, la discusión se deshizo en su mirada y ella se sentó con el rostro inexpresivo en un taburete junto al perchero. Al verla derrotada, se quedó abatido y Julian lamentó haberle hecho todas esas preguntas que ya no podía retirar. Quería estrecharla entre sus brazos y aliviarle el dolor que le había causado, pero ya era demasiado tarde y necesitaba saber lo peor.

Tomó aire profundamente y empezó a relatarle todo con serenidad.

—Jamás he tenido intención alguna de sobornarte. No quería... que ningún aspecto de mi vida tuviera nada que ver con lo que nosotros... Pensé egoístamente que podría hacer lo que quisiera sin que mi tío se entrometiera, sin que lo estropeara todo. Pero me equivocaba.

—Aún no lo ha estropeado. Pero puedo ver por qué querías mantenerlo alejado de esto.

Ella se encogió de hombros.

—No es ningún ogro, pero tiene una habilidad extraña para saber cuándo debe... ¿cómo dijiste tú? Oh, sí, «tensar la cuerda».

—¿Entonces es una expresión acertada?

—Muy sagaz por tu parte. —Ella enderezó la espalda, mostrándose de repente majestuosa en el escenario imposible de su cuarto de baño.

—Él quiere que me mantenga alejado. No es que sea el primer hombre de una familia que me haya pedido algo así pero, sinceramente, tampoco me lo esperaba del señor Warren Reynolds, el adinerado industrial.

—Tómatelo como un cumplido. Por mucho que alegue que es por tu mala reputación, yo diría que te quiere lejos porque no eres alguien a quien pueda manipular. Me pregunto si una parte de él intuye que lo descubriste haciendo trampas en la Cabeza del Jabalí, y tan solo trata de protegerse. Aunque, a decir verdad, tú eres demasiado audaz y experimentado como para servirle para sus fines, Julian.

—Bueno, si es así, me siento mucho mejor. Supongo que Hightower es más de su gusto.

Ella asintió con aire sombrío.

—Exactamente.

—¿Cómo te metiste en todo esto? —le preguntó.

—Mi padre jugaba. Era un jugador muy risueño, temerario y bribón. Yo no lo sabía, era demasiado pequeña. Lo adoraba, lo asesinaron en Atenas cuando alguien descubrió que llevaba cartas en los bolsillos, y mi tío me acogió.

—¿Cuántos años tenías?

—Dieciséis. —Ella agitó la mano para dejar pasar el tema—. No importa. Mi tío me acogió y las cosas cambiaron. Adquirí conciencia del tono delictivo que había adquirido mi vida, y cuando tenía diecisiete años, mi tío se percató de que se me daban bien las mesas de juego. Desde entonces, le he reportado muchos ingresos. Plantarle cara no es... tan fácil como piensas. Mi tío Warren tiene un talento especial para salirse con la suya y lo miro y... trato de no ver en él a mi padre, y desearía que las cosas fuesen distintas.

—¿Y ahora? —le urgió Julian con suavidad.

Ella alzó la mano.

—Todo acabará cuando haya terminado esta temporada. Estoy ganando todas estas joyas con las cartas, con disimulo, y sin que él lo sepa, así que pronto tendré suficiente para deshacerme de la cuerda de una vez por todas.

—¿Cómo apuestas en los juegos, si tu tío no lo sabe?

—Sabe algo, pero no sabe lo de las joyas. Ninguna mujer se juega una joya, a menos que haya algo reluciente que ganar. Le robé unas cuantas gemas a una condesa francesa. No es que esté orgullosa de eso, pero ella.... Francesca y mi tío se parecían mucho y cualquier mujer que disfrute con el sufrimiento ajeno puede soportar perder unas cuantas piedras de colores, en mi opinión.

—¿Y el plan?

—Cuando haya acumulado suficiente como para que ni el más mínimo obstáculo pueda impedir que pase, me escaparé. ¡Estoy en territorio inglés al fin, Julian! Durante años y años, he soñado... —Ella cerró los ojos un instante, y a él le pareció que estaba tratando de decidir hasta dónde contarle. Finalmente, abrió los ojos y resplandecieron con tal hilo de esperanza que le robó el aliento—. Encontraré una casa para mí en algún lugar de la campiña. Si el dinero me llega, ¡la compraré! Una casita de campo donde haya árboles y un pequeño jardín en el que pueda cultivar rosas y malvarrosa o lo que quiera, o me daré cuenta de que no sé cultivar nada y ahogaré las plantas... —Sonrió—. Todo mío, una vida sencilla en la que nadie pueda encontrarme y donde pueda dejar esto atrás. Ya sé cómo debe sonarte todo esto, pero caminaré por el césped, me mancharé el vestido y lo tocaré con las puntas de los dedos, aprenderé a hacer tartas y él jamás volverá a utilizarme en su propio provecho. Nadie lo volverá a hacer.

Ella se puso frente a él, como una orgullosa guerrera impasible, preparada para despedirse y ayudarle a salir por la ventana y escapar. *Dios, mujer, haces que me entren ganas de castigar a tu tío. Creo que podría hacerlo por el mero placer de asegurarte la paz con la que tanto sueñas. Más adelante.*

—Cuéntame cómo lo haces. ¿Con juegos de manos? ¿Haces marcas en las cartas?

—No hago trampas, lord Westleigh. Jamás las he hecho.

—Entiendo.

—¿De veras?

Julian dejó el tema, por no desviar la conversación.

—Me sorprende que, con los aires de respetabilidad que se da, no haya insistido en que tengas una carabina, Eve.

—Las carabinas dan más problemas de los que resuelven. Es difícil dar con una en la que se pueda confiar y que no se percate de la posibilidad de hacernos chantaje, dado que él es un perpetuo impostor. El riesgo es demasiado elevado. Confía en mí, mi tío me vigila de cerca y elige las citas a las que acudimos con cautela. Además... —Se interrumpió.

—Vamos, no te detengas ahora, Eve.

—Cualquier hombre que trate de extralimitarse puede ser identificado por mi tío como un posible candidato del que obtener más beneficios. No... no quiero hablar de ello.

—No me importa. Cuéntamelo.

—Estoy segura de que puedes adivinar el resto.

—No me gustan las adivinanzas.

—Les tiende una trampa y luego intenta cazarlos tratando de... comunicarme su pasión. Por lo general, suelen pagarle para evitar el escándalo.

—Interesante.

—¡No tiene nada de interesante, Julian! —Tomó aire profundamente—. No quiero que pienses que he... Jamás le he permitido a nadie... acercarse a mí tanto hasta ahora. No estaba contigo como parte de ninguna estratagema.

—Te creo. Pero, Eve, a menos que esté poco ducho en ciertos aspectos prácticos, cuando llegaste a mí, no eras virgen.

—¿Acaso importa?

—No lo sé. ¿Importa?

—Tenía diecinueve años. Era una estúpida. Creía haber conocido al hombre de mis sueños en Venecia y que me llevaría con él y me daría una nueva vida. Es una vieja historia, pero me prometió que se casaría conmigo.

Su mirada no mostraba arrepentimiento.

—Fue... un desastre. Mi tío me acogió de nuevo y me perdonó, pero siempre se ha ocupado de que no me olvide de la mayor estupidez que he cometido.

Julian extendió el brazo para acariciarle la cara suavemente, deseando poder tener algo oportuno o reconfortante que decirle, para aliviar la incómoda pena que desprendía su mirada al recordar todo aquello. Ella apoyó la mejilla en el cálido pozo de su mano, y él sonrió.

Eve lo miró a través del negro velo de sus pestañas, con un destello de audacia creciente en la mirada.

—¿Le importaría relatarme su horrorosa primera vez, lord Westleigh?

—¡Jamás!

—En cualquier caso, tras aquel tropiezo, decidí que lo mío no era la pasión. —Hizo un gesto de desagrado.

—En Venecia, ¿eh? Debería encontrar a ese hombre y matarlo.

Se levantó del taburete y se apartó para que él no descubriera las lágrimas que la cegaban. Antes de que él tuviera tiempo a levantarse para seguirla, ella se volvió de nuevo, y recuperó el control.

—Eso es lo peor de todo, Julian. Tú ya conocías todos sus secretos, las trampas, las mentiras sobre su situación, sus sórdidos planes. Y ahora también sabes los míos. Puedes salir de aquí indemne sin que él se entere de nada.

Julian ladeó la cabeza, sopesando las implicaciones de todo lo que le acababa de contar. Apenas podía creerlo. Que no tuvieran dinero, cuando aquel falso industrial era la personificación del perfecto acaudalado. ¿Quién diablos iba a culparla por no haber alertado a su tío sobre las posibilidades que él ofrecía? Desde el primer momento había estado ciego de deseo por ella y se había merecido caer en alguna estratagema. Su tío podría haber descubierto que era imposible extorsionar a un hombre al que le encantan los escándalos y que tiene los bolsillos vacíos, pero Eve no podía saberlo. *Quizá perder no sea tan malo, después de todo. Y si alguna vez hubiera alguna damisela en peligro...* Se levantó lentamente y se abotonó la chaqueta.

—Me gustaría proponer otro final distinto a nuestra relación, señorita Reynolds.

—¿Qué?

—Proponerte un negocio.

—¿Un negocio? —Volvió a cruzar los brazos, cautelosa y muy atenta.

—Solo negocios. —Tomó aire profundamente, luego, suspiró—. Yo no tengo tu suerte y últimamente ando con los bolsillos algo vacíos. La fortuna no me ha sonreído, y no se puede vivir de los títulos, del atractivo y del encanto para siempre. Así que, he ahí mi propuesta. Te ayudaré a escapar de tu tío... por un precio.

—¿Por un precio? —le preguntó sorprendida.

—No confiarías en mí si no mirara por mis propios intereses.

—Veamos.

—Por un porcentaje de las ganancias que atesoras, yo me ocuparé de tu huida. Te «raptaré», te llevaré a una de las propiedades de mi familia y te daré el título de propiedad de una casita que tengo. No es nada del otro mundo, pero todos dicen que Devon es muy bonita.

Se quedó boquiabierta, pero se recompuso rápidamente.

—¿Me la darás sin más? ¿Una casa?

—Por algunas de esas alhajas, recuerda. Nada es gratis, señorita Reynolds.

—¿Cuántas? ¿Qué porcentaje tienes en mente?

Él se encogió de hombros.

—¿Importa eso? —dijo cambiando de tema, observándola detenidamente—. Venga, señorita Reynolds. Esta es una oferta única y fugaz. Con un intercambio, te aseguras la libertad y, francamente, la mía, si aceptas mis condiciones. ¿Qué me dices?

—Digo... —Dio un solo paso hacia delante—. Necesito tiempo para terminar lo que he empezado con las damas.

—Es peligroso prolongarlo por más tiempo, Eve.

—Lo sé. Pero tengo que vivir el resto de mi vida con lo que me lleve ahora, Julian. He jurado dejar de jugar tras la temporada social.

—¿Cuánto tiempo necesitas?

Ella hizo un cálculo rápido.

—Una semana.

—Muy bien. Nos iremos dentro de una semana. Mientras tanto, continuaremos con nuestra rutina, aunque ya es demasiado peligroso seguir viéndonos en la calle Bell, pero haré todo lo posible por encontrarte.

—Mañana... necesito verte, Julian.

Él pudo leer la duda en su rostro.

—No creo que sea seguro. Como muy tarde, nos veremos el sábado en la fiesta en casa de lord Andrews, aunque no puedo prometer que me comporte.

Quiso besarla y marcharse, pero después de todo lo que había pasado entre ellos, perdió los papeles al primer roce de sus labios. Anuló todo atisbo de lógica, de razón, y de juicio de un hombre que se vanagloria de sentir desapego hacia todo. Fue un beso como el primero, cuyo sobrecogedor calor y dulce fuego lo sorprendieron. *Juro que podría pasarme la vida entera haciendo esto... ¡lo haría!*

Era suya, se entregaba por completo, y él saboreó la espiral de sensaciones que su abandono evocó en él. Completamente en silencio, el abrazo fue más allá del beso y perdió la noción de dónde acababa él y dónde empezaba ella. En la habitación resonaban sus alientos. La abrazó con fuerza, incapaz de ser el primero en separarse.

Finalmente, ella lo empujó, jadeando y con el color arrebatado.

—Julian, márchate.

Él cedió, desconfiando de que su voz fuera capaz de contradecirla. Su tío llegaría en cualquier momento y todo se iría al garete si los cazaba ahora. Con una última sonrisa, subió a la ventana y salió a la terraza, dirigiéndose hacia el exterior de la casa. *No se me da mal la escalada. Uno puede llegar a acostumbrarse a interpretar el papel de héroe.*

Eve se sentó estupefacta, una nube ensombrecía sus pensamientos, se aseguró de que su escondite seguía siendo invisible. *¡Qué giro más inesperado del destino!* Ella había confiado en él casi desde el principio, y ahora su vida estaba casi por completo en sus manos. Aguardó a que la invadiera el temor, pero no llegó. Se sentía entumecida. Había cientos de posibles finales, la mayoría de ellos atroces. En los siguientes días se decidiría su destino.

Podía ser que él simplemente desapareciera. Podía ser que la traicionara ante su tío tras hacerse con su parte. Podía herirla de más formas de las que podía imaginar. ¿Por qué arriesgarse? *Porque confío en él más que en ninguna otra persona. Porque le he dejado entrar. Porque le he hablado de casitas de campo con jardines y estúpidas ensoñaciones sobre caminar sobre el césped verde. Porque me he enamorado de él.*

La verdad la dejó desolada y cayó desplomada sobre el suelo, con el vestido desparramado a su alrededor. *La verdad, al fin. Soy una completa estúpida y estoy locamente enamorada de un rufián confeso e impenitente. ¡De un jugador, ni más ni menos! ¿Y qué es eso, comparado con un pedacito de felicidad y estabilidad? Ahora, independientemente de lo que ocurra, no puedo ganar. Mis bolsillos podrán estar a la altura de las joyas y del oro de los demás y huiré de mi tío, pero perderé, porque he entregado mi corazón.*

Ya no quedaba nada. Eve hundió la cara entre las manos y lloró desconsoladamente hasta que ya no pudo llorar más.

La supervivencia parecía un objetivo menor a la luz de aquella nueva revelación, pero ya no había vuelta atrás. Había previsto cualquier final excepto aquel. Ahora cogería lo que pudiera, en el sentido más literal de la palabra, rezaría para que él cumpliera su parte del acuerdo y seguiría su plan original.

*¿Y qué pasará cuando llegue el momento del adiós?*

Sabía que tendría que jugar a aquello como si fuera la partida más importante de su vida y jamás permitiría que se enterara de lo difícil que le iba a resultar dejarle marchar.

# 19

Esta vez la reunión de los martes estaba algo más concurrida. Eve casi se alegró de verlas a todas, y se perdió entre emparedados de pepino, pastas, repostería y el mejor jerez de lady Morrington. Aquel tranquilo juego se había vuelto muy popular, pues el dinero llama al dinero. Era la última vez que jugaba con ellas y, al pensarlo, se puso nostálgica. Aquellas damas habían sido muy amables y le gustaba jugar con ellas, a pesar de la presión de su tío y de la tensión a su alrededor. Había jugado hasta el final y, cuanto más altas eran las apuestas, más parecían disfrutar las mujeres con su traviesa afición. Hubo una conversación que le había impactado.

—Nos encanta desobedecer a nuestros maridos, ¿verdad? —había comentado la señora Seward y ellas le habían dado la razón, felices, doblando sus apuestas de buena gana. *La rebeldía y el pecado son una potente combinación cuando se perpetran en buena compañía.*

—¿Quiere repartir, señorita Reynolds?

—Oh. —Eve se volvió a centrar en el juego. Se habían repartido por parejas para echar una partida de *whist,* y ella recordó que era la última oportunidad que tenía de tentar a la suerte.

—No, lady Shelbrook. Debo confesar que hoy me siento un poco torpe, y usted es mucho más rápida.

—¿Ah, sí? —Lady Shelbrook enarcó una de sus perfectas cejas y barajó las cartas, iniciando el juego—. Creo que juega... bastante bien, para ser tan joven.

Eve soltó una carcajada sincera.

—¡Y yo creo que también usted es demasiado joven para decir cosas tan sabias!

—¿De veras lo cree?

La sonrisa de Eve se deshizo al notar el hiriente tono de su pregunta y, de repente, dudó de si lady Shelbrook era amiga o enemiga. *No es tu amiga. Ninguna lo es y he sido un estúpida al olvidarme de ello. Cuidado.* Eve analizó a la hermosa mujer que tenía delante, aquella aristocrática criatura de gélidos ojos azules vestida de amarillo claro y lazos blancos. *Todo jugador tiene un punto débil. ¿Es el tuyo la vanidad?*

—He hablado con sinceridad y sin pensar, lady Shelbrook. Me parece encantadora y me he olvidado de la prudencia.

Beatrice se encogió de hombros haciendo caso omiso de aquellas palabras, metió la mano en un bolsillo oculto y extrajo un broche de diamantes. Lo arrojó con descuido sobre la mesa que las separaba.

—¿Qué tal esto como apuesta inicial?

Eve se quedó sin aliento. El carísimo fulgor de aquellas piedras no dejaba lugar a dudas. Se trataba de una joya sensacional de un valor incalculable. Miró a lady Shelbrook, más cauta que nunca con aquella arriesgada apuesta. No le quedaba otra opción que proceder con delicadeza. Algo ocurría, pero Eve no sabía qué.

—Parece una pieza con valor sentimental. Quizá prefiera no...

—No significa nada para mí. —La rubia dama se inclinó con aire confidente—. ¿Me permite confesarle algo? En el mundo no hay nada más dulce que la venganza.

—Oh. —Eve no supo qué decir. Miró a las mujeres al otro lado de la sala, demasiado lejos para oírlas, hecho que agradeció. Independientemente de cómo terminara todo aquello, no le hacía falta ningún público.

—Mi esposo es un estúpido, así que me juego sus regalos. Es lo menos que le puedo hacer al pobre ¡Y me ayuda a pasar el rato!

—Es... de lo más creativo por su parte.

Algo debió de desvelar su rostro, pues lady Morrington cruzó la habitación y se acercó a la pareja.

—¡Me alegro tanto de que se estén haciendo amigas! Porque, Beatrice, tienes que contarnos a todas lo mucho que te has divertido teniendo un invitado en casa durante toda la temporada social!

Le lanzó a Eve una jovial y maliciosa mirada y, antes de que esta se preguntara a qué se debía, lady Shelbrook le dio todas las respuestas, y ocultó discretamente con la mano el broche que había sobre la mesa para que lady Morrington no lo viera.

—¡El conde de Westleigh ha sido una delicia! —Su mirada era orgullosa y, de repente, Eve se acordó de la primera vez que había visto a Julian Clay.

—Le dijo a lady Morrington que era un perfecto caballero —repitió suavemente, pero se percató de que estaba hablando en voz alta y el recuerdo se esfumó... Era el retazo de una conversación a la que apenas había prestado atención en su momento. Su querida celestina no tenía ni idea de nada, y Eve estaba atrapada en su silla.

Un marido celoso le había pegado un tiro y las damas no se habían mostrado sorprendidas, y hacían hincapié en ello cuando hablaban del conde. Incluso su tío se había percatado de su afición por las mujeres casadas. *¿Cómo he podido ser tan estúpida como para no darme cuenta? ¿Cómo se me ha podido pasar por alto dónde pasaba la noche?... Oh, Dios.*

—Así es, pero, aunque no lo fuera, ¿qué mujer podría quejarse de tener cerca a un hombre tan apuesto? —bromeó Beatrice, y las demás señoras comenzaron a reírse con disimulo por el escandaloso tono de la broma de lady Shelbrook—. ¿No está usted de acuerdo, señorita Reynolds?

*Es un juego. No dejes que te ponga nerviosa.*

—Por supuesto. Recuerdo que la señora Cuthbert dijo que cualquier mujer se sentiría atraída por él. —Una manera bastante inocente de desviar la atención, pero la expresión de lady Shelbrook adquirió cierto tono gélido.

—¿Le ocurre a usted?

—¿Si me ocurre qué, señora? —preguntó Eve.

—¿Se siente atraída por él?

Eve trató de mostrarse indiferente, pero lady Morrington se empezó a reír, ajena aún al veneno que se estaba esputando sobre la mesa.

—¡Pues claro que sí! ¡Mi querida cosita! Y él por ella ¡si me permite el comentario!

—¿Otra mano, lady Shelbrook? —propuso Eve, recogiendo las cartas. Lady Morrington regresó feliz con el grupo que había abandonado temporalmente, volviendo a dejarlas solas para que prosiguieran con el juego.

—¿Y bien? —Lady Shelbrook desplazó la mano y destapó el broche.

—No tengo nada que pueda igualar eso. —Eve iba a dejar las cartas boca abajo para retirarse, pero Beatrice extendió el brazo sobre la mesa para agarrarla de la muñeca. Sus manos, de aspecto delicado, no desvelaban su vigor y Eve hizo un esfuerzo por no esbozar una mueca ante el agudo dolor que la presión de los dedos de lady Shelbrook infligían sobre su piel. A continuación, le puso el broche en la palma de la mano.

—Yo creo que sí, señorita Reynolds.

—No, le aseguro que...

—Te lo doy si me juras no volver a verlo jamás.

Aquello hubiera sido como una pesadilla si no llega a ser por el hecho de que Eve estaba bastante segura de que, en una pesadilla de verdad, habría olvidado vestirse.

—No estoy segura de lo que...

—Tiene un valor desmesurado. Piénsalo detenidamente, niña. No volverás a ver nada parecido en toda tu vida.

Los dedos de la mano libre de Eve se encogieron espontáneamente alrededor del broche, su peso resultaba hipnótico. *Es lo que necesito, justo aquí, en la palma de mi mano.* Se obligó a abrir la mano y los dedos le temblaron al soltarlo y dejarlo de nuevo sobre la mesa.

—No es de mi propiedad, por lo que no puedo jugármelo, lady Shelbrook, aunque me gustaría que no fuera así. Y sospecho que usted tampoco puede mantenerlo a su lado. —Lady Shelbrook le soltó la muñeca, molesta, y Eve recogió sus ganancias y se levantó de la mesa con la mayor elegancia que pudo. Aun sin el broche de diamantes, había sido un día increíblemente provechoso—. Gracias por la velada, ha sido una tarde encantadora. —Horrorizada, se vio obligada a marcharse precipitadamente de la reunión, sin despedirse de aquellas damas encantadoras que le habían brindado la oportunidad que necesitaba para intentar iniciar una vida propia.

Se dijo que más adelante les escribiría, a todas, especialmente a su querida lady Morrington, que tanto había mirado por ella pero, ahora, no había nada más acuciante que la seguridad del coche de caballos y alejarse de la vengativa amante de Julian. Eve bajó corriendo por las escaleras y, por un momento, sintió el impulso de pedirle al cochero que la llevara a la calle Bell. *No va a estar allí. Dijo que no era seguro.*

Sospechaba por qué: lady Shelbrook. Eve subió al coche y se sentó lanzando un suspiro. Pero, antes de que echara a andar, alguien golpeó la portezuela con fuerza y a Eve casi se le escapa un grito de susto cuando se abrió.

Lady Shelbrook apareció por la ventanilla irradiando una furia gélida que hizo que a Eve se le empañaran los ojos. Aquella mujer era temible, y ella solo tenía una milésima de segundo para decidir su estrategia.

Lady Shelbrook siseó.

—Eres una de esas tramposas, ¿verdad? Haces trampas con las cartas y te llevas todo lo que cae en tus asquerosas manos. Bien, sé lo que eres, señorita Reynolds y voy a avisar a la policía.

—Yo no he hecho trampas en mi vida, lady Shelbrook, pero usted tiene poder para difamarme a su antojo y no voy a tratar de disuadirla. La gente dará más credibilidad a su palabra que a la mía. Pero no es por las cartas, ¿verdad? Por favor —tomó aire profundamente y los ojos se le llenaron de lágrimas—, me... dejó el martes pasado.

Lady Shelbrook contuvo la ira y su mirada adquirió un tono calculador.

—¿De veras?

—Lady Morrington ha hecho tanto por mí. No soportaba tener que contarle que jamás fui correspondida.

—¡Mientes! ¡Sé que te has estado encontrando con él en la calle Bell!

—Me... me dijo que me enseñaría a jugar bien a las cartas. Quería ganar dinero suficiente para... —Eve alzó el mentón—. ¡Mi tío no aprueba a las artistas! Quería ganar dinero suficiente para volver a Italia y estudiar pintura, y lo hubiera hecho, pero ahora... he mejorado en el juego, ¡eso es todo! ¡Pregúntele a lady Morrington! —Empezó a llorar—. He mantenido lo de las clases en secreto, ¡pero no debería haberlo hecho! Luego, en nuestro último encuentro, él...

—¿Él? ¿Él qué?

—¡Intentó besarme! —murmuró indignada y se recompuso para continuar—. Y como no quise, me dijo que era una frígida y que la echaba de me... —Se puso la mano en la boca, avergonzada, entrecortando las palabras, dejando que Beatrice supusiera que a continuación venía una declaración de deseo por parte de Julian—. ¡No soy ninguna tramposa! Por favor, lady Shelbrook! Por favor...

La mujer alzó la mano, asqueada.

—Dios santo, ¡eres tan estúpida que ni te diste cuenta de lo que estaba pasando! Y pensar en todo el tiempo que he malgastado preocupada, pensando en ti, e imaginándome que eras una rival... —Se rió, emitiendo una carcajada seca y amarga que hizo que Eve literalmente se encogiera—. ¿Pintura? ¡Es demasiado ridículo como para creerlo! Vete entonces, ¡y toma! —Beatrice le mostró el broche—. Cómprate unas acuarelas y unos pinceles y púdrete en Italia tan feliz.

—¡No puedo aceptarlo! ¡Es demasiado valioso como para que lo regale de esta manera!

—Bien lo vale si con ello logro que te marches, pequeña idiota. —Lo apretó contra la mano enguantada de Eve, y seguidamente se apartó para cerrarle la puerta en la cara.

—*¡Bon voyage,* señorita Reynolds!

# 20

*¿Quién haría algo así? ¿Quién espera a una mujer que no va a venir? Diablos, le dije que no viniera aquí, ¿qué estoy haciendo?* Julian recorrió la casa como un tigre enjaulado, yendo de habitación en habitación, guiado por una energía implacable que no podía identificar. *Nadie hace cosas así. Nadie excepto yo, lo cual solo confirmaría que he perdido algo más que mis ahorros con los años. ¡Esto es ridículo!*

Se supone que aquella temporada social iba a ser la oportunidad de recuperarse, de conciliarse con la diosa Fortuna y restablecerse tras tantos años oscuros. Pero, en lugar de eso, había pasado las últimas semanas exponiéndose a otros jugadores y explorando los rincones más sórdidos de Londres, Julian era consciente de que se había «desviado» ligeramente.

*Diablos, lo único que hago es pasar cada maldita hora que estoy despierto buscando a Eve. ¡Creo que hasta Barnaby ha ganado más dinero que yo este mes!* Y, lo que era aún más inquietante, se dio cuenta de que, cada vez que se acostaban, en lugar de sentirse saciado y listo para la siguiente conquista, lo único que quería era más de ella.

Salió del dormitorio y volvió al salón para servirse un güisqui.

*Unos días más y nos veremos en la fiesta de Andrews ¡Y entonces todo habrá acabado!*

Andrews no era un obstáculo a ignorar. Aquel hombre se transformaba en un verdadero duende cuando del caos se trataba, y disfrutaba de él de la misma forma que los demás disfrutaban de una carrera de caballos. Elton era probablemente la menor de sus preocupaciones, pero también era el único al que podía manejar, así que lo más prudente sería...

—Dijiste que no vendrías. Dijiste que era demasiado peligroso.

Él se volvió, y se sintió demasiado complacido como para regañarla por haber corrido el riesgo.

—¿Ah, sí? —Atravesó la habitación y la envolvió con sus brazos. La velocidad de aquel movimiento la hizo reír y sus pies se alzaron levemente del suelo. Los labios de él capturaron los de ella con un beso ardiente y ansioso—. Parece que, con la edad, me he vuelto un sentimental.

La habría besado de nuevo, pero ella le puso los dedos sobre los labios.

—Julian, tengo poco tiempo.

—¿Qué ha ocurrido? —preguntó, soltándola, la ola de preocupación le ayudó a renunciar al contacto de su cuerpo—. Dime.

Ella le confesó cuanto había acontecido aquella tarde y, sin pestañear, le relató las amenazas de lady Shelbrook y lo que la mujer había insinuado.

—Me dio esto para contribuir a mi marcha.

El conde lo reconoció al instante, pero no dijo nada y ella lo volvió a guardar en su bolsito.

—¿Alguna otra cosa?

Ella negó con la cabeza.

—¿Te parecen pocos desastres?

Él sonrió, pero se tomó unos instantes para sopesar las opciones que tenía. Finalmente, habló:

—¿Pintura? ¿Le dijiste que querías pintar?

Se rompió la tensión, ella empezó a reírse y el nerviosismo se esfumó de la habitación.

—Pen... pensé que sonaría... verosímil.

Su mirada era de pura malicia.

—Bueno, no voy a aplaudir que insinuaras que sigo interesado en esa mujer.

—Es lo que ella quería oír, Julian. —Un rubor de vergüenza le arrebató las mejillas y él casi leyó su pensamiento. Era lo que Eve deseaba escuchar desesperadamente, pero continuó hablando antes de que él se lo dijera—. ¡Así que procura no ser frío con ella hasta que yo no me haya marchado y esté a salvo! Eso... si aún quieres ayudarme.

Él la agarró y la abrazó, le acarició la nuca y le rozó los labios con la boca, esta vez, de forma tan sensual que ella no pudo escapar hasta que suspiró y se apoyó en él.

—Jamás había secuestrado a nadie. Creo que lo estoy deseando.

—Tienes mucha práctica robando mujeres, lord Westleigh. ¿Acaso has olvidado que me secuestraste en casa de lady Morrington sobornando a mi cochero? Además, esto no es un secuestro propiamente dicho, Julian. Estoy segura de que no cuenta si la mujer en cuestión ha hecho el equipaje.

—*¡Hum!* Eso habría que meditarlo.

—Por favor —gimió, y se apartó de él—. No puedo pensar con claridad cuando me tocas de esa forma.

—Lo tendré en cuenta a partir de ahora. Algún día puede resultar una táctica útil.

—Puede que tío Warren no me espere en casa tan temprano, pero tenemos que irnos. Si esperamos hasta esta noche...

—No queda mucho tiempo. ¿Podrás recoger tus cosas sin que te vea?

—Sí. —Se ruborizó, volvió la cara, y él pudo percibir su preocupación.

—Debería ir contigo. Aunque espere en el coche, al menos estaría allí por si las cosas salieran mal.

—No. Si alguien te ve, podría acabar contigo, Julian. Sé que te da igual tu reputación, pero hasta tú tienes que ser razonable. Tienes que hacerlo.

—Creía que esa expresión estaba prohibida.

—Solo cuando la dices tú, Julian. Podré arreglármelas con mi tío si se entera.

Él la volvió a besar, notando que cada vez que la tocaba, el contacto parecía más intenso.

—Muy bien. Pero si para la noche no has vuelto, entraré en casa de tu tío y montaré una escena. ¿De acuerdo?

—De acuerdo.

Eve colocó el último artículo en su elegante bolsa de cuero. Mentalmente, llevaba empaquetando y haciendo listas de viaje desde que había aceptado el acuerdo que Julian le había propuesto. Le había resultado muy fácil decidir qué llevarse de un armario lleno de cosas que dejaría atrás encantada. Aun así, le temblaron las manos al hacer una última revisión de sus preciadas ganancias, para asegurarse de que estaban bien escondidas bajo el falso fondo de la bolsa. Los botones estaban bien asegurados y se irguió para darle un último repaso a la habitación. Aquel dormitorio jamás la había reflejado y ella tampoco había hecho ningún esfuerzo por cambiar aquello. Se mudaban con demasiada frecuencia como para preocuparse por la decoración, y no quería afligirse por unas simples posesiones.

Pero ahora tendría una pequeña casa, y cortinas que comprar, y un jardín que atender. Aquel pensamiento le aportó un destello de esperanza y seguridad y Eve se recreó en él mientras le daba la espalda a su pasado y recogía su pequeña maleta.

Bajó las escaleras sigilosamente, pegándose a la pared y haciendo todo lo posible por evitar que crujiera ni un solo tablón que delatara su presencia. Eve alcanzó el pie de las escaleras y casi suelta un chillido cuando oyó que su tío llamaba a Barnett desde la biblioteca.

—¿Ha vuelto ya la señorita Reynolds?

Fue entonces cuando se percató de que Barnett estaba ahí parado, en el vestíbulo central, junto a la puerta de la biblioteca, como un centinela cuyos ojos no perdían ni uno solo de sus movimientos.

—¡Barnett! —gritó de nuevo, con mayor impaciencia esta vez.

No había nada que hacer. Se había quedado inmóvil en el último escalón, privada de la capacidad de moverse. La puerta estaba a menos de veinte pasos de distancia, pero Eve sintió una oleada de temor paralizante y asfixiante del que no pudo deshacerse. *Oh, Dios. Esto es tan obvio que es casi cómico: maleta en mano, debo parecer la ilustración de algún vodevil con un mal final como moraleja. No hay modo de fingir que me voy de compras.*

—No, señor Reynolds. ¿Aparto algo de cena para ella?

—¡No! Ya habrá comido algo. Pero infórmame en cuanto llegue su coche.

—Sí, señor Reynolds. —Barnett le guiñó un ojo y, a continuación, extrajo un paquete marrón que le era familiar. Eve casi se desmaya con alivio cuando reconoció la medicina que le había traído del boticario.

He ahí un aliado con el que jamás había contado.

*El temor no garantiza la lealtad, tío Warren. Sea cual sea la parte que se lleve Julian, merecerá la pena. Juro que le entregaré cada una de las gemas si con ello me aseguro de no volver a verte nunca.*

Había llegado el momento, y sintió un escalofrío de verdadero temor al abrir la puerta principal. Estaba abandonando a su única familia, al pobre tío Warren, con sus interminables planes y sus avariciosas manos. ¿Quién cuidaría de él a partir de ahora? Pero Eve sabía que podría ahogarse en un río de naipes y apuestas, y jamás lo salvaría, por mucho que esperase. Un futuro incierto la aguardaba, desconocido, azaroso, pero nada sería peor que lo que estaba viviendo. Así que dio el salto... y rezó para no venirse abajo.

# 21

El secuestro resultó más difícil de lo que él había previsto. Le había dado la noche libre a su cochero y había decidió coger él mismo las riendas, aunque solo fuera por evitar que hubiera un testigo de su primera incursión en el rapto de jovencitas. Salir de Londres era la parte más sencilla del trayecto, pero conducir por los caminos de la campiña, de noche, a una velocidad endemoniada, era una hazaña suicida hasta para él. Aun así, el tiempo iba en su contra y no quería dejar nada al azar. En cuanto ella se hubo marchado para recoger sus cosas, él fue a arreglar algunos asuntos a toda prisa. Se trataba de un tema desagradable, y solo esperaba no haberse olvidado de nada. Pero, entonces, irónicamente, recordó que la vida es un juego ¿y qué es el juego sin un poco de riesgo?

La injerencia de Beatrice le atravesó la conciencia como un punzón. *Fue una estupidez por mi parte creer que a ella le bastaría con derramar unas cuantas lágrimas después de que la dejara. Pero, maldita sea, tampoco es que le hubiera jurado amor eterno o le hubiera propuesto envenenar a Barnaby. ¿Cómo he podido estar tan ciego? Diablos, uno trata de complacer a una mujer y ser un buen invitado ¡y así me lo agradece!*

En ese instante, tuvo la sospecha de que había sido Beatrice la que había alertado a Reynolds sobre su relación, poniendo los planes de huida de Eve en peligro. Todavía le irritaba no poder enfrentarse directamente a aquel hombre, pero había tiempo.

El punto débil de Reynolds era depender de Eve y, al llevársela, privándolo de su fuente de ingresos, ya le había asestado el primer golpe. Julian sabía a ciencia cierta que Eve había hecho todo lo posible por acumular para él una fortuna considerable antes de huir, pero era poco probable que un hombre como Warren Reynolds fuera a mostrarse agradecido por el gesto.

Julian le habría dejado una cartera llena de piedras si por él hubiera sido, pero los sentimientos de Eve prevalecían. Ella se había vuelto más importante para él de lo que había sido capaz de confesarle. Seguía sorprendiéndole. Cualquier otra mujer le habría preguntado sobre su relación con Beatrice y le habría pedido que le contara la verdad, sin embargo, Eve no lo había presionado, no porque no le doliera pensar en él con lady Shelbrook, sino porque sospechaba que a él aquella relación ya no le importaba.

Ella era tan joven y tan fuerte emocionalmente. Años de avaricia y triquiñuelas, realmente, no le habían hecho mella. Todo aquel tiempo bajo el yugo de Warren Reynolds no le habían dañado el ánimo ni la habían privado de la capacidad de amar. Le dolía reconocer que ni él mismo había salido igual de bien parado de la depravación a la que se había entregado. Había desperdiciado más tiempo en venganzas absurdas y en pasatiempos inútiles que el resto de hombres, y ya no recordaba cuál había sido el momento en que había empezado a desviarse.

Tras toda una vida corriendo riesgos, Julian comprendió que jamás había experimentado el miedo. Ni una sola vez. Pero ahora sí lo sentía. Por ella. Lo único que le importaba era poner a Eve a salvo y asegurarse de que jamás volvía a estar expuesta a hombres como Warren Reynolds.

*Nada más me importa.*

No le había resultado difícil tomar la decisión de cuidar de ella y alejarla de cualquier peligro. Puede que se encontrara una tormenta de fuego cuando regresara a Londres pero, una parte de él, la recibiría con agrado. Se había ganado un trocito de infierno y le tocaba recibir su parte en toda su dimensión. No tenía sentido, pero quería caminar atravesando las llamas.

*Por ella.*

Soltó las riendas, le dolían las manos de la tensión y se inclinó en su asiento para tomar una curva peligrosa. Julian gruñó pues casi no había visibilidad, aun así, tiró de las riendas para que los caballos fueran más deprisa. *Dios, ¿por qué caminar atravesando las llamas cuando uno puede correr?*

Cuando llegaron, estaba muy oscuro. Se la encontró dormida en el asiento, arremolinada entre los cojines, aferrada a su bolsa de cuero. A la luz de la lámpara del carruaje, era la viva imagen de la belleza vulnerable y de las atractivas texturas femeninas. La levantó sin esfuerzo de su asiento, apretujada y amodorrada, y la llevó por el sendero de piedra hacia la casa. Toda aquella sensación de caballerosidad se difuminó cuando ella deslizó las manos por el interior de su abrigo y sus labios empezaron a besuquearle el cuello y murmuró algo sobre su olor.

—¿A qué era, cariño?

—A humo y sándalo.

No se preocupó por las lámparas y trató de recordar la distribución de las habitaciones antes de llevarla arriba, al dormitorio principal. Le quitó los zapatos con cuidado y empezó a hacer todo lo posible por que estuviera cómoda.

—¿Julian? —preguntó ella con suavidad.

—El mismo, encanto. —Sonrió en la oscuridad.

—¿Hemos llegado ya?

—Sí. Estás en casa, Eve. —Julian le desabrochó los botones del abrigo de viaje—. Descansa, preciosa, y mañana podrás acomodarte. Le he enviado un correo urgente a la señora Connor, que vendrá para ocuparse de cuidarte y de que te alimentes.

—*Hum.*

Él agitó la cabeza, completamente consciente de que podría haberla perdido del todo. *Bueno, la señora Connor es una criatura amable y práctica y, si mal no recuerdo, estoy seguro de que se ocupará de las presentaciones.*

Se inclinó sobre ella para darle un beso antes de marcharse, pero descubrió que la señorita Reynolds no estaba del todo inconsciente. Aquel caballeroso beso devino en una lenta exploración con la sensual fricción entre las dos bocas.

—Julian, ven a la cama. —La invitación vino acompañada del roce de sus cálidas manos entre los huecos de su camisa, tirando de él y atrayéndole hacia las brillantes, aunque con cierto olor a humedad, profundidades de la colcha de plumas—. Por favor.

*Estúpido. Debería volver a toda prisa a Londres, no, oh, no... No creo ser capaz de huir de esto aunque quisiera, encanto. Oh, bueno. Dejemos que las cartas jueguen a su antojo.*

Él la observó como lo haría un hombre famélico que se siente incapaz de determinar si cuenta con la fuerza necesaria para abandonar semejante banquete, independientemente de las consecuencias que ello pudiera acarrear. Solo la luz de la luna rozaba su cuerpo y Julian sintió un feroz y posesivo impulso de ocultarla hasta de su resplandor, tan hermosa le parecía.

*Oh, encanto, un hombre recto se marcharía en esta situación. Y, aun sabiéndolo, no puedo hacerlo.*

Desnudarla sin molestarla resultó ser un lánguido tormento, pero Julian disfrutó de cada instante como si fuera el último. *Como si estuviera bien...* Él sabía que era la primera vez en toda su vida que hacía algo parecido, así que se tomó su tiempo para desabotonar, desatar y apartar cada una de las capas de ropa conforme iban apareciendo. La memoria le resultaba útil cuando faltaba la luz, y sonrió al recordar que ella le había dicho una vez que la oscuridad le insuflaba valor.

Finalmente, estaba desnuda, únicamente con el blusón y una sencilla enagua, y Julian se echó hacia atrás para congratularse por el resultado de su esfuerzo. Ella era todo exuberancia, todo curvas y líneas elegantes. No había nada descarado ni infantil en su figura. Su Eve era toda una mujer y la luz de la luna la esculpía en alabastro y ébano, todo un festín de nata y contrastes para sus ojos. Los pezones parecían sombras a través del marfil de su blusón, suplicando que alguien los saboreara y lamiera hasta quedar saciado. Su pelvis invitaba a ser asida, y el estanque de su vientre sobre aquel triángulo oscuro se vislumbraba bajo el algodón de la enagua.

Julian dejó que sus manos se deslizaran por donde sus ojos las guiaran, con la suavidad necesaria para no molestarla mientras ella dormía, pero suficiente... suficiente como para provocar una explosión de calor en la piel que sus manos tocaban. Suficiente como para que sus senos se hincharan y elevaran bajo las palmas de sus manos, suficiente como para ver que se transformaba, como en un sueño, en una mujer que no podía rechazar, una hechicera con un abanico de oscuros rizos de seda que le caían por la espalda: su reina gitana.

Eve suspiró, estirándose entre sus brazos como un gato y entregándose en cuerpo y alma a la magia soñada de sus lentas manos recorriéndole el cuerpo. Se le erizó la piel al sentir el roce de sus manos, aunque no sentía frío. Entre sueños, era un ejercicio que le aliviaba el cuerpo y le calentaba la sangre.

Él la cubrió con su cuerpo desnudo y ella, al fin, se sintió segura en aquel puerto. Se tumbó sobre Eve apoyándose en los codos para besarla. Cada beso era como un eslabón más en una cadena de sensualidad, cada beso era absoluto y entero, aunque llevaba invariablemente a otro y otro hasta que no hubo principio ni final...

Era un sueño. Él era tan dulce, tan delicado con ella, como si fuera una mujer hecha de seda y cristal en lugar de carne y hueso. Esta se sentía como si estuviera a la deriva entre minúsculas olas de éxtasis provocadas por sus caricias, perdida entre la niebla que la consolaba y apoyaba. Julian no se apresuró a deslizar sus manos sobre su amante, cuya impaciencia era una ilusión sin sentido, ya que él parecía anticiparse a las súplicas de su cuerpo, de tal modo, que se vio obligada a despertar un poco para poder pedirle algo. Sus manos estaban en todas partes, sin atisbo de prisa, entrelazándose mágicamente con su cuerpo, explorando cada centímetro de ella, a la que tanto deseaba.

Sus muslos se separaron sin esfuerzo, su cadera se elevó, sintiendo la presión de su pene erecto contra su sexo húmedo. Notó un hormigueo en sus labios más íntimos al percibir aquella intrusión, ya conocida, la cálida y firme erección se abrió paso por su abertura invadiéndola cuidadosamente, esperando a que su contorno se ajustara antes de seguir empujando. Con cada inspiración, su cuerpo iba aceptando una fracción más de su miembro hasta que, con un suspiro, acabó hundido en ella hasta la raíz de su miembro. Los besos que fluyeron entre ellos cambiaron de tono, aunque se mantuvieron quedos, y el ritmo continuó firme y redolente, con una tensión que hacía que sus figuras se derritieran.

El conde dio una sacudida dentro de ella, sin llegar a retirarse, pero añadiendo el peso de su cadera para luego levantarlo, provocando en esta una expectante y voluptuosa sensación. La fricción resultaba casi imperceptible y la sensación era como si se fundiera en él, sus músculos internos se tensaron para que él se mantuviera dentro, luchando suavemente por que su miembro se quedara entre las curvas más sensibles de su cuerpo.

Sin esfuerzo, ella cedió al suave impulso de sus deseos, rodeándole el cuello con los brazos y colgando de su robusto, vigoroso y cálido cuerpo, que tan bien encajaba entre las suaves líneas del suyo.

*No me dejes nunca, Julian.*

Era como si él hubiera escuchado el grito que se había desprendido de su corazón, y la sujetó sin retirarse, empujando con calma cada centímetro firme de su pene y acariciando cada una de las excitadas partes de su piel, hasta que Eve creyó que seguiría haciéndole el amor indolentemente durante el resto de su vida.

Ella arqueó la espalda y se apretó contra él cuando la remota insinuación del orgasmo empezó a desencadenarse en su adormecido cuerpo. En lugar de llegar como una explosión, se desencadenó en lo más profundo de sus adentros, como si quisiera besar la piel que estaba unida a la suya y deseara convencerlo de que se acompasara con ella en el cadencioso río de euforia que la estaba atrapando.

—Julian —suspiró estremeciéndose consecutivamente con la calma y la posterior tensión de cada nueva oleada del clímax.

—Lo sé, preciosa. Lo sé —murmuró y le besó el cabello, limitándose a sujetarla y asegurándose de que se sintiera libre de disfrutar del placer a su adormecido ritmo—. Tan solo deja que ocurra.

Le resultó fácil obedecer. El agotamiento dio paso a un largo y delirante espasmo que se deshacía en el siguiente, y se encontraba demasiado exhausta como para tratar de controlarlos. Finalmente, se fueron difuminando y el sueño amenazó con atraparla.

—Hay tanto silencio —murmuró, reprimiendo un bostezo—. Gracias, Julian.

—Deseabas tranquilidad, encanto. Ahora duerme, sabes que estás lejos y a salvo.

—¿Te volveré a ver pronto? ¿Cuándo... cuándo te vas, Julian?

—Duerme, preciosa, mi obstinada mujer. Ahora solo duerme.

Ella sintió el calor de sus labios en la frente; fue un beso tan diferente que, aun en duermevela, supo identificarlo como lo que era. Un adiós.

# 22

Eve fue despertándose lentamente, y el trino desconocido de los alegres pajarillos le resultó tan onírico que temió que todo hubiera sido una ilusión, tanto la huida como la llegada a la casa que él había prometido regalarle. *No es un regalo, según me dijo, pero dudo que él haya salido ganando con el cambio...*

Entreabrió un ojo para echarle un vistazo a la habitación, a continuación, abandonó el gesto, y brotó una exclamación de sorpresa. Se incorporó a toda prisa, rodeada de cretonas verde claro y suntuosos muebles que la dejaron atónita. La habitación era muy hermosa, con la decadente elegancia de la campiña, y convertía su sueño de poseer una pequeña y austera morada en una nadería. Rodeada de verde jade, con cordones de seda rosada y candelabros de pared de cristal, se sintió como una princesa al observar los postes de la cama, con violetas talladas y una ornamentación sugestiva y deslumbrante. Los grandes ventanales llamaron su atención y, cuando Eve descubrió las vistas, se le llenaron los ojos de lágrimas.

Era el jardín de sus sueños. Aun estando abandonado y asilvestrado, pudo ver lo que quedaba del dibujo intrincado de los setos bajos, las hierbas y las flores. Un sendero de gravilla aplastada serpenteaba entre las plantas. Un poco más lejos, vio un paseo bordeado por la sombra de los árboles, que se extendía a lo largo de un riachuelo. Más allá de la, en otro tiempo, cuidada parcela que quedaba entre aquellos muros, se abría paso la salvaje campiña y ella supo que jamás vería nada parecido. Entre la impresión que le había causado la habitación y la rebelión de color que se desplegaba al otro lado de la ventana, Eve descubrió que, aunque Julian la hubiera calificado como «solo una casita», ya estaba absoluta, completamente enamorada de su nueva morada.

Al volverse de nuevo hacia la habitación, sus ojos se posaron sobre un montoncito de papeles que había sobre la mesita de noche. Sin necesidad de romper el sello rojo, supo que era el título de propiedad de la casa, tal como él le había prometido. Con los brazos extendidos, Eve cayó de espaldas sobre la cama con un chillido de placer mientras aterrizaba sobre la suave colcha de plumas.

—¡Estoy en casa!

Sonó un golpe en la puerta que la asustó, interrumpiéndola en su eufórica celebración.

—¿Señorita? ¿Se ha levantado ya?

Eve agarró aterrada la colcha para cubrir su desnudez.

—Estoy... sí, gracias.

La puerta se abrió y entró una mujer con un delantal inmaculado. Su sencilla y amplia cara estaba iluminada de jovial afectividad.

—¡Buenos días, señorita Reynolds! Soy la señora Connor, querida. Lord Westleigh me dijo que le haría falta una mano, ¡y menos mal que tenía a Mary acostada y que pude venir al momento! Hay tanto que hacer, y me van a faltar días para poder limpiarle el polvo a los aparadores, las estanterías y las figuritas, pero una joven dama no puede vivir así. Los caballeros no lo entienden, y creen que basta con avisar y ya está, ¡pero yo lo voy a dejar todo brillante! ¡Ya lo verá!

—¡Oh! —Eve se quedó sin habla mientras aquella mujer iba de un lado a otro y descorría las cortinas.

—Tengo una bandeja con el desayuno fuera. No me gusta la comida *franchuta* pero mire, yo hago cosas muy ricas, ya lo verá cuando tenga compañía. La señora Morgan siempre me monta peloteras por mis platos, pero no voy a repetir lo que le contesto. Lord Westleigh dice que donde mejor come es cuando viene aquí y se sienta delante de uno de mis platos. Ha pasado tanta hambre estos años ¡eso nadie me lo puede negar! ¡Pobrecito mío! Le he mandado pasteles para sacarlo del apuro, ¡es un hombre de tan buen ver! Bien, la voy a cebar, ¡son órdenes del señor! ¿Confitura, señorita?

—¿Confitura? —A Eve le dio la sensación de que le iba a costar un poco acostumbrarse al torbellino de la señora Connor.

—Para el pan. Yo misma he hecho la confitura, no la de la señora Morgan que...

—Sí, gracias. —Eve se dirigió a un lado de la cama, buscando con cautela su camisón—. Voy a vestirme y luego... bajaré a desayunar, si le parece bien.

—Estará esperándola en el comedor pequeño. Tiene muy buena luz por la mañana y puedes ver los pájaros del jardín y la ardilla juguetona que siempre está robando la plata. Creo que ahí, debajo de las violetas, debe de haber al menos dos juegos completos si los buscamos, pero es puro nervio, y tan mona, nadie sería capaz de hacerle daño. Hay vestidos para usted en el armario, recién llegados de Londres, señorita, aunque el señor me dijo que usted tenía los suyos propios y que quizá prefiriera ponérselos. ¿Le deshago el equipaje y le cepillo alguno, señorita Reynolds?

—No. —Eve se preocupó por si aquella mujer descubría sus joyas y las pocas cosas que traía y se hacía una idea equivocada—. Prefiero colocar las cosas yo misma. Pero gracias.

—Por supuesto, querida, por supuesto. Luego es más fácil encontrarlas, lo tengo dicho. —Hizo una corta reverencia y se dirigió hacia la puerta.

—¿Señora Connor?

—¿Sí, querida?

—Lord Westleigh... le ha contratado. ¿Le comentó algo sobre...? —De repente comprendió que no sabía qué preguntarle, ni si quería saber las respuestas a una decena de dolorosas preguntas que le rondaban la cabeza.

—Debo decirle que yo vengo con la casa, eso me dijo el señor. No hay problema, querida. Yo cuidaré de ella y me quitaré de en medio si quiere, pero él me advirtió que no sería muy exigente. Así que rellenaré la despensa y limpiaré el polvo y, si necesita algo, bueno, solo use la campanilla y vendré lo más rápido que pueda. Naturalmente, es libre de buscar otras manos, pero espero demostrarle que soy buena. ¿Era eso lo que quería preguntarme, señorita?

Ella asintió, completamente impresionada por aquella extraña hospitalidad.

—Sí, gracias.

Eve aguardó hasta oír que los pasos de la señora Connor se alejaban por el pasillo y buscó su bolsa. Al pie de la cama, se arrodilló y la abrió con manos temblorosas. Sacó el falso fondo de la bolsa y extrajo el hatillo con las joyas. En unos segundos, había desenvuelto su contenido y lo tenía todo esparcido por el suelo. Al hacer rápidamente inventario, bajó el ritmo y tuvo que volver a contarlo.

—¿Es que no te has llevado nada, Julian? —murmuró.

Finalmente, la realidad no podía negarse. Apenas si se había llevado alguno de los tesoros que tanto trabajo le había costado reunir, una o dos de las valiosas piezas que había ganado, pero lo que la dejó sin aliento fue que se había llevado sus joyas personales. Tenían un valor sentimental, pero escaso valor material, en comparación con las otras: faltaba su colgante de cuentas de ónice con la cinta azul marino, un brazalete de nada que no se ponía porque tenía el cierre roto y su relicario con el trocito de cinta del vestido de su madre en su interior.

A Eve no le quedaba otra opción que ocultar su alijo, aunque seguía sin explicarse la estrategia de su indecente amante.

*¿Esa era su parte? Seguro que no. No va a sacar ni dos libras por lo que se ha llevado, y ningún hombre en sus cabales cambiaría su casa por un trozo de cinta.*

Le escribiría para saber el precio. Tenía que hacerlo. Si no era así, ¿por qué lo había hecho? Tal como le había dicho la señora Connor, había vestidos en el armario que Eve reconoció como los de las ilustraciones que había visto en la tienda de madame Dellacourt. Lo recordó mostrándoselas frente al espejo mientras tocaba hasta que creyó enloquecer. Deslizó los dedos por los vestidos, cada uno era una obra de arte y todo en tonos color zafiro y añil.

Su generosidad era demasiado para ella. Se puso rápidamente uno de los vestidos nuevos y salió del dormitorio para ir al piso de abajo, al comedor pequeño. Miró tras todas las puertas y, a cada paso, la sorpresa de Eve aumentaba.

Todas las habitaciones eran deslumbrantes. Incluso tras los guardapolvos y telas para resguardar los enseres del polvo, podía entrever el elegante mobiliario y el poderío que quedaba de manifiesto con cada techo abovedado y cada esquina tallada. Aunque se encontraba abandonada y necesitaba algunas reparaciones, aquella casa exhalaba una historia orgullosa. El sueño de una rústica casa de campo había sido reemplazado por una verdadera mansión en la campiña, y solo Julian podía explicar por qué.

Dio con el desayuno y se sentó, justo cuando empezaban a brotarle lágrimas en los ojos. Eve se puso las manos en la cara y se entregó a unos sollozos ilógicos y compulsivos sobre la porcelana fina, digna de una princesa.

*Se ha marchado. No ha dejado ni una nota, ni ha dicho nada sobre si volvería, y yo, como una idiota ¡ni siquiera se lo pregunté! Fuera cual fuera el acuerdo al que llegamos, ya ha terminado y ya me ha pagado por mis «servicios»... así que, ahora ¿qué hago?*

—Pensé que te gustaría este lugar... —dijo sigiloso, apoyado con aire despreocupado en el marco de la puerta—. Resulta muy difícil complacerla, señorita Reynolds.

—¡Julian!

Eve se levantó de la mesa de un salto y fue corriendo a sus brazos, y un torrente de alivio se apoderó de ella, dejándola sin habla; él le cubrió las mejillas de besos, para después encontrarse con sus labios. La naturaleza de aquel abrazo cambió, y el fuego entre los dos recobró vida rápidamente. Eve se apretó contra él y Julian alzó la cabeza, mirándola fijamente a los ojos con sentimiento.

—No me puedo quedar mucho tiempo, encanto. Tengo que volver a Londres, pero no podía dejarte con la peleona señora Connor sin despedirme siquiera.

Ella le pellizcó juguetona el brazo y se apartó, deseando poder convencerle para que no se marchara. Pero Eve no lo hizo, pues el asunto urgente que lo retenía en Londres era asegurarse de que no lo acusaran de su desaparición.

—La señora Connor es un encanto, ¡ya la conoces!

—¿Lo ves? Ya estáis uniendo vuestras fuerzas y confabulándoos contra mí. —Ella volvió a apretarse contra sus brazos, y su dorada mirada fue deslizándose sobre su rostro.

—Vamos a dar un paseo, Eve.

Ella asintió, conteniéndose a duras penas para no hacerle todas las preguntas que la rondaban hasta que no estuvieran fuera.

—Julian, esto no es...

—Ahora no. —Le asió la mano y se la puso en el brazo—. La casa es... lo que ves. Doce habitaciones, un poco anticuadas, con unas corrientes de mil demonios, pero es bonita, y tiene un jardín, por supuesto. Esta es una de las tres que poseo y, antes de que me lo preguntes, no, esta no es la principal. La principal es una lúgubre casa de piedra, y a casi todo el mundo le parece más un castillo que una casa. La última vez que estuve allí estaba infestada de murciélagos y unos cuantos ratones malhumorados. La hubiera tenido en cuenta en nuestro acuerdo, pero no te imagino dando palmaditas de ilusión al verla a plena luz. —Le lanzó una sonrisa irónica—. El foso de barro es muy mono.

—Estoy segura de que es preciosa. —Sonrió, convencida de que estaba exagerando su estado de deterioro—. ¿Vas mucho por ahí?

Él le lanzó una mirada horrorizado, y Eve rió.

—Julian, no sería tan sombría si la cuidaras, o si te ocuparas de mantenerla. Si tienes tres casas con terreno, podrías hacer que fueran rentables y no tendrías que dedicarte a apostar. ¿Las tienes arrendadas?

—Sí, y aquí es donde yo, hábilmente, cambio de tema. —Le besó las yemas de los dedos y la llevó hacia el sendero que conducía hasta el riachuelo y la vegetación—. Ya debería haberme marchado, pero aquí estoy, debatiendo sobre la explotación de mis tierras con la criatura más deliciosa que jamás haya conocido, cuando debería estar llevándote a la cama.

—Podemos... hacer las dos cosas, Julian.

Él negó con la cabeza.

—Una a una, encanto. —La volvió a besar, con una lenta y ardiente caricia que la hizo sentir marcada por su atrayente ardor. La lengua de él se deslizó sobre la de ella, y Eve acompasó sus movimientos instintivamente para succionarlo y saborearlo, como si aquel beso fuera el último. Se quedó aturdida y él la cogió, amoldando su cuerpo al de ella y meciéndola entre sus brazos.

Finalmente, la soltó, agarrándole los brazos hasta que se aseguró de que ella había recuperado el equilibrio.

—Tengo que marcharme, Eve.

Esta trató de evitar que se le notara la aflicción por su inminente partida.

—Tu parte. Al menos debes coger...

—Volveré a por ella, o enviaré a un mensajero si me hace falta —la interrumpió—. Ahora, tengo que volver a Londres o tendré que pagar mucho más.

—Mi tío sospechará que me ayudaste, Julian. Si se encara contigo, prométeme que no le harás daño. Sé que es... un poco fanfarrón pero, perro ladrador... ya sabes.

Él asintió con solemnidad, aunque desvió rápidamente la mirada.

—No me preocupa lo más mínimo, pero no habrá duelos, lo prometo. No te preocupes, Eve. Haré lo posible por que no le pase nada.

—Gracias.

—No sé cuánto tiempo me llevará solucionar mis asuntos, pero procura quedarte en casa o en los jardines. La señora Connor ya sabe que no debe decirles tu nombre a los del pueblo, pero es mejor ser cauteloso al principio. Espera a que lleguen noticias mías y, entonces, ya nos pelearemos por la casa, si es que aún la quieres.

—No quiero pelearme por la casa, Julian. Es solo que es más de lo que...

—Lo discutiremos en otro momento, Eve. —La volvió a besar y ella se olvidó de todas sus preguntas y temores. Aunque solo fuera por ese instante, Julian estaba allí y sospechaba que no podía ofrecerle las respuestas que tan desesperadamente necesitaba.

Y entonces, se fue.

Julian Clay, el conde de Westleigh, era un hombre de palabra. Habían llegado a un acuerdo, y él había cumplido impecablemente con su parte. *¿De qué me puedo quejar?*

Excepto que la declaración que ella ansiaba secretamente no se había producido.

*Y, probablemente, jamás volveré a verlo.*

# 23

Él había llegado a casa de Shelbrook exhausto y agotado. Los últimos rayos del sol de la tarde empezaban a colarse entre las cortinas de su dormitorio, Julian se despertó y se percató de que alguien estaba llamando a su puerta insistentemente.

Trató de incorporarse, haciendo una mueca por el dolor que sintió en los hombros y en la espalda. La llamada persistía y Julian agitó la cabeza para tratar de despejarse. *Desde luego, tengo poco futuro como conductor del coche del correo. Se puede hacer por placer a plena luz del día, pero creo que prefiero volver a enfrentarme de nuevo a un arma cargada que volver a intentarlo.* De todas formas, Eve estaba a salvo en Devon, y aquello era lo único que importaba.

—¡Espere! —Se sentó y, aturdido, cogió un batín por si Reynolds hubiera llamado ya a las autoridades. Julian no estaba seguro de querer enfrentarse a ellos sin los pantalones puestos—. Pase.

Beatrice pasó rauda e hizo un mohín al ver cómo iba, sin duda, decepcionada por haberse perdido las mejores vistas.

—¿Ha sido una noche larga, lord Westleigh? Ni siquiera te molestaste anoche en pasar por aquí...

—¡Ah, la hospitalidad de La Bella Carmesí! ¿Qué hora es?

—Casi las tres de la tarde —anunció alegremente, lo suficientemente alto como para aturdirlo, y lo hubiera logrado, si de verdad hubiera tenido resaca. Julian la complació solo para reforzar la impresión de que había pasado las últimas dos noches de jarana por la ciudad.

—¿Tan temprano? —Apretó con fuerza el cinturón del batín para asegurarse de que estaba bien sujeto—. ¿Y qué la trae a mis aposentos a una hora tan intempestiva, lady Shelbrook?

—Acabo de llegar de hacer algunas visitas y, al parecer, hay algunas novedades. Resulta que el señor Warren Reynolds ha ido corriendo a casa de lady Morrington esta mañana. Ha sido el principal tema de conversación. La señorita Eve Reynolds, ¿la recuerdas del baile en casa de Whetford, Julian? Bueno, pues se ha escapado de la casa de su tío y nadie sabe dónde está.

—¿De veras? —Bostezó—. ¿No ha dejado ninguna nota? Creía que las jóvenes tenían gran afición por dejar lacrimógenas notas de despedida con sentidas explicaciones cuando se fugan. —Se levantó y se vistió delante de ella sin el más mínimo pudor. *Mira hasta que te hartes, harpía depravada*—. Bueno, gracias por compartir conmigo ese «apetitoso» chisme. No me creo capaz de relatarlo con el mismo deleite que pareces sentir tú al contarlo, pero lo haré lo mejor que pueda.

Ella se acercó, atraída como una polilla a la luz.

—Julian... últimamente has sido tan desagradable. Estoy segura de que no era tu intención...

Él se abotonó los pantalones y se puso la camisa.

—¿No era mi intención qué, Beatrice?

—Hacerme daño. —Fue un susurro, pero logró captar toda su atención.

—¿Hacerte daño? Eso no es posible, *madame*. —Él acortó la distancia entre ambos y la cogió por los hombros, y la furia se fue apoderando de él—. ¿Qué esperabas, Beatrice? ¿Tan irresistible te crees como para pensar que yo me hubiera mostrado feliz de convertirme en tu fiel sirviente, viviendo de la longanimidad de tu marido y cenando en tu mesa como un perrito faldero esperando que alguien lo acaricie? ¿Crees que iba a contentarme con las frías sobras del plato de otro hombre?

—No..., pero...

—¿Es que íbamos a fugarnos montando un escándalo y a establecernos en los bosques de Irlanda?

—¡No! Jamás pensé que...

—No, jamás pensaste en nada más que en el trémulo pedazo de carne egoísta que tienes entre las piernas y en la delicia que sería poder vengarte del viejo Barnaby por haber tenido otra relación hace seis años ¡Maldita sea, mujer! ¿Con cuántos hombres te has acostado con esa excusa tan manida?

—¡No tienes derecho, Julian! Tú me importabas. ¡De veras que sí!

—¿De veras? —La soltó, asqueado de tocarla—. Con semejante apego se podría matar a un hombre, Beatrice. Si te hubiera importado, jamás te habrías metido por medio. La chica no significa nada para mí, pero no me cabe duda de que tú sí que tienes algo que ver con la huida de la señorita Reynolds, así que me tendrás que perdonar si te digo que cojas tu apego y te vayas al infierno con él.

—¡Me dijo que la habías echado! Es una estúpida ñoña y yo la insté a que se marchara, fue para consolarla...

Julian alzó una mano, interrumpiéndola. Cerró los ojos para reprimir el impulso de golpearla, entonces los abrió para que percibiera todo el odio que había en su mirada.

—No te confundas, Beatrice, querida. —Aquella palabra cariñosa fue un gruñido de desprecio—. Estoy molesto conmigo mismo por haber cedido como un estúpido a tus insinuaciones, por haber supuesto que tendrías la gentileza de dejarlo pasar cuando ya no quise estar más contigo. Estoy furioso conmigo mismo por no haberme dado cuenta de lo mezquina y peligrosa que podías llegar a ser, señora. Pero, permíteme enmendar una cosa, ahora que todavía estoy a tiempo. Me voy a ir de esta casa y, cuando me pregunten, solo hablaré maravillas de ti. Sin embargo, si oigo un solo comentario sobre toda esta... «indiscreción» —escupió la palabra—, o contra la señorita Reynolds, yo mismo seré el primero en desenmascararte como la cruel zorra que eres, Beatrice. Y, créeme, tu reputación se verá mucho más perjudicada que la mía.

—¡No te atreverás!

—¿Ah, no? —Aguardó, con expresión indiferente—. Ponme a prueba, querida. Estoy deseando ir al bar de White a contarles a mis amigos un par de cosas entre copa y copa.

Ella palideció.

—Eres el mismísimo diablo, Julian. Y, algún día, te enterarás de lo que es estar en el lado equivocado de un rumor. Ya te llegará la hora.

—Quizá, pero no será ahora.

Beatrice se volvió y se marchó y, por unos instantes, él se quedó inmóvil, vacilando. Había sido cruel. Horrible e innecesariamente cruel, pero era para asegurarse de que todo el odio que ella tuviera fuera dirigido hacia él, no hacia Eve. Si descubriera que se había enamorado de Eve, o que había sido él quien se la había llevado de Londres...

*No existe furia semejante a la de una mujer despreciada.*

Aún así, esperaba haberla privado de cualquier medio inmediato de vengarse. No podía dejarlo en evidencia sin descubrirse a sí misma. En cualquier caso, saldría de aquella casa y acudiría a la de lord Andrews, que le había ofrecido refugio.

*¡Dios Santo, realmente, soy un diablo! Utilicé a Beatrice sin ningún miramiento e, incluso en este momento, no albergo remordimiento alguno, excepto el de que Eve se merecería a alguien mejor que yo, que soy un truhán.*

*¡Pobre Barnaby! Sospecho que le esperan unas semanas muy duras sin llegar a comprender la razón.*

# 24

—¡Cinco mil libras! —El joven arrojó las cartas con una mirada furiosa de incredulidad—. ¡Estoy arruinado!

Julian agitó la cabeza.

—Arruinado no. Solo has perdido una parte, confía en mí. —Se marchó, dejó al joven lamiéndose las heridas y se dirigió hacia el salón principal.

La fiesta de Andrews era el tipo de gala en la que, en circunstancias normales, habría disfrutado. Todo era como debía, y desde que había vuelto de los campos de Devon, Londres y la suerte habían caído a sus pies. En un principio, solo tenía intención de arrojarse a la escena pública para desviar la atención de la «desaparecida señorita Reynolds» pero, en lugar de ello, había recuperado el toque mágico que tanto tiempo había estado evitándolo. Aquello no tenía precedentes, se sentía invencible ante sus amigos en las mesas de juego. Se había dedicado a apostar y había asumido un riesgo tras otro, ganando una inmensa suma de dinero con la que, ni Julian Clay, el afamado rufián, había soñado jamás. Había recuperado su fortuna en una brillante partida y, por primera vez en años, estaba eufórico y, con una buena suma de dinero, había pagado todas sus deudas y no tenía ni a un solo abogado tras él. Aunque tratara de perder, acababa ganando. Pero era como si fuese víctima de un extraño conjuro, pues no estaba disfrutando ni la mitad de lo que debería.

*No puedo dejar de pensar en lo mucho que me gustaría poder contárselo a Eve.*

Y su popularidad se había disparado. En eso Andrews le había echado una mano, alimentando los rumores sobre su «heroico y algo trágico» ser.

Aquellas historias lo hacían parecer un invitado más interesante, y los anfitriones alardeaban sobre su presencia en sus listas de invitados. La bandeja del correo estaba ahora repleta de invitaciones a todo tipo de fiestas imaginables. Según la versión de Elton sobre los hechos, la encantadora señorita Reynolds lo había abandonado, dejándolo cruelmente solo, y había tenido que afrontar la humillación pública de haber sido plantado. Le hubiera resultado hasta cómico, si no llega a ser porque las consecuencias de su desaparición eran muy reales y le afectaban directamente.

—Por supuesto, también he oído un rumor estúpido sobre que ha huido a Italia para estudiar pintura al óleo e instruirse en algo más que en bodegones de frutas... ¡Desnudos! ¿Te lo puedes imaginar? ¡Qué entretenimiento más delicioso para una dama! —murmuró Elton con lascivia.

A Julian le faltó poco para poner los ojos en blanco. Lady Shelbrook debía de ser la fuente lógica de aquel último detalle. Elton le hacía un flaco favor contando por ahí aquel rumor, pero que encima añadiera descabellados detalles provocaba en Julian un gran asombro ante la desfachatez de aquel hombre. Aun así, la confusión ayudaba a difundir los rumores sobre que, otra vez, el conde de Westleigh estaba implicado en ciertos lances peligrosos y escandalosos y que, esta vez, puede que hubiera sabido ser más discreto.

Julian alzó la vista cuando vio a lord Shelbrook y a su esposa llegar a la fiesta.

—Elton, desde luego te encanta invitar a la gente más interesante.

—*Hum,* ¿Cómo lo llaman? ¿Clarividencia?

—Sadismo.

Lord Andrews se echó a reír antes de añadir leña al fuego.

—Le he enviado una invitación a Sotherton.

—Eso es un golpe bajo, Elton.

—No te preocupes. Ha mandado sus excusas, ya que parece que su mujer está indispuesta. Creo que están esperando un heredero, el tiempo lo dirá. No obstante, si el Duque Letal hubiese llegado a venir, habría sido una velada muy interesante. Es una pena que se la haya perdido ¿verdad?

—Hasta tú deberías saber que no debes meter a Drake en este tipo de cosas. —Julian agitó la cabeza y localizó al hombre al que había estado esperando.

El señor Warren Reynolds apareció por la puerta y su mirada se llenó de furia cuando vio al conde junto al anfitrión de la fiesta. Cruzó la sala y Julian percibió el interés general de los invitados por la velocidad de su paso. *Diablos, seguro que es lo que todos estaban esperando. ¡Nada mejor que un escándalo entretenido después de comer!*

—Señor Reynolds —dijo Julian sonriendo, con sutil elegancia—. Es un placer volver a verle.

Warren le dio un empujón sin más preámbulo, como un bulldog arrinconando a un gato enorme y peligroso—. ¿Dónde está, Westleigh? ¿Qué has hecho con ella?

—¿Hecho? ¿Está loco? —le preguntó Julian con serenidad, y todo el salón se quedó petrificado, fascinado, en silencio observando cómo se desarrollaban la escena.

—¡La... la tienes tú!

—¿Ah, sí? —Los ojos de Julian permanecieron imperturbables desafiantes, y Reynolds empezó a rebajar el tono al ver que el conde de Westleigh arqueaba una ceja, cuestionando divertido la veracidad de su acusación.

—¡Sé de primera mano que es así, lord Westleigh! —Miró en derredor, pero nadie dio ni un solo paso adelante para respaldar su ataque. No obstante, Julian se percató de que era a Beatrice a quien Reynolds estaba mirando, y captó el casi imperceptible gesto de asentimiento con que su rubia cabeza alentó a aquel pobre hombre a que continuara—. ¡Engañó a mi sobrina! ¡Y se la llevó de mi casa! ¡Y a saber lo que le habrá hecho para evitar hacer frente a sus obligaciones! —Warren volvió a mirar a Julian y recobró el valor—. ¡Es usted un canalla, lord Westleigh!

Se empezó a oír un rumor sordo por todo el salón y Julian se limitó a esperar. El que aquella acusación se hiciera en público y que lo hubiera insultado delante de todo el mundo significaba que aquel era un asunto serio, pero el conde se mantuvo concentrado en su jugada final. Todas las miradas estaban puestas en él, preguntándose cuál sería su respuesta. *Dios, este hombre es un payaso... pero un solo paso en falso, y esto puede acabar realmente mal.*

—Está usted en su derecho de pensar lo que quiera, señor Reynolds. Pero, ya que la dama en cuestión no se encuentra aquí...

Warren tuvo que contenerse para no escupir en el suelo de ira.

—¡Estoy en mi derecho de decirle que es usted un bastardo!

Julian cerró los ojos por un instante, a continuación, miró a Reynolds como si se le acabara de ocurrir una idea.

—Extraño bastardo sería presentándome aquí esta noche, a sabiendas de que usted se encontraba en la lista de invitados. Podría insultarme, si de verdad creyera que soy culpable de haber ofendido a la señorita Reynolds. —Ladeó la cabeza, como si estuviera mirando a un una araña en una ventana—. Debo entender que tiene pruebas de mi implicación en su desaparición ¿no?

—No es así, pero... mi instinto me dice que ha sido usted. Estuvimos hablando y le prohibí que la pretendiera... debe de haber... aunque Eve estaba... —De nuevo, sus acusaciones languidecieron ante el rostro imperturbable y sereno de Julian y las miradas cáusticas de los invitados.

—Eve es una mujer independiente, y debo confesar que admiro esa virtud en ella por encima de todas las cosas. —Julian respiró profundamente—. Así que voy a decirle lo que voy a hacer, señor Reynolds. —Julian procuró hablar lo suficientemente claro para que todo el mundo pudiera oírle, pero sin alzar la voz—. Dejemos por un momento a un lado sus prejuicios sobre mi espantosa fama, mi oscuro pasado y la miríada de razones por las que piensa que no soy el mejor pretendiente para su sobrina. —Dio un paso adelante hacia Reynolds—. Como ya se sabe, me gusta jugar, así que le propongo que juguemos a algo rápido, usted y yo. Estoy dispuesto a jugarme todas las posesiones, tierras y fortuna a mi nombre, cuanto legalmente poseo y una sola cosa que no poseo, su sobrina, Eve Reynolds, a una sola carta. Si pierdo, lo pierdo todo, excepto mi nombre, que puede que me sirva de poco para poder salir adelante.

La habitación entera contuvo el aliento cuando el señor Reynolds entrecerró los ojos, claramente atraído por aquella oferta sin precedentes.

—¿Y si pierdo yo?

—Si pierde usted, me la quedo a ella y usted me entregará una dote de veinte mil libras. Renunciará a cualquier derecho sobre la señorita Eve Reynolds y se marchará de Inglaterra en el primer barco que salga.

—¿A una sola carta? —le preguntó atónito.

Julian aguardó, observando a Reynolds mientras sopesaba la propuesta y medía los posibles finales y el inmenso beneficio que podía obtener. Todas las posesiones del conde de Westleigh por una chica que ya se había fugado de casa; realmente no tenía forma de hacerla volver, y aquella era la oportunidad de hacer de una pérdida, una victoria. Julian casi pudo percibir el momento en que tomó la decisión, ya que a Warren Reynolds se le ensombreció la mirada con el peso de la determinación y el escalofrío de una buena apuesta.

—Lo quiero por escrito.

—Como desee —concedió Julian—. Redáctalo, Elton, y adelantamos.

—¡De acuerdo entonces! —Reynolds extendió la mano y ambos se la estrecharon brevemente. La agitación y el rumor que se extendió por todo el salón envolvió como una cálida ola a los dos hombres mientras caminaban para sentarse en una mesa en el centro de la sala. Se firmó el acuerdo y Andrews lo selló con un apretón de manos. Los invitados los rodearon para lograr un buen puesto desde el que escuchar la conversación, ávidos por ser testigos de aquella partida única en la vida. Una mujer se desmayó de la tensión, pero se recuperó justo a tiempo para negarse a que se la llevaran. Nadie quería salir de la habitación.

Julian alzó la vista y sus ojos se posaron un instante sobre Beatrice. Un rubor intenso cubría sus mejillas y sus ojos destellaban de malévolo interés por los preparativos. *He ahí una mujer que no va a darme un beso para desearme suerte.*

Andrews barajó las cartas y las colocó boca abajo en el centro. Volvió el silencio cuando los dos hombres se levantaron de la mesa, colocándose uno enfrente del otro.

—¿Está se... seguro de esto, lord Westleigh?

—Jamás había estado tan seguro, Elton. —Julian le lanzó a Reynolds una mirada radiante, como si estuvieran tomándose un oporto y fumándose un puro, en lugar de estar a punto de decidir quién quedaría arruinado a la primera carta.

—Señor Reynolds, empiece usted.

Al viejo Reynolds le temblaron las manos cuando extendió los naipes para coger la carta que había en lo alto de la baraja y la dejó en la mesa para que todos pudieran verla. Su mirada era de pura victoria. La reina de espadas los saludó y la sala se alborotó.

Julian alargó el brazo y tocó la carta de arriba, posando los dedos sobre ella como reconciliándose con su propio destino.

*Valor, encanto.*

Era el rey de corazones.

El clamor de aprobación resultó ensordecedor. Empezaron a oírse hurras espontáneamente y algunas damas se desmayaron de la emoción. En medio de todo aquel ruido y de la conmoción, Julian se inclinó hacia delante y dijo:

—Es usted un farsante y un tramposo, señor Reynolds, y le aconsejo que se marche de Londres tan rápido como su caballo sea capaz de correr. Quédese con su dinero y considérelo un regalo de despedida de parte mía y de su sobrina. Es usted un hombre afortunado, señor Warren Reynolds.

La expresión de Warren era de pura confusión.

—¿Veinte mil libras? ¿No va a reclamármelas?

—No —dijo Julian levantándose de la mesa. Warren alargó el brazo para agarrar el de Julian.

—¡Pero si es una fortuna! No lo comprendo. ¿Ha ganado y aún así va a perdonarme semejante cantidad de dinero?

A Julian le costó tragar y quitarse el nudo de la garganta para poder contestar.

—Dios mío, qué poco vale como persona, Reynolds. Acaba de jugarse a su sobrina, la ha perdido dejándola a mi merced y en lo único que puede pensar es en un estúpido montón de billetes. —Negó con la cabeza—. Nunca entendí su prisa por escapar de usted, no del todo. Pero ahora lo entiendo. Jamás ha sabido valorar lo increíble que es y el espíritu tan singular que tiene, y le juro que no permitiré que vuelva a acercarse a ella para que pueda comprobarlo.

—¡Us... usted no puede separarme de mi única sobrina! —protestó Reynolds.

—¿Ah, no? —Julian se mantuvo imperturbable—. Usted no tiene nada de lo que ella necesita.

—¡Pero tengo algo que quiere! —Reynolds se acercó, con voz de sutil desesperación—. ¡Las cartas!

Julian puso los ojos en blanco.

—Gracias por recordármelo, señor Reynolds. Casi me olvido de la señorita Kingsley y de las cartas dirigidas a Eve que guarda en su escritorio. Procure enviarme el fajo antes de marcharse, o me temo que me veré obligado a rectificar mi renuncia con respecto a las veinte mil libras.

—¡No… no podría! —Reynolds puso cara de asombro al comprender lo que implicaba todo lo que Julian había reconocido—. ¿Pero, cómo? Mi escritorio…

—Elton, ¿serías tan amable de hacer que acompañen al señor Reynolds a la puerta?

Lord Andrews hizo un gesto a los sirvientes y el pobre Warren Reynolds, el afamado industrial, empezó a patalear y forcejear como una bestia salvaje, enfrentándose a los brazos que lo sujetaban, aullando de furia y frustración, por lo que varios hombres lo derribaron. Julian negó con la cabeza divertido mientras la conmoción general se iba difuminando; fue entonces cuando se percató de que los invitados permanecían inmóviles como en un extraño retablo. Observó la habitación, nervioso.

—¿Se encuentran bien?

Lord Andrews agitó la cabeza.

—¡Oh, amigo! Me temo que el retrato favorito de Marie, el de su perrita, ha sufrido algunos daños durante el altercado. —A continuación, le guiñó un ojo y añadió tranquilo—. ¡Tampoco es que sea una gran pérdida! Creo que voy a enviarle a este hombre una nota de agradecimiento.

Julian hizo una inclinación con la cabeza y trató de retirarse para meditar cuál sería su siguiente paso y de qué forma podría excusarse para ir a «reclamar su trofeo». Andrews le tocó el brazo y le entregó el contrato.

—Solo dime una cosa, amigo. ¿Por qué propusiste semejante apuesta? Si hubieras perdido, ¿de veras hubiera merecido tanto la pena renunciar a todas tus posesiones por ella?

Julian sonrió, sin intención de darle a Elton la satisfacción de contestarle lo que quería oír.

—Eso ya lo veremos. Creo que tengo que entregar unas cartas.

—¿No está en Italia? —preguntó sorprendida lady Shelbrook tras él, con un tono seco. Dio un paso adelante y se agarró del brazo de Julian, pálida—. ¿No está en Italia?

Andrews se encogió de hombros.

—En cuanto a ese rumor... No me puedo imaginar qué estúpida puede haberlo extendido.

Ella buscó la mirada de Julian, desesperada y rabiosa, fuera de sí.

—¿No?

—Beatrice, por favor. Aunque solo sea porque amo a esa mujer, déjalo estar y... —Dejó de hablar, al percatarse de repente de que Beatrice estaba ciega de furia. Aquel era un enfrentamiento que hubiera preferido evitar tener en público. No había nada que pudiera hacer para impedir que hablara, por lo que se preparó para lo peor.

—¡Mi broche! ¡Eve Reynolds es una ladrona! ¡Que alguien llame a las autoridades inmediatamente! Esa ramera me ha robado el broche de diamantes de mi abuela, ¡y quiero que la detengan! ¡Comprobarán que lo tiene ella! ¡Ella lo tiene! Esa zorra lo tiene y no me quedaré parada mientras tú...

—Beatrice —la interrumpió Julian.

—¡No! ¡Tiene un valor incalculable y esa zorra me lo ha robado! Lord Westleigh, le exijo que les diga a todos dónde está y que...

—¡Beatrice! —alzó la voz y, de nuevo, toda la sala contuvo el aliento temblorosa, expectante al alzarse de nuevo el telón con un cuarto acto sorpresa en el espectáculo de aquella noche.

—Ella no tiene tu broche. Me temo que te lo dejaste en mi habitación cuando viniste en mi busca aquella noche.

Ella abrió los ojos de par en par, horrorizada al comprender lo que estaba diciendo.

Julian continuó implacable.

—Te encontré en mi habitación, ¿te acuerdas? Estabas en mi cama, esperándome. Y cuando te ordené que te marcharas, se te olvidó cogerlo, junto con tu ropa y tus otras cosas.

—Yo... ¡oh! —Se quedó helada y vacilante, Julian no sintió compasión por ella y continuó para darle el golpe de gracia—. Lo guardé en el fondo del cajón de la mesita de noche de mi cama y me temo que se me olvidó comentártelo cuando te marchaste la mañana siguiente.

—¡E... eso es mentira! —Su protesta fue débil y demasiado tardía como para parecer cierta. Todas las miradas estaban puestas en ella cuando Barnaby se colocó a su lado.

Los dos hombres se miraron el uno al otro y un acuerdo tácito quedó sellado entre ambos. *La va a castigar no defendiéndola, mostrándole a todo el mundo que no merece la pena pelearse por ella. Y, como el broche está exactamente donde yo he dicho, sabe que todo ha terminado para su encantadora harpía. Sus garras no volverán a ser tan afiladas, y Barnaby lo sabe.*

Lord Shelbrook la cogió del brazo.

—Venga, querida. Vamos a casa a coger tu baratija.

—No, no, no—se negó una y otra vez, abrumada por la humillación, y los murmullos y comentarios contra ella golpearon su conciencia como las olas golpean la orilla del mar, incesante, implacablemente. Lady Shelbrook se apoyó sobre su marido; era la penosa caricatura de una aristócrata ya de cierta edad que se dedica a acosar a sus atractivos invitados, y se marchó con la mirada perdida.

Julian agitó la cabeza. No era justo, pero cuando acusó a Eve de ser una ladrona y una ramera, dejó de importarle ser justo. *Todo es justo en el amor y en la guerra. Nunca te habría delatado, Beatrice, pero presentía que tú no lo verías de la misma forma. Es una de las razones por las que volví corriendo a Londres, para asegurarme de poder entrar de nuevo en mi habitación y devolver te ese espantoso broche.*

—¡Dios mío, Julian! ¡Eres el mejor invitado que he tenido jamás! —Elton le puso una mano en el hombro—. Eres bienvenido en mi casa siempre que quieras.

—Creo que te he ofrecido chismes y emociones suficientes para el resto de tu vida, Elton.

—¡Oh, espero que no! Me decepcionaría profundamente que hubieras sentado la cabeza y te hubieras convertido en un tórtolo enamorado.

—Desgraciadamente, no es a ti a quien quiero evitar decepcionar, amigo mío. Buenas noches.

Julian se marchó de inmediato, puesto que tenía mucha prisa. Ignoró las miradas de los invitados, que lo siguieron en el camino hacia la puerta, así como sus murmullos.

*Es tarde, pero si me apuro y consigo no provocar un atropello, podría estar allí mañana por la mañana, y entonces veremos si esa apuesta ha merecido la pena.*

# 25

—¡Ah, estás en el jardín! —Ella se volvió riendo al escuchar el sonido de su voz, con el corazón desbocado a causa del estremecimiento que sintió al verlo venir por el arco que los sauces formaban—. La única cuestión es, ¿en este escenario, quién soy yo, Adán o la serpiente?

—Resultas muy tentador en ambos casos. —Eve se contuvo para no empezar a dar saltos como una niña, decidida a mantenerse en su sitio, solo por si hubiera venido a lisonjearla o a exigir su parte del trato—. Aunque, por lo que cuenta la señora Connor, ¡no eres ninguno de los dos!

—¿Y cómo piensa la querida señora Connor que soy? —La tenue luz del sol le confería el aspecto de un león dorado abriéndose paso entre los árboles.

—Al parecer, estás congelado en el tiempo, eres un chico dulce y algo pícaro de unos once años de edad. Estoy segura de que te ha visto vestido con pantalones cortos, lord Westleigh, y no me sorprendería que estuviera horneando una bandeja de galletas y pasteles para ti ahora mismo.

Él sonrió, acercándose para acortar la distancia entre ellos.

—No apostaría lo contrario. —Se detuvo a algunos pasos de ella, a una distancia correcta que la llevó a preguntarse por sus intenciones.

—Te marchaste sin... No sabía si pensabas volver, Julian.

—Perdona. —Se disculpó con tono serio—. Ni yo mismo lo sabía. Tenía que arreglar algunos asuntos en Londres e ignoraba cuánto tiempo me llevaría. —Se acercó un poco más con expresión inescrutable—. Bueno, ¿entonces te gustan la casa y el jardín? Sé que querías un bosque, pero creo recordar que hay muchos árboles en la finca.

—Me encanta. Sería imposible que no me gustara, pero es demasiado, Julian. No puedo aceptarla. ¡Esto es nada menos que una finca en la campiña! Me dijiste que se trataba de una casita de campo. Me imaginaba una casa con tejado de paja, goteras y los suelos sucios.

—Creo que en el comedor suele haber goteras en primavera.

—No me refiero a eso, y estás tratando de distraerme deliberadamente.

—Hay un cobertizo detrás del invernadero, si te gusta más. —Suspiró con aire teatral, como si sus palabras lo hubieran ofendido—. En serio, Eve, si de veras hubieras querido una de esas casas, entonces deberías haber mostrado más firmeza la última vez que lo hablamos. Me hubiera ahorrado unas cuantas cabalgadas realmente duras. Diablos, creo que había un almacén mugriento detrás de la casa de la calle Bell que podría haberle sacado a lord Shelbrook por unos simples chelines.

Ella trató de no echarse a reír y se acercó para darle juguetona un empujón en el pecho, pero él le agarró la mano y se la llevó a un lado para que ella notara el potente latido de su corazón.

—Ya sabes lo que quiero decir, Julian. No puedo aceptar todo esto a cambio de unos relicarios y una cinta sin valor.

—Oh —sonrió—. Bueno, está bien, porque te voy a devolver tus joyas personales. Me las llevé a Londres para que las repararan y las reajustaran. Me dio la impresión de que eran tus favoritas y no me pude resistir. Así que solo cogeré un par de joyas ¿te parece?

—Aunque te llevaras todas las joyas y alhajas que tengo, no sería justo como pago por... esto.

—¿Y qué sería lo justo?

—No estoy... —Eve se quedó inmóvil, dudando del valor de sus sueños—. No creo que tenga suficiente para...

—¿Me dejas entonces a mí poner un precio? —Posó los dedos sobre los de ella, entonces alargó el brazo para apartar un tirabuzón perdido que amenazaba con caerle sobre los ojos—. ¿Y si...? —Sus dedos trazaban la curva de su mejilla mientras hablaba—. ¿Y si me amaras? ¿Y si amaras cada una de mis molestas manías y me dijeras que no puedes vivir sin mi infame ingenio y sin mis encantos?

—Yo... así es. Yo...

Él la interrumpió mientras se declaraba, apartándose bruscamente.

—¡No! Espera, Eve. Esto no es ninguna tontería. No debería haber... no sabrías lo que estás diciendo. Estarías prometiendo profesar amor a un monstruo. No creo que haya un rumor entre la alta sociedad que no esté terriblemente tergiversado y equivocado en lo que a mi persona se refiere. Quizá sepan algo de mi tendencia en el pasado a corromper a las mujeres de los demás, pero imagino que eso es solo parte de la verdad.

—Puede que haya oído algunos... rumores —reconoció, serena.

—Si tienes dudas sobre ello, siempre puedes preguntarle al duque de Sussex sobre su primera esposa, Lily. Le puedes preguntar a Drake Sotherton el tipo de hombre que yo era y las cosas que era capaz de hacer antes. Aunque me arrepintiera por ello mil veces, no estoy seguro de merecer el perdón con respecto al trágico final de Lily.

—No me importa.

—¿No? Donde otros han caído en el escándalo y en los rumores, yo he jugado a ese juego como ningún otro, con un éxito y una facilidad notables. Me he colado en dormitorios donde no tenía derecho a entrar y jamás me he preocupado por las consecuencias. Y lo que es peor, si podía vengarme acostándome con la mujer de un hombre que me hubiera ganado a las cartas o que creyera estar por encima de mí, no lo dudaba. Ni siquiera me ha importado el rastro de desolación que he ido dejando en mi camino porque jamás me he molestado en mirar atrás. —Tomó aire—. ¿Qué tipo de hombre hace algo así?

—No lo sé. ¿Quizá alguien que no sabe perder con elegancia porque teme haber perdido ya demasiado... como persona?

—Un buen perdedor... cosa que jamás he sido —afirmó—. Soy mejor jugador que persona.

—No estoy de acuerdo, Julian. Y... —Caminó hacia él, cogiéndole la cara con sus largos y fríos dedos—. Y ahora que ya has interrumpido a una dama durante su ardiente declaración de amor, estoy segura de que podemos saldar las cosas entre nosotros.

—¿Me... amas, Eve?

—Sí. —Ella ignoró el repentino rubor de sus mejillas y le mantuvo la mirada—. Te amo a ti y a todas tus fastidiosas manías. Pero, aún así, no puedo aceptar esta casa. No a cambio de... Te amaría por encima de cualquier cosa, Julian Clay, pero creo que obtener las llaves de una casa a cambio de una declaración de amor solo enredaría las cosas.

Se extendió el silencio entre ellos y ella creyó que le iba a discutir, como si no fuera capaz de amarlo sin un ridículo soborno. Pero entonces, algo en su mirada relució y pasó del desafío al dulce ardor de la victoria y el alivio.

Cuando él clavó la rodilla delante de ella, creyó que el mundo entero había decidido dar un vuelco hacia una dirección completamente distinta.

—¡Julian! —gritó.

—¿Y si te casas conmigo, Eve Reynolds? Y, antes de que me digas que sí, piénsatelo bien. Analiza el terrible precio que te estoy imponiendo por esta insignificante casa con su destartalado jardín. —Él extendió los brazos, como para mostrarle que no iba armado y que estaba a su merced—. Dejando a un lado mi pasado, estarás aceptando aguantarme durante el resto de tus días y, tal como puedes suponer, quizá no sea perfecto.

—¿Quizá? —No pudo evitar reírse de él.

Él se encogió de hombros, y tomó sus manos.

—¡*Chsss*, mujer! Estás estropeando mi romántico gesto.

—Vamos, entonces.

Su mirada se ensombreció y se puso algo grave, levantándose para mirarla de frente.

—Lo digo en serio, Eve. Me he vuelto irremediablemente adicto a ti y ahora soy incapaz de pensar en otra cosa. Me has echado a perder por el resto de mi vida, en lo que a otras mujeres se refiere. Pero, más allá de la fidelidad, ¿qué otra cosa puedo ofrecerte? Ni sensatez, ni capital, ni ninguna de las otras virtudes que se les supone a los hombres en nuestro tiempo. No voy a enmendarme.

Le soltó las manos, se giró, dándole la espalda y continuó.

—Como ya te he dicho, soy una persona horrible en casi todos los aspectos. Soy impulsivo e imprudente. Me gusta apostar por la pura emoción de hacerlo y no recuerdo haberme lamentado por los errores que he cometido. —Caminó un poco y se dio la vuelta para mirarla directamente—. Disfruto con un buen puro, con una buena copa y con una buena mano de cartas. ¡Y no creo que eso vaya a cambiar... jamás!

—Como quieras.

—Supongo que es posible que algún día desee cambiar mi actitud. Pero no prometo nada. Soy un hombre de palabra. Pero eso tampoco significa mucho. Un déspota honesto no es el marido ideal, Eve. —Cruzó los brazos, a la defensiva—. ¿Y bien?

—No me estarás pidiendo que me case contigo para fastidiar a lady Morrington o para enfurecer a mi tío ¿verdad?

—Lady Morrington no me importa lo más mínimo. Creo que ha decidido que nuestro romance es la última de sus victorias y, en lo que respecta a tu tío, no puede protestar, ya que te he ganado públicamente.

—¿Perdón? ¿Qué me has ganado públicamente?

—Hice una apuesta rápida en la fiesta de lord Andrews. Tu tío perdió una apuesta y ha aceptado cederte a mí, con una pequeña dote.

Ella movió la cabeza, atónita.

—Y... ¿qué apostaste para que él se jugara algo así?

—Que renunciaría a ti, naturalmente, a mi favor.

—No podéis jugaros a un ser humano, Julian. No me puedo creer que la apuesta fuera tan simple. —Cruzó los brazos—. ¿Qué más hubo?

—Si ganaba él, acordamos algo de entregarle todas mis posesiones. Pero no temía nada, tu casita ya estaba a tu nombre, así que sabía que jamás tendrías a ese hombre como arrendador.

—Tú... —Se sintió como si todo el aire se hubiera desvanecido del jardín y una extraña sensación de ensueño se apoderó de ella. Julian la llevó suavemente hacia un banco que había cerca y ella se sentó, agradecida por haberse apoyado—. ¿Todas tus posesiones?

—Aun así, siempre me habría quedado mi título nobiliario. —Se encogió de hombros—. Estoy seguro de que alguien me habría ofrecido una cama caliente para dormir.

—¡Oh, Dios mío! —Le puso la mano sobre el pecho, tratando aún de asimilar aquellas arrogantes palabras y entender el riesgo que había corrido—. Y, ¿ganaste?

—Por supuesto que gané. Y él no volverá a molestarte jamás, aunque rechaces mi proposición. —Julian hizo que ella girara la mano y siguió las líneas de su palma, acariciándola suavemente, martirizándola y tranquilizándola—. Es lo que llaman una jugada redonda.

—Una jugada redonda... —Ella tomó aire profundamente—. ¿Y estás seguro de que quieres tener una guardiana?

—Fue una estupidez por mi parte pensar que amar a alguien significa estar... encarcelado.

—No. Te quiero, Julian. Jamás te privaría de tu libertad... Te dejaría marchar, si eso supusiera tu felicidad.

—¿Y si no quiero estar nunca más sin ti? ¿Y si la única libertad que quiero es para complacerte y adorar cada centímetro de tu piel durante el resto de mi vida?

—Entonces —respondió inclinando la cabeza a un lado, con una sonrisa maliciosa que le iluminó el rostro—, compláceme.

La atrajo hacia sus brazos, sellando el acuerdo de por vida con un beso que no dejó lugar para juegos. Eve sintió que se derretía y se agarró a él, sin intención de renunciar al feroz contacto de sus bocas. Pero no podía dejar de preocuparse, y la realidad de todo lo que él había arriesgado volvió a azotarla. Se apartó sonriendo.

—¡No me puedo creer que te hayas jugado todas tus propiedades! —Le asaltó una idea—. ¿De verdad estabas dispuesto? ¿O me estás engañando, lord Westleigh?

—No, y había testigos para dar fe, ¡así como un papel con nuestras rúbricas! Puedes pedirle a lord Andrews que te lo cuente y estoy seguro de que le encantará relatarte la dramática escena que desembocó en tu emancipación y en la humillación pública del señor Warren Reynolds.

—Has perdido el juicio, Julian.

—Quizá, pero eso no es excusa para que no te cases conmigo, Eve. —Él le cogió los dedos para besarle las yemas, acariciándola hasta robarle el aliento—. Cuéntame, mi querida prometida, ¿te has molestado en mirar los papeles que te dejé?

—La verdad es que no. Los guardé en el cajón de mi tocador. —Ella suspiró a causa de los mordiscos que él empezó a prodigarle en los dedos—. ¿Por qué lo preguntas?

—Deberías leerlos con detenimiento un día de estos. No es que leer documentos jurídicos sea muy divertido, pero no quiero que luego vengas acusándome de no haberte contado lo que ocurrió cuando acepté la apuesta con tu tío.

—No te entiendo.

—Me tomé la libertad de poner todas mis propiedades a tu nombre, así que, técnicamente, no hay nada a mi nombre, por lo que no podría haber perdido nada en la apuesta con tu tío. Como sé que eres de fiar, preferí arriesgarme contigo a hacerlo con tu infame tío. Pero ahora que has aceptado casarte conmigo, todo ha salido a pedir de boca.

—¿Cuándo? ¿Cuándo lo hiciste? —La mente de Eve se tambaleaba ante la sorpresa. Apenas le había dado tiempo a hacer una maleta después de que ella le hubiera contado sus sueños y que lady Shelbrook la hubiera hecho huir.

—Inicié los trámites después de nuestro encuentro en casa de madame Dellacourt. Me pareció un gesto heroico, una forma de darte la mano más alta en la partida contra tu tío sin demasiado alboroto y, diablos, estaba en peligro de perderlo todo de cualquier forma. ¿Por qué no transferirlo entonces a alguien que sabía que lo valoraría? Además, esperaba que aceptaras casarte conmigo en algún momento.

—¿Y cómo sabías que aceptaría? ¿Cómo es que no pensaste que me podía llevar toda tu fortuna y rechazarte, Julian?

—Porque confío en ti, Eve. Siempre lo he hecho... y, como tú dices, jamás me engañarías. Ni con las cartas, ni con la felicidad que creo que vamos a compartir tú y yo. ¿Me equivoco?

—¡Eres imposible!

—Y, lo más importante, lo hice porque quería que confiaras en mí. —La cogió de la mano—. ¿Confías en mí, Eve? ¿En cuerpo y alma?

—Desde luego. Pero ¿te das cuenta de que estás completamente loco?

—Soy eso y extraordinariamente rico a causa de otro magnífico golpe de suerte que tuve mientras aguardaba a que tu tío montara la escena. Así que no hay acusaciones de cazadotes por ninguna de las partes ¿ves? Una jugada redonda. —Le mostró el fajo de cartas que había recogido antes de marcharse de Londres—. Y esto es para ti, amor mío.

Ella reconoció la letra al instante.

—¡Jane! ¿Cómo?

—¿Ves? El allanamiento de morada tiene sus ventajas. —Su mirada era pura perversión, su sorpresa se tornó en alegría, y Eve comprendió que su amado seguiría siendo un rufián hasta el fin de sus días.

# Epílogo

—¡Cuéntame cómo lo haces!

Era una mañana lluviosa y el fuego de la chimenea daba a la habitación un resplandor cálido mientras el conde de Westleigh y su flamante esposa retozaban en la cama. Con las sábanas liadas alrededor de la cintura, y con joyas y alhajas esparcidas por todos lados, brillando bajo la luz de la lámpara, se entretenían indolentes jugando desnudos al juego de los cientos.

—¡Carta blanca! —Él arrojó con arrogancia un collar de diamantes y una larga hilera de perlas para aumentar la apuesta.

—¡Estás haciendo trampas! ¡No es posible que tengas carta blanca!

—¿Ah, no?

—No, Julián. Estoy mirando mis cartas y me temo que es imposible.

—¿Imposible? —Trató de mostrarse contrito—. ¿Me las enseñas para que lo compruebe?

—¡Qué sinvergüenza! ¡No, no puedes ver mis cartas! Es un truco muy malo por tu parte, y si no tienes cuidado, me llevaré todas tus joyas como penalización.

—Venga, eso no está bien. Me acusas de hacer trampas y cuando trato de reunir las pruebas que necesito para defenderme, me obligas a pagar una prenda. —Se humedeció los labios—. Dominas completamente tu especialidad, lady Westleigh.

Un arrebato de deseo la invadió al verle la lengua entre los labios y la hizo suspirar. Era incorregible y lo amaba por ello.

—¿Y cómo es posible que no logre dominarte a ti?

—¿Acaso quieres? —Dejó las cartas sobre la cama y se inclinó hacia delante con sus ojos de ámbar clavados en los de ella, acercándose más y más—. ¿Quieres?

Ella negó con la cabeza, y su respuesta quedó sofocada por el calor de sus labios.

—Jamás.

—Entonces, ¿cómo es que me siento completamente esclavizado?

—¿De veras? —le preguntó, con un hilo de temor en la voz—. ¿Cómo voy yo a tener a un hombre tan apuesto como tú a mi merced?

Él deslizó las manos sobre sus pechos, alzándolos levemente, sintiendo el peso de los mismos en las palmas de las manos. Estos se hincharon, se le endurecieron los pezones y él los acarició levemente, besándolos con dulzura y, a continuación, levantó la mirada.

—Si me pides que pare, te azotaré hasta que tu encantador trasero se haya puesto al rojo vivo.

Ella echó la cabeza hacia atrás, arqueando la espalda para facilitarle el acceso a sus sensibles puntas.

—No es eso lo que tenía en mente pedirte, Julian.

—Gracias a Dios. —Empezó a deslizar las manos, y el suave roce de sus dedos en la piel provocó en Eve una oleada de sofocante calor por todo el cuerpo, que fue a desembocar entre sus piernas.

—Julian —murmuró, apartándolo suavemente—. ¡Me acabo de acordar de una cosa!

—A menos que sea lo mucho que deseas que vaya más deprisa...

—Julian, yo... juré que, cuando lograra escapar de mi tío, jamás volvería a jugar a las cartas.

Este interrumpió las caricias y ella se dispuso a escuchar las burlas de su esposo sobre los giros irracionales que su mente daba. Pero, en lugar de eso, a él se le ensombreció el semblante y cambió de postura para atraerla hacia sí.

—¿De veras?

Ella asintió.

—Pero no estás jugando para ganar dinero, encanto. Al fin y al cabo, las joyas volverán a tu pequeña bolsita cuando acabemos. No te juegas nada.

—Lo sé. Es solo que soy... tan feliz contigo, y todos mis sueños se han hecho realidad, Julian. ¿Y si estoy tentando la suerte?

Él la meció entre sus brazos durante un instante mientras consideraba el obstáculo que aquel juramento suponía y meditaba sobre los caprichos del destino.

—¿Nada de cartas?

—Nada de cartas.

Transcurrió un instante de silencio y su apuesto esposo empezó a reír, dibujando una sonrisa pecaminosa que hizo que se esfumara hasta el último de sus supersticiosos pensamientos.

—Julian —le preguntó suavemente—. ¿En qué estás pensando?

—Estaba pensando —dijo mientras sus ojos dorados brillaban— que en alguna parte, en el bolsillo de una chaqueta, tengo un dado.

Ella ladeó la cabeza, imaginando que ninguna mujer debía de haber sido jamás tan feliz.

—¿A todo o nada? —propuso ella, mirándolo de una forma que sabía que a él le gustaría.

Él comenzó a reír sin parar y Eve se unió, deleitándose en la inquina de su esposo y en el dulce regalo que suponía aquel juego al que podría jugar por el resto de su vida, sin perder jamás.

# Agradecimientos

Tengo tanto que agradecer a tantas personas que creo que me encuentro en un apuro. No puedo imaginarme la vida sin mi fabulosa editora, Maggie Crawford, y sin sus esfuerzos por mantenerme en el buen camino; te estaré eternamente agradecida. Y quiero darle las gracias a mi agente, Meredith Bernstein, por su apoyo y su ayuda. Aspiro a tener la energía de esa mujer algún día.

No creo que con un «gracias» pueda abarcarlo todo, Laura y Janet. Con un bebé en mis manos, gracias por acudir y ponérmelo más fácil para que pudiera hacer lo que necesitaba hacer y lograr que mi geniecillo siguiera sonriendo, evitando que me asaltara el síndrome de « madre con sentimiento de culpabilidad» por pasarme todo el día en el ordenador.

Quiero darle las gracias a Lee Jackson. Qué tesoro oculto de conocimiento sobre la época victoriana... Eres como un ángel guardián, ¡este hombre me ha salvado en más de una ocasión! También quisiera expresar mi agradecimiento a Laurel Letherby, de Mystic Castle, por haber dejado mi página web fantástica y por soportar mis problemas antitecnológicos (no es que no me guste la tecnología, amigos, es solo que el sentimiento no es recíproco y ha decidido «pillarme» siempre que puede).

A todos mis amigos escritores que me aguantan... les debo mucho más que agradecimiento.

Y, por último, a todos los lectores que me han enviado cartas y correos electrónicos tan amables, siempre me sorprende. Gracias por seguir las historias y por ser tan afectuosos.

# Pandora

| | | |
|---|---|---|
| 1. | Cassie Palmer - 1: El aliento de las tinieblas | Karen Chance |
| 2. | El factor ex | Andrea Semple |
| 3. | La Casa de la Noche - 1: Marcada | Kristin y P. C. Cast |
| 4. | Érase un amor futuro | Anne Kelleher |
| 5. | El mundo de los lupi - 1: Peligro tentador | Eileen Wilks |
| 6. | Las Viudas Alegres - 1: En la pasión de la noche | Candice Hern |
| 7. | La camarera | Melissa Nathan |
| 8. | La trilogía de las damas - 1: El placer de una dama | Renee Bernard |
| 9. | Cassie Palmer - 2: La llamada de las sombras | Karen Chance |
| 10. | La maquilladora | Andrea Semple |
| 11. | Los monère - 1: El despertar de Mona Lisa | Sunny |
| 12. | Una deuda con Delia | Barbara Metzger |
| 13. | Rachel Morgan - 1: Bruja mala nunca muere | Kim Harrison |
| 14. | Las Viudas Alegres - 2: Tan solo una aventura | Candice Hern |
| 15. | La Casa de la Noche - 2: Traicionada | Kristin y P. C. Cast |
| 16. | La trilogía de las damas - 2: El pacto de una dama | Renee Bernard |
| 17. | El mundo de los lupi - 2: Peligro mortal | Eileen Wilks |
| 18. | Amanecer del Suspense - 1: Cuando rompe el día | Mary Jane Clark |
| 19. | Cassie Palmer - 3: Envuelta en la noche | Karen Chance |
| 20. | La trilogía de las cartas - 1: As de corazones | Barbara Metzger |
| 21. | La niñera | Melissa Nathan |
| 22. | La Casa de la Noche - 3: Elegida | Kristin y P. C. Cast |
| 23. | Rachel Morgan - 2: El bueno, el feo y la bruja | Kim Harrison |
| 24. | Almas perdidas | Lisa Jackson |
| 25. | Dorina Basarab -1: La hija de la medianoche | Karen Chance |
| 26. | El hombre ideal | Andrea Semple |
| 27. | La trilogía de las cartas - 2: Jota de tréboles | Barbara Metzger |
| 28. | Nuevo Mundo - 1: La seducción del vampiro | Raven Hart |
| 29. | Rachel Morgan - 3: Antes bruja que muerta | Kim Harrison |
| 30. | Las Viudas Alegres - 3: Déjate llevar | Candice Hern |
| 31. | El mundo de los lupi - 3: Líneas de sangre | Eileen Wilks |
| 32. | La trilogía de las damas - 3: El juego de un rufián | Renee Bernard |

**PRÓXIMAMENTE**

| | |
|---|---|
| Los monère - 2: El florecer de Mona Lisa | Sunny |
| Amanecer del Suspense - 2: Expuesta | Mary Jane Clark |

# El pacto de una dama

## Renee Bernard

16,95 €
ISBN - 978-84-9800-472-4
9 788498 004724

La ingenua Jocelyn descubre, no sin sorpresa, que su madre agonizante es la infame *madame* del burdel La Bella Carmesí. Tras prometerle que se hará cargo del establecimiento y de las chicas, Jocelyn se transforma y pronto es conocida como madame DeBourcier.

Rakish Alex Randall, lord Colwick, está decidido a conseguir entrar en la cama de la nueva *madame*. Sus extravagantes intentos no serán ignorados mucho tiempo... Cuando el peligro acecha a la elegante mujer, Jocelyn cierra un trato con Alex, con la esperanza de que pueda proporcionarle protección. Pero el pacto de Jocelyn los arrastra a un apasionado duelo de voluntades en el que todas las ilusiones se veránsacudidas... y todas las fantasías serán cumplidas.

•

«Si te gusta Lisa Valdez, Candice Hern o Elizabeth Hoyt,
no te pierdas a Renee Bernard,una nueva
y apasionante autora que te
dejará sin aliento»

**—Romance Readers**

•

# Déjate llevar

## Candice Hern

16,95 €
ISBN - 978-84-9800-564-6
9 788498 005646

A Grace Marlowe, la viuda de un famoso obispo protestante, le escandalizan e intrigan por igual las aventuras amorosas de sus amigas, las Viudas Alegres. Ella es incapaz de imaginarse dejándose llevar por la pasión.

John Grayston, vizconde de Rochdale, jamás ha dicho que no a una apuesta, especialmente si esta implica llevarse a una bella mujer a su cama. Grace ve como su inquebrantable virtud es puesta a prueba cuando tan infame vividor comienza a mostrar un inesperado y repentino interés por ella. Escandalizada, halagada y (muy a su pesar) atraída por él, no podrá evitar caer presa del encanto del hombre que existe tras tan escandalosa reputación. Rochdale, a su vez, quedará fascinado por la ardiente pasión que la viuda oculta tras su puritana fachada. Pero cuando los sentimientos se ven envueltos en la apuesta, la verdadera naturaleza de su seducción podría echarlo todo a perder…

«Escandalosamente erótica y divertida… Cada página es pura satisfacción»

**—Lisa Kleypas**

# Antes bruja que muerta

Kim Harrison

16,95 €
ISBN - 978-84-9800-563-9
9 788498 005639

Rachel Morgan ya ha puesto en serio peligro su vida amorosa y su alma a través de sus esfuerzos por llevar a las criaturas de la noche criminales ante la justicia.

Entre caza y caza, mantiene las manos ocupadas desviando las atenciones de su compañera bebedora de sangre, protegiendo un mortal secreto de su pasado y resistiendo los envites de un nuevo y tórrido pretendiente vampiro.

Rachel también debe elegir un bando en la guerra que arde en el inframundo de la ciudad, debido a que ayudó a destronar a su último jerarca vampiro; y para ello hizo un pacto con un poderoso demonio que pudo costarle una eternidad de dolor, tormento y degradación.

«Me impactó muchísimo... Un concepto fascinante, un esquema genial, un escenario creíble, unos personajes absorbentes y una trama acelerada que no te abandona ni una sola página...»

**—Teen Voices**

# La seducción del vampiro

Raven Hart

16,95 €
ISBN - 978-84-9800-546-2
9 788498 005462

Más viejo que Estados Unidos y muy rico para su edad, el *playboy* William Cuyler Thorne es un vampiro con una buena y larga vida de no muerto, una vida que incluye un flujo incesante de admiradores, un suministro constante de sangre rejuvenecedora y, lo mejor de todo, una tapadera como uno de los pilares más eminentes de la sociedad de Savannah, Georgia.

Ahora, un antiguo enemigo ha venido a por William. Es su sire, Reedrek, el vampiro que lo creó. Reedrek no se detendrá hasta que lo más preciado para William —su hermosa amada, sus espléndidas propiedades y su antiguo ex alumno y compañero vampiro, Jack— estén entre sus voraces garras. Pero William cuenta con su propio arsenal, mejorado por el poder del vudú. Y cuando ambos chupasangres se encuentren, saldarán sus cuentas pendientes.

•

«Una prosa absolutamente sensacional. Raven Hart es una escritora extraordinaria; 'La seducción del vampiro' es un cuento oscuro y delicioso que te atrapará»

**—Sunny, autora de *El despertar de Mona Lisa***

•

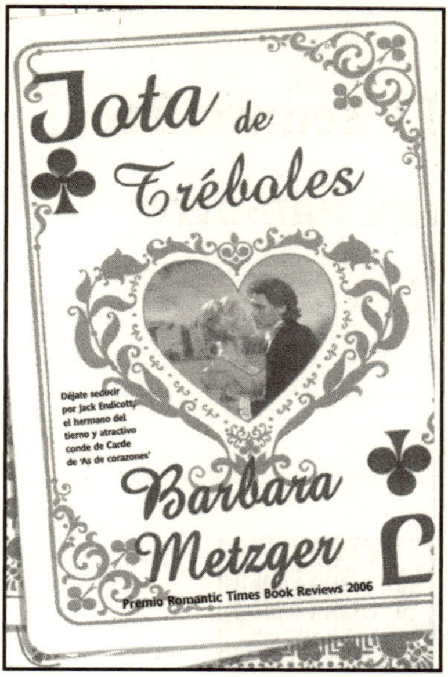


# Jota de tréboles

## Barbara Metzger

16,95 €
ISBN - 978-84-9800-545-5
9 788498 005455

Hace ya años que el joven Jack le prometió a su padre, en su lecho de muerte, buscar a la pequeña Lottie, su hermanastra desaparecida. Para llevar a cabo esta difícil empresa, Jack decide abrir un salón de juego y contratar crupieres jóvenes y hermosas, con la esperanza de que en algún momento su hermana se presente a pedir trabajo en su establecimiento. En cambio es Allison Silver la que llega a su vida. Y no va a ser fácil para esta estirada dama cumplir el encargo que le ha sido encomendado: debe llevar a Harriet, una niña de ocho años particularmente rebelde, a vivir con su nuevo tutor... que no es otro que Jack Endicott, el dueño de un salón de reputación más que dudosa. ¡Se admiten todo tipo de apuestas en esta desenfrenada partida del corazón...!

•

«Barbara Metzger se reafirma en su estilo con historias llenas de romanticismo, ternura y grandes toques de humor, en las que encontramos personajes humanos, imperfectos y llenos de temores y aun así maravillosos»

**—Noche en Almack´s**

•

# El hombre ideal

## Andrea Semple

16,95 €
ISBN - 978-84-9800-529-5
9788498005295

Tras su experiencia con su ex novio, Rob *El Vago,* Ella Holt está dispuesta a abandonar toda esperanza de encontrar al hombre adecuado, aunque cuando James Master, el hombre que envía la agencia de contactos Ideal tras haber contestado a un cuestionario, se presenta en su puerta, Ella logra ver cumplidas sus más altas expectativas. No es solo que esté buenísimo, también están los viajes a Roma, las declaraciones de amor, sexo para *gourmets...* y un anillo de compromiso de morirse. Pero Ella siempre había querido un hombre que luchara por ella bajo cualquier circunstancia y que no permitiera que nada se interpusiera en su camino... y ahora Rob vuelve y parece que ha empezado a cambiar.

•

«Tremendamente tierno y divertido. Esto es *chick-lit* con mayúsculas»

**—Romance Readers**

•

# La hija de la medianoche

## Karen Chance

16,95 €
ISBN - 978-84-9800-523-3
9 788498 005233

Dorina Basarab es una dhampir, medio vampira, medio humana. La mayoría de los dhampirs tienen una vida corta y muy violenta. Hasta ahora, Dory ha logrado mantener la cordura descargando su furia en los demonios y los vampiros que merecen morir.

Pero las cosas cambian cuando el padre vampiro de Dory regresa a su vida. Su tío Drácula (sí, Drácula), el más cruel de los vampiros, ha escapado de prisión; y su padre quiere que Dory trabaje con el guapísimo maestro vampiro Louis-Cesare para mandarlo de nuevo a la cárcel.

Los vampiros y los dhampirs son enemigos mortales y Dory prefiere trabajar sola. Pero Drácula es lo único que teme en este mundo, así que cuando tiene que ir en su busca, aceptará toda la ayuda que pueda obtener...

•

«Karen Chance no decepciona, una vez más nos presenta una aventura cargada de acción con un fuerte personaje principal que, aunque es dura como una roca y una dhampir, también es muy humana»

**—Romantic Times**

•